U0096600

看風景

旅行文學讀本

羅秀美　編著

推薦序

李瑞騰
中央大學中文系教授暨文學院長

「旅行」是一種空間的移動，特指從居所離開，行走至特定或不特定的他域。有被迫出走，亦有意願者，各有其動因；然後便是從這裡到那裡的過程，此之謂「行」，而行於他域，即作「客」他鄉，是「旅」（《廣雅》釋「旅」為「客」），聞見之間皆有異於本鄉本土，所思所感皆與此息息相關。

寫作是人世經驗的再經驗，當一個人把他的旅行經驗以文字書寫下來，即所謂「旅行寫作」，能否成為文學，端視其寫作目的與能力。通常有兩種情況：一種是旅行當下的記錄，一種是事後的憶述；前者如日記、手札等，後者則比較會有篇章字句的經營。寫法上，或體物寫物，或抒情詠志；內容上則不外乎目之所遇的山川風物、人文景觀等。

自有生人以來，旅行便已存在，很少有人終其一生都沒有旅行經驗；旅行寫作也必然與文字並生。古文獻中，《論語》中有孔子周遊列國的記載；《楚辭》中有〈遠遊〉一篇；《文選》所收之

「賦」，有「紀行」、「遊覽」類，「詩」亦有「遊覽」、「行旅」類；古往今來的文學，與旅行有關者可說汗牛充棟。

近代以降，因海禁之開，「域外」遊記乃如雨後春筍，清人王錫祺所輯《小方壺齋輿地叢鈔》所收，幾乎含蓋全世界；近人鍾叔河所編《走向世界叢書》，亦洋洋大觀。最近，我購得山東畫報社出版薛冰所著《紙上的行旅》（二〇〇六），介紹其所私藏的五十餘部記遊之書，深受感動，且大開眼界，覺得案頭山水比實景更奇豔豐美。

上世紀的九〇年代，我曾為漢光出版公司主編一套四冊「愛與生活小品」，其中第三、四冊為《山水含情》、《異國情調》，前者收一九四九年以前新文學名家中國旅遊之佳作二十四篇，後者選二十五位台灣當代作家的國外旅遊之作，反應頗佳，惜乎久已不見於書肆矣。

近歲以來，因媒體編輯及推廣觀光之所需，台灣的旅行文學頗為昌盛，以此名家者亦不乏其人，相應於此，有關理論亦不斷深化，因此而有若干選本問世，然皆當代人作品，有感於此寫作類型早有典範文本，任教於台中中興大學中文系的羅秀美老師，擬兼收古今，卻因著作權問題，先編成《看風景》一書，收古代和近代佳作。我覺得她在山沓水匝之間含情吐納，有呼喚歷史的豪情，願為之序，且盼她能儘快續編，給讀者一個完整的旅行文學脈絡。

自序

羅秀美

這是一部與「夢想」有關的讀本。

自小夢想旅行全世界的我，終於在碩士班二年級暑假有了出國旅行的初體驗。其時，號稱出國即「回國」，地點是中國大陸三城—北京、西安、上海，長達十二日的自助旅行，開啟了往後不斷出走國門看世界的旅行生活。十來年裡，足跡所至之處包括中國、港澳、日本、柬埔寨、印度、澳洲、法國、瑞士、義大利、梵諦岡等國度，其間也有重覆造訪之處，如東京、京都、上海、蘇州、南京、香港等地。至今所到之處雖不能算多，但這十餘趟旅次中的深刻感受卻是獨一無二的美好滋味。少年之我的夢想大抵實現，並且仍將繼續。

同時，晚近藝文界掀起一股旅行文學的書寫風潮，學界亦因此愈加重視此一領域的教學與研究，相關學術論文的出現並蔚為一股不可忽視的能量（詳見書末附錄二、三）。因此，刻在中文系暨通識教育課程裡教授「旅行文學」課程的我，亟思編選一部以中文人思維編選的讀本，以利教學與學術傳承。

關於旅行文學的定義與論述所在多有，這一文類正以「現在進行式」的姿態成為藝文創作的時新類型，同時也提供學界開展旅行論述的新視角。或問：此讀本所定義之「旅行文學」究竟為何？擬提供兩位學界前輩陳平原暨許俊雅先生的看法，他們認為：「選本與文學史的關係中，有一個孰先孰後的問題。依照傳統的觀念，先有文學史觀後有文學選本，編者先是確立了文學史的觀念，然後才能找出一些相應說明史觀的文本來；這是文學史與選本的關係。但如果反過來想，大約還有另一種形式：不要問文學史到底是怎麼一回事，也不要問文學史觀念是怎麼一回事，先讀作品吧，讀得你喜歡的好作品就把它們收集起來，編成一本書來看，它究竟反映了一個什麼樣的文學史面貌？這樣一來，似乎也沒有什麼固定的文學史樣板，個人心目中有各樣的文學史。希望讀過這個讀本的讀者的心目裡，會有一個與以往不太一樣的文學史概念。」（陳思和、許俊雅〈序：中國現代文學讀本的選文標準〉，《中國現代文學讀本》）這樣的說法使我茅塞頓開，先把你喜歡的作品收集起來編成一本書，再看它究竟反映了什麼樣的文學面貌？同樣地，也可以不要先問旅行文學的定義，是的，先讀作品吧。讀完這些作品後，或許讀者會在心裡誕生一個與其他讀本不大一樣的旅行文學概念吧。特別是面對旅行文學這一仍在進行中的文類，所有讀者都可以在此找到自己喜歡的，並共同論述之。

因此，這部讀本除提供必要的「作者介紹」、「賞析」與「延伸閱讀」之外，更期待讀者能夠透過這部讀本的選文內容，試圖理解編選者想要傳達的理念─旅行文學不僅只是旅人／文人的抒情美學，它也可以是大開大闔的壯美之遊。回首文學歷史上所遺留的美好文字—關於旅行，早已呈露豐沛的創作成果以及廣闊的文化視野，只是我們疏於整理，或者正視它。因此，藉由編選讀本，將時光長廊裡所遺留的旅行文學文本，爬梳成帙，或可為時下之旅行文學創作或論述提供一點新的可能。

讀本擬定二卷，包括卷一、【壯遊】：時光長廊裡的旅人；卷二、【目遊】：觀看世界的方式。卷一【壯遊】所收錄的文本，自《水經注》到《裨海紀遊》止，大致以古典文學與文化史脈絡為主，但不限於傳統歷代文選或古文詩詞中的記遊之作，也同時容納《洛陽伽藍記》、《大唐西域記》、《東京夢華錄》、《真臘風土記》、《瀛涯勝覽》等旅行文學文本。卷二【目遊】所收錄的文本，自郭嵩燾《倫敦與巴黎日記》到梁啟超《新大陸遊記》止，大致以晚清知識份子的記遊之作為主。他們或出使、或留學、或流亡，皆在旅程記敘當中呈現了觀看世界的方式。晚清知識份子的記遊之作不僅以一般的散文形式呈現，也有日記與詩歌體，足見其時文學表現的豐富多采。做為編選者的我，鄭重地邀請所有讀者一同參與這部旅行文學讀本的論述及其發展。

序末，不免要感恩生命旅途中所有與我結緣的師長親友。

特別感謝，恩師李瑞騰教授百忙之中賜序，書法家暨同事陳欽忠教授代為題字，增色不少。也感謝兩位研究生佳怡（研究明末清初女性亂離詩）與翰琳（研究當代旅行散文）協助資料整理、校對與相關庶務。此外，對於秀威資訊公司宋政坤總經理、林世玲經理及賴敬暉先生等人的辛勞付出，亦致上謝意與敬意，值此不景氣之秋，仍願出版此一肯定與銷售市場絕緣之讀本。

最後也感謝，許多熱心提供或轉知相關訊息的相關人士，雖然我不知道你們的名姓，但萬分感念你們所給予的協助，倍感溫馨。當然，還有默默支持的家人，是他們的包容，才有今天的我——得以完成一部與「夢想」有關的讀本。

羅秀美 謹識 二〇〇八、十二

看風景 旅行文學讀本

目次

卷二【目遊】觀看世界的方式 123

【附錄】

卷一【壯遊】

時光長廊裡的旅人

1. 北魏・酈道元《水經注》

〈江水・三峽〉

北魏・酈道元撰、陳橋驛點校《水經注》，上海：古籍出版社，一九九〇年

自三峽七百里中，兩岸連山，略無闕處；重岩疊嶂，隱天蔽日，自非亭午夜分，不見曦月。至於夏水襄陵，沿泝阻絕。或王命急宣，有時朝發白帝，暮到江陵，其間千二百里，雖乘奔御風，不以疾也。春冬之時，則素湍綠潭，迴清倒影。絕巘多生怪柏，懸泉瀑布，飛漱其間。清榮峻茂，良多趣味。每至晴初霜旦，林寒澗肅，常有高猿長嘯，屬引淒異，空谷傳響，哀轉久絕。故漁者歌曰：「巴東三峽巫峽長，猿鳴三聲淚沾裳！」

江水又東，逕黃牛山下，有灘名曰「黃牛灘」。南岸重嶺疊起，最外高崖間，有石色如人負刀牽牛，人黑牛黃，成就分明。既人跡所絕，莫得究焉。此巖既高，加以江湍紆回，雖途逕信宿，猶望見此物。故行者謠曰：「朝發黃牛，暮宿黃牛；三朝三暮，黃牛如故。」言水路紆深，迴望如一矣。

江水又東，逕西陵峽。《宜都記》曰：「自黃牛灘東入西陵界，至峽口百許里，山水紆

曲，而兩岸高山重障，非日中夜半，不見日月。絕壁或千許丈，其石采色形容，多所象類。林木高茂，略盡冬春。猿鳴至清，山谷傳響，泠泠不絕。」所謂「三峽」，此其一也。

山松言：「常聞峽中水疾，書記及口傳，悉以臨懼相戒，曾無稱有山水之美也。及余來踐躋此境。既至欣然，始信之耳聞不如親見矣。其疊崿秀峰，奇構異形，固難以辭敘。林木蕭森，離離蔚蔚，乃在霞氣之表。仰矚俯映，彌習彌佳，流連信宿，不覺忘返。目所履歷，未嘗有也。既自欣得此奇觀，山水有靈，亦當驚知己於千古矣。」

【作者】

酈道元（四六六或四七二年～五二七），字善長。范陽涿鹿（今河北省涿鹿縣）人。北魏地理學家、散文家。仕途坎坷，終生未能盡其才。博覽奇書，幼時曾隨其父到山東訪求水道，後又游歷秦嶺、淮河以北和長城以南廣大地區，考察河道溝渠，搜集有關的風土民情、歷史故事及神話傳說，撰成《水經注》四十卷。文筆雋永，描寫生動，既是一部內容豐富多彩的地理著作，也是一部優美的山水散文匯集。酈道元可稱為中國游記文學的開創者，對後世游記散文的發展影響頗大。另著《本志》十三篇及《七聘》等文，已佚。

【賞析】

〈江水・三峽〉

〈江水・三峽〉一文，描寫長江三峽壯麗之貌，其江流湍急與四時異景尤其特出。而三峽本身即有長篇史詩般的壯闊氣勢。全文四個段落，既寫山也寫江水。

首段綜觀山勢，以峽深山高突顯其山勢之雄尾險峻。三峽因重疊而隱蔽，所以「自非亭午夜分，不見曦月」，此處寫峽之深。對照王維〈終南山〉之「分野中峰變，陰晴眾壑殊」寫山之大，可見各有佳妙。

以下聚焦於江水之四時異景。先寫夏季水勢，以突顯其暴漲流急的樣貌，描述江水奔騰直下、洶湧湍急之勢。續寫春冬之時，水退潭清、山水秀麗，描繪三峽清幽雋絕，令人流連忘返的風光。再寫秋天之高猿長嘯，以突顯山野寂寥、猿聲哀婉。末以猿啼聲作結，並引漁者之歌，更添峽景之淒涼。而「高猿長嘯，屬引淒異，空谷傳響，哀轉久絕」又可與李白「兩岸猿聲啼不住，輕舟已過萬重山」〈下江陵〉詩句相互映照，可見李白雖用酈道元文意，卻有另一番心情。

續寫「黃牛灘」之巖高江湍，並引行者歌謠以說明水路之迂深。

其後兩段，引袁山松《宜都記》文字，以說明西陵峽之壯闊。所引部分文字與首段酈道元的文字頗為雷同，亦可見前人習於轉引雜抄之情狀。末段亦以袁山松之言以證明三峽之秀麗為天下「山水之美」者。

題目寫三峽，內容重在寫江水。〈江水・三峽〉堪為中古時期描山述水的游記佳作。

【延伸閱讀】

1 北魏・酈道元原著，清・汪士鐸圖，陳橋驛校釋《水經注圖》，濟南：山東畫報出版社，二〇〇三年五月。

2 于堅等著《三峽記》，臺北：經典雜誌出版社，二〇〇三年六月。

3 彼得・海斯勒著；吳美真譯《消失中的江城：一位西方作家在長江古城探索中國》，臺北：久周出版公司，二〇〇六年十二月。

2. 北魏・楊衒之《洛陽伽藍記》

北魏・楊衒之撰，周祖謨校釋《洛陽伽藍記校釋》，上海書店，二〇〇〇年四月

〈法雲寺〉

法雲寺，西域烏場國胡沙門曇摩羅所立也。在寶光寺西，隔牆並門。

摩羅聰慧利根，學窮釋氏。至中國，即曉魏言及隸書，凡所聞見，無不通解，是以道俗貴賤，同歸仰之。作祇洹寺一所，工制甚精。

佛殿僧房，皆為胡飾。丹素炫彩，金玉垂輝，摹寫真容，似丈六之見鹿苑；神光壯麗，若金剛之在雙林。伽藍之內，花果蔚茂，芳草蔓合，嘉木被庭。京師沙門好胡法者，皆就摩羅受持之。戒行真苦，難可揄揚。祕呪神驗，閻浮所無。呪枯樹能生枝葉，呪人變為驢馬，見之莫不忻怖。西域所賚舍利骨及佛牙經像皆在此寺。

寺北有侍中尚書令臨淮王彧宅。

或博通典籍，辨慧清悟，風儀詳審，容止可觀。至三元肇慶，萬國齊臻，金蟬曜首，寶玉鳴腰，負荷執笏，逶迤複道。觀者忘疲，莫不歎服。或性愛林泉，又重賓客。至於春風扇揚，花樹如錦，晨食南館，夜遊後園，僚寀成群，俊民滿席。絲桐發響，羽觴流行，詩賦並陳，清言乍起，莫不領其玄奧，忘其褊恡焉。是以入彧室者，謂登僊也。荊州秀才張斐常為五言，有清拔之句云：「異林花共色，別樹鳥同聲。」或以蛟龍錦賜之。亦有得緋紬紫綾者。唯河東裴子明為詩不工，罰酒一石。子明飲八斗而醉眠，時人譬之山濤。及尒朱兆入京師，彧為亂兵所害，朝野痛惜焉。

出西陽門外四里，御道南，有洛陽大市，周迴八里。市南有皇女臺，漢大將軍梁冀所造，猶高五丈餘。景明中，比丘道恒立靈僊寺於其上。臺西有河陽縣，臺東有侍中侯剛宅。市西北有土山魚池，亦冀之所造。

即漢書所謂：「採土築山，十里九坂，以象二崤」者。

市東有通商、達貨二里。里內之人盡皆工巧屠販為生，資財巨萬。

有劉寶者，最為富室。州郡都會之處皆立一宅，各養馬十疋。至於鹽粟貴賤，市價高下，所在一例。舟車所通，足跡所履，莫不商販焉。是以海內之貨，咸萃其庭，產匹銅山，家藏金穴。宅宇踰制，樓觀出雲，車馬服飾擬於王者。

市南有調音、樂律二里。里內之人，絲竹謳歌，天下妙伎出焉。

有田僧超者，善吹笳，能為〈壯士歌〉、〈項羽吟〉，征西將軍崔延伯甚愛之。正光末，高平失據，虎吏充斥。賊帥万俟醜奴寇暴涇、岐之間，朝廷為旰食，詔延伯總步騎五萬討之。延伯出師於洛陽城西張方橋，即漢之夕陽亭也。時公卿祖道，車騎成列。延伯危冠長劍耀武於前，僧超吹〈壯士笛曲〉於後，聞之者懦夫成勇，劍客思奮。延伯膽略不群，威名早著，為國展力，二十餘年，攻無全城，戰無橫陳，是以朝廷傾心送之。延伯每臨陣，常令僧超為壯士聲，甲冑之士莫不踴躍。延伯單馬入陣，旁若無人，勇冠三軍，威鎮戎豎。二年之間，獻捷相繼。醜奴募善射者射僧超亡，延伯悲惜哀慟，左右謂伯牙之失鐘子期不能過也。後延伯為流矢所中，卒於軍中。於是五萬之師，一時潰散。

市西有延酤、治觴二里。里內之人多醞酒為業。

河東人劉白墮善能釀酒。季夏六月，時暑赫晞，以甖貯酒，暴於日中，經一旬，其酒味不動。飲之香美，醉而經月不醒。京師朝貴多出郡登藩，遠相餉饋，逾於千里。以其遠至，號曰「鶴觴」。亦名「騎驢酒」。永熙年中，南青州刺史毛鴻賓齎酒之藩，逢路賊盜，飲之即醉，皆被擒獲，因此復名「擒奸酒」。遊俠語曰：「不畏張弓拔刀，唯畏白墮春醪。」

市北慈孝、奉終二里。里內之人以賣棺槨為業，賃輀車為事。

有輓歌孫巖，娶妻三年，妻不脫衣而臥。巖因怪之，伺其睡，陰解其衣，有毛長三尺，似野狐尾，巖懼而出之。妻臨去，將刀截巖髮而走，鄰人逐之，變成一狐，追之不得。其後京邑被截髮者，一百三十餘人。初變為婦人，衣服靚妝，行於道路，人見而悅近之皆被截髮。當時有婦人著綵衣者，人皆指為狐魅。熙平二年四月有此，至秋乃止。

別有阜財、金肆二里，富人在焉。凡此十里，多諸工商貨殖之民。千金比屋，層樓對出，重門啟扇，閣道交通，迭相臨望。金銀錦繡，奴婢緹衣；五味八珍，僕隸畢口。神龜年中，以工商上僭，議不聽衣金銀錦繡。雖立此制，竟不施行。

阜財里內有開善寺，京兆人韋英宅也。英早卒，其妻梁氏不治喪而嫁，更納河內人向子集為夫。雖云改嫁，仍居英宅。英聞梁氏嫁，白日來歸，乘馬將數人至於庭前，呼曰：「阿梁，卿忘我也！」子集驚怖，張弓射之，應弦而倒，即變為桃人，所騎之馬，亦變為茅馬。從者數人，盡化為蒲人。梁氏惶懼，捨宅為寺。南陽人侯慶，可高丈餘。慶有牛一頭，擬貨為金色，遇急事，遂以牛他用之。經二年，慶妻馬氏，忽夢此像謂之曰：「卿夫婦負我金色，久而不償；今取卿兒醜多以償金色馬。」悟覺，心不惶安；至曉，醜多得病而亡。慶年五十，唯有一子，悲哀之聲，感於行路。醜多亡日，像自然金色，光照四隣，一里之內，咸聞香氣；僧俗長幼，皆來觀覩。尚書右僕射元稹聞里內頻有怪異，遂改阜財里為齊諧里也。

自延酤以西，張方溝以東，南臨落水，北達芒山；其間東西二里；南北十五里，並名為壽丘里；皇宗所居也，民間號為王子坊。

當時四海晏清，八荒率職，縹囊紀慶，玉燭調辰，百姓殷阜，年登俗樂。鰥寡不聞犬豕之食，煢獨不見牛馬之衣。於是帝族王侯，外戚公主，擅山海之富，居山川之饒，爭修園宅，互相誇競。崇門豐室，洞戶連房，飛館生風，重樓起霧；高台芳榭，家家而築，花林曲池，園園而有；莫不桃李夏綠，竹栢冬青。而河間王琛最為豪首，常與高陽爭衡。造文栢堂，形如徽音殿。置玉井金罐，以五色績為繩。妓女三百人，盡皆國色。有婢朝雲，善吹篪，能為團扇歌、隴上聲。琛為秦州刺史，諸羌外叛，屢討之不降。琛令朝雲假為貧嫗吹篪而乞。諸羌聞之，悉皆流涕。迭相謂曰：「何為棄墳井，在山谷為寇也！」即相率歸降。秦民語曰：「快馬健兒，不如老嫗吹篪。」琛在秦州，多無政績，遣使向西域求名馬，遠至波斯國，得千里馬，號曰：「追風赤驥」。次有七百里者十餘匹，皆有名字。以銀為槽，金為鎖環，諸王服其豪富。琛常語人云：「晉室石崇乃是庶姓，猶能雉頭狐掖，畫卵雕薪；況我大魏大王，不為華侈！」造迎風館于後園，牕戶之上，列錢青瑣，玉鳳銜鈴，金龍吐佩，素柰朱李，枝條入簷，伎女樓上，坐而摘食。琛常會宗室，陳諸寶器，金瓶銀瓮百餘口，甌檠盤盒稱是。自餘酒器，有水晶鉢、瑪瑙盃、琉璃碗、赤玉巵數十枚。作工奇妙，中土所無，皆從西域而來。又陳女樂及諸名馬，復引諸王按行府庫。錦罽珠璣，冰羅霧縠，充積其內。綉、□、紬、綾、絲、葛越、錢、絹等，不可數計。琛忽謂章武王融曰：「不恨我不見石崇，恨石崇不見我！」融立性貪暴，志欲無限，見之惋歎，不覺生疾。還家臥三日不起。江陽王繼來省疾，謂曰：「卿之財產，應得抗衡；何為歎羨以至於此？」融曰：「常謂高陽一人，寶貨多融；誰知河間，瞻之在前！」繼笑曰：「卿欲作袁術之在淮南，不知世間復有劉備也！」融乃蹶起，置酒作樂。于時國家殷富，庫藏盈溢，錢絹露積於廊昔，不可較數。及太后賜百官絹，任意自取，朝臣莫不稱力而去。唯融與陳留侯李崇負絹過任，蹶倒傷踝。太后及不與之，令其空出，時人笑焉。侍中崔光止取兩疋，太后問曰：「侍中何少？」對曰：「臣有兩手，唯堪兩疋，所獲多矣。」朝貴服其清廉。經河陰之役，諸元殲盡，王侯第宅，多題為寺。

壽丘里閭，列洹相望，祇洹鬱起，寶塔高淩。四月初八日，京師士女，多至河間寺。觀其廊無綺麗，無不歎息；以為蓬萊僊室，亦不是過。入其後園，見溝瀆蹇產，石磴嶕嶢，朱荷出池，綠萍浮水，飛梁跨閣，高樹出雲，咸皆唧唧；雖梁王兔苑，想之不如也。

【作者】

楊衒之，北魏散文家。楊或作陽，又誤作羊，北平（今河北滿城）人。曾任撫軍府司馬、秘書監等職。博學能文，精通佛教經典。公元五四七年，行經北魏舊都洛陽，當時正值喪亂之後，王公貴族耗費巨資興建的佛寺已經大半被毀。他在感慨之餘，寫作《洛陽伽藍記》五卷，記述北魏時洛陽佛寺園林的興衰梗概，並且還記載當地人物、風俗、地理及傳聞掌故，文中並揭露北朝貴族官僚窮奢極欲的情狀，寓有譏評之意。文筆簡潔清秀，敘事繁而不亂，駢中有散，頗具特色，而且具有史料價值。

【賞析】

楊衒之《洛陽伽藍記》為記述洛陽寺廟之作。「伽藍」是梵語「僧伽藍摩」的省稱。「僧伽」義為「眾」，「藍摩」義為「園」，意謂大眾共住的園林，一般都是國王或大富長者所施捨，以供各處僧侶居住之地，也就是佛寺的別名。

全書依「城內」、「城東」、「城南」、「城西」、「城北」順時針為序，分為五卷，所記寺廟多達七十多所。本文〈法雲寺〉即出自卷四「城西」。文首即述及法雲寺設立之因緣與歷史概況。

然而，其後大部分內容卻多述法雲寺外之事，而這也正是《洛陽伽藍記》的書寫體例，明寫寺廟，實寫北魏歷史與洛陽地理、人事等。如〈法雲寺〉第二部分以後便寫道寺北侍中尚書令王彧之事，其後又寫軍樂家田僧超吹笳、劉白墮釀酒等人事。可見楊衒之對洛陽城內的歷史掌故知之甚詳。

其中亦有道神怪傳聞的記述，如〈法雲寺〉孫巖娶狐女、韋英妻梁氏不治喪而改嫁導致棄宅改寺的故事，與南朝志怪小說相近，頗引人入勝，亦可見作者之文字駕馭功力。

此外，《洛陽伽藍記》也是一部生動的國際都市生活史。北魏洛陽城相較於同時期的南朝建康城更具規模，腹地寬廣，井然有序，是中國有史以來最宏麗之都城。因此，各國商賈工伎逐漸往洛陽匯集，並從事各項商業活動，使洛陽逐漸成為四方雲集的物流集散中心，呈現異國情調，成為國際性的商業大都會。〈法雲寺〉即記載洛陽大市之概況：「市東有通商、達貨二里。里內之人，盡皆工巧，屠販為生，資財巨萬。」、「市南有調音、樂律二里。里內之人，絲竹謳歌，天下妙伎出焉。」、「市西有退酤、治觴二里。里內之人多醞酒為業。」、「市北慈孝、奉終二里。里內之人，以賣棺槨為業，賃輀車為事。」，可見洛陽城已施行都市計畫，建立里坊制度，無形中也促使消費商品建立了市場區隔，使各行各業更具特色。其中最有趣且引人注目的是，洛陽城內出現一位類似今日連鎖關係企業大老闆劉寶，〈法雲寺〉「市東」一段如是記載：「州郡都會之處，皆立一宅，至於鹽粟貴賤，市價高下，所在一例。舟車所通，足跡所履，莫不商販焉。是以海內之貨，咸萃其庭，產匹銅山，家藏金穴，宅宇踰制，樓觀出雲，車馬服飾擬於王者。」可見，劉寶這位跨州越郡的商業鉅子，其經營規模之大，適足以說明北魏洛陽城早已成為活絡至極的市場經濟體。

《洛陽伽藍記》內文有「正文」、「子註」之分，開創史家自註之體例。明清以來重要刻本皆正文、子註連寫，今人周祖謨在前人研究基礎上，把正文、子註分開，作《洛陽伽藍記校釋》。另，徐高阮《重刊洛陽伽藍記》亦值得參酌。「正文」與「子註」之區別大致歸納如下：（一）凡記伽藍者為正文。（二）涉及官署者為注文。（三）所載時人之事跡與民間故事者為注文。（四）有銜之案語者為注文。

【延伸閱讀】

1
王文進編撰《淨土上的烽煙——洛陽伽藍記》，臺北：時報文化公司，一九八一年一月。
林文月〈洛陽伽藍記的冷筆與熱筆〉，《臺大中文學報》第一期，一九八五年十一月，頁一〇五—一三七。

王美秀《歷史．空間．身分：洛陽伽藍記的文化論述》，臺北：里仁書局，二〇〇七年一月。

2 逯耀東《從平城到洛陽——拓跋魏文化轉變的歷程》，臺北：東大圖書公司，二〇〇〇年十二月。

3 彼得．海斯勒著；盧秋瑩譯《甲骨文：流離時空裡的新生中國》，臺北：久周出版公司，二〇〇七年五月。

3. 唐・玄奘《大唐西域記》

〈印度總述〉

唐・玄奘口述、辯機著，季羡林等校注《大唐西域記校注》，北京：中華書局，二〇〇〇年

一、釋名

詳夫天竺之稱，異議糾紛，舊云身毒，或曰賢豆，今從正音，宜云印度。印度之人，隨地稱國，殊方異俗，遙舉總名，語其所美，謂之印度。印度者，唐言月。月有多名，斯其一稱。言諸群生輪迴不息，無明長夜，莫有司晨，其猶白日既隱，宵月斯繼，雖有星光之照，豈如朗月之明！苟緣斯致，因而譬月。良以其土聖賢繼軌，導凡禦物，如月照臨。由是義故，謂之印度。印度種姓，族類群分，而婆羅門特為清貴，從其雅稱，傳以成俗，無云經界之別，總謂婆羅門國焉。

二、疆域

若其封疆之域，可得而言。五印度之境，周九萬餘裏，三垂大海，北背雪山。北廣南狹，形如半月。畫野區分，七十餘國。時特暑熱，地多泉濕。北乃山阜隱軫，丘陵舄鹵；東則川野沃潤，疇壠膏腴；南方草木榮茂；西方土地磽確。斯大概也，可略言焉。

三、數量

夫數量之稱，謂踰繕那。（舊曰由旬，又曰踰闍那，又曰由延，皆訛略也）。踰繕那者，自古聖王一日軍程也。舊傳一踰繕那四十裏矣。印度國俗乃三十裏，聖教所載唯十六裏。窮微之數，分一踰繕那為八拘盧舍。拘盧舍者，謂大牛鳴聲所極聞，稱拘盧舍。分一拘盧舍為五百弓，分一弓為四肘，分一肘為二十四指，分一指節為七宿麥，乃至虱、蟣、隙塵、牛毛、羊毛、兔毫、銅水，次第七分，以至細塵；細塵七分為極細塵。極細塵者，不可復析，析即歸空，故曰極微也。

四、歲時

若乃陰陽曆運，日月次舍，稱謂雖殊，時候無異，隨其星建，以標月名。時極短者，謂剎那（二）也。百二十剎那為一呾剎那，六十呾剎那為一臘縛，三十臘縛為一牟呼栗多，五牟呼栗多為一時，六時合成一日一夜。（晝三夜三）。居俗日夜分為八時。（晝四夜四，於一一時各有四分。）月盈至滿，謂之白分；月虧至晦，謂之黑分。黑分或十四日、十五日，月有小大故也。黑前白後，合為一月。六月合為一行。日遊在內，北行也；日遊在外，南行也。總此二行，合為一歲；又分一歲，以為六時。正月十六日至三月十五日，漸熱也；三月十六日至五月十五日，盛熱也；五月十六日至七月十五日，雨時也；七月十六日到九月十五日，茂時也；九月十六日到十一月十五日，漸寒也；十一月十六日至正月十五日，盛寒也。如來聖教，歲為三時。正月十六日到五月十五日，熱時也；五月十六日到九月十五日，雨時也；九月十六日至正月十五日，寒時也。或為四時，春夏秋冬也。春三月謂制呾羅月、吠舍佉月、逝瑟吒月，當此從正月十六日到四月十五日。夏三月謂頞沙荼月、室羅代拏月、婆達羅鉢陁月，當此從四月十六日至七月十五日。秋三月謂頞濕縛庾闍月、迦剌底迦月、末伽始羅月，當此從七月十六日至十月十五日。冬三月謂報沙月、磨祛月、頗勒窶拏月，當此從十月十六日至正月十五日。故印度僧徒，依佛聖教，坐雨安居，或前三月，或後三月。前三月當此從五月十六日到八月十五日，後三月當此從六月十六日至九月十五日。前代譯經律者，或云坐夏，或云坐臘，斯皆邊裔殊俗，不達中國正音，或方言未融，而傳譯有謬。又推如來入胎、初生、出家、成佛、涅槃日月，皆有參差，語在後記。

五、邑居

若夫邑里閭閻，方城廣峙；街衢巷陌，曲徑盤迂。闤闠當塗，旗亭夾路。屠、釣、倡、優、魁膾、除糞，旌厥宅居，斥之邑外，行里往來，僻於路左。至於宅居之製，垣郭之作，地勢卑濕，城多疊塼，暨諸牆壁，或編竹木。室宇臺觀，板屋平頭，涅以石灰，覆以甎墼。諸異崇構，製同中夏。苫茅苫草，或塼或板。壁以石灰為飾，地塗牛糞為淨，時花散佈，斯其異也。諸僧伽藍，頗極奇製。隅樓四起，重閣三層。榱梠棟梁，奇形彫鏤；戶牖垣牆，圖畫眾綵。黎庶之居，內侈外儉。隩室中堂，高廣有異；層臺重閣，形製不拘。門闢東戶，朝座東面。至於坐止，咸用繩牀。王族、大人、士庶、豪右，莊飾有殊，規矩無異。君王朝坐，彌復高廣，珠璣間錯，謂師子牀，敷以細氎，蹈以寶機。凡百庶僚，隨其所好，刻彫異類，瑩飾奇珍。

六、衣飾

衣裳服玩，無所裁製，貴鮮白，輕雜綵。男則繞腰絡腋，橫巾右袒。女乃襜衣下垂，通肩總覆。頂為小髻，餘髮垂下。或有剪髭，別為詭俗。首冠花鬘，身佩瓔珞。其所服者，謂憍奢耶衣及氎布等。憍奢耶者，野蠶絲也。菆摩衣，麻之類也。頷嚧嚴𠬝。鉢羅衣，織細羊毛也。褐刺縭衣，織野獸毛也。獸毛細軟，可得緝績，故以見珍而充服用。其北印度風土寒烈，短製褊衣，頗同胡服。外道服飾，紛雜異製。或衣孔雀羽尾，或飾髑髏瓔珞，或無服露形，或草板掩體，或拔髮斷髭，或蓬鬢椎髻，裳衣無定，赤白不恒。沙門法服，唯有三衣及僧卻崎、泥縛些那。三衣裁製，部執不同。或緣有寬狹，或葉有小大。僧卻崎（唐言掩腋。舊曰僧祇支，訛也。）覆左肩，掩兩腋，左開右合，長裁過腰。泥縛些那（唐言裙。舊日涅槃僧，訛也）。既無帶襻，其將服也，集也為襵，束帶以絛。襵則諸部各異，色乃黃赤不同。剎帝利、婆羅門，清素居簡，潔白儉約。國王、大臣、服玩良異。花鬘寶冠，以為首飾；環釧瓔珞，而作身佩。其有富商大賈，唯釧而已。人多徒跣，少有所履。染其牙齒，或赤或黑。齊髮穿耳，修鼻大眼，斯其貌也。

七、饌食

夫其潔清自守，非矯其志。凡有饌食，必盥洗，殘宿不再，食器不傳。瓦木之器，經用必棄。金銀銅鐵，每加摩瑩。饌食既訖，嚼楊枝而為淨。澡漱未終，無相執觸。每有溲溺，必事澡灌。身塗諸香，所謂旃檀、鬱金也。君王將浴，鼓奏絃歌。祭祀拜祠，沐浴盥洗。

八、文字

詳其文字，梵天所製，原始垂則，四十七言。遇物合成，隨事轉用，流演枝派，其源浸廣。因地隨人，微有改變，語其大較，未異本源。而中印度特為詳正，辭調和雅，與天同音，氣韻清亮，為人軌則。鄰境異國，習謬成訓，競趨澆俗，莫守淳風。

至於記言書事，各有司存，史誥揔稱謂尼羅蔽荼（唐言青藏）。善惡具舉，災祥備著。

九、教育

而開蒙誘進，先導十二章。七歲之後，漸授五明大論。一曰聲明，釋詁訓字，詮目流別；二工巧明，伎術機關，陰陽曆數；三醫方明，禁呪閑邪，藥石針艾；四謂因明，考定正邪，研覈真偽；五曰內明，究暢五乘，因果妙理。

其婆羅門學四《吠陀論》（舊曰毗陀，訛。）一曰壽，謂養生繕性；二曰祠，謂享祭祈禱；三曰平，謂禮儀、占卜、兵法軍陣；四曰術，謂異能、伎數、禁呪、醫方。

師必博究精微，貫窮玄奧，示之大義，導以微言，提撕善誘，彫杇勵薄。若乃識量通敏，志懷逋逸，則拘縶反關，業成後已。

年方三十，志立學成，即居祿位，先酬師德。其有博古好雅，肥遁居貞，沈浮物外，逍遙事表，寵辱不驚，聲問以遠，君王雅尚，莫能屈迹。然而國重聰叡，俗貴高明，褒贊既隆，禮命亦重。故能強志篤學，忘疲遊藝，訪道依仁，不遠千里。家雖豪富，志均羇旅，口腹之資，巡匃以濟。有貴知道，無耻匱財。娛遊惰業，媮食靡衣，既無令德，又非時習，恥辱俱至，醜聲載揚。

十、佛教

如來理教，隨類得解。去聖悠遠，正法醇醨，任其見解之心，俱獲聞知之悟。部執峰峙，諍論波濤，異學專門，殊途同致。十有八部，各擅鋒銳。大小二乘，居止區別。其有宴默思惟，經行住立，定慧悠隔，諠靜良殊，隨其眾居，各製科防。無云律論，絓是佛經，講宣一部，乃免僧知事；二部，加上房資具；三部，差侍者祗承；四部，給淨人役使；五部，則行乘象輿；六部，又導從周衛。道德既高，旌命亦異。時集講論，考其優劣，彰別善惡，黜涉幽明。其有商攉微言，抑揚妙理，雅辭贍美，妙辯敏捷，於是馭乘寶象，導從如林。至乃義門虛闢，辭鋒挫銳，理寡而辭繁，義乖而言順，遂即面塗赭堊，身坌塵土，斥於曠野，棄之溝壑。既旌淑慝，亦表賢愚。人知樂道，家勤志學。出家歸俗，從其所好。罹咎犯律，僧中科罰，輕則眾命訶責，次又眾不與語，重乃眾不共住。不共住者，斥擯不齒，出一住處，措身無所，羈旅艱辛，或返初服。

十一、族姓

若夫族姓殊者，有四流焉：一曰婆羅門，淨行也，守道居貞，潔白其操。二曰剎帝利，王種也（舊曰刹利，略也）。奕世君臨，仁恕為志。三曰吠奢（舊曰毗舍，訛也）。商賈也，貿遷有無，逐利遠近。四曰戍陀羅（舊曰首陀。訛也）。農人也，肆力疇隴，勤身稼穡。凡茲四姓，清濁殊流，婚娶通親，飛伏異路，內外宗枝，姻媾不雜。婦人一嫁，終無再醮。自餘雜姓，實繁種族，各隨類聚，難以詳載。

十二、兵術

君王奕世，惟刹帝利。弒篡時起，異姓稱尊。國之戰士，驍雄畢選，子父傳業，遂窮兵術。居則宮廬周衛，征則奮旅前鋒。凡有四兵，步馬車象。象則被以堅甲，牙施利距，一將安乘，授其節度，兩卒左右，為之駕馭。車乃駕以駟馬，兵帥居其乘，列卒周衛，扶輪挾轂。馬軍散禦，逐北奔命。步軍輕捍，敢勇充選，負大櫓，執長戟，或持刀劍，前奮行陣。凡諸戎器，莫不鋒銳，所謂矛、楯、弓、矢、刀、劍、鉞、斧、戈、殳、長矟、輪索之屬，皆世習矣。

十三、刑法

夫其俗也，性雖狷急，志甚貞質，於財無苟得，於義有餘讓，懼冥運之罪，輕生事之業，詭譎不行，盟誓為信。政教尚質，風俗猶和。凶悖羣小，時虧國憲，謀危君上，事迹彰明，則常幽囹圄，無所刑戮，任其生死，不齒人倫。犯傷禮義，悖逆忠孝，則劓鼻、截耳、斷手、刖足、或驅出國，或放荒裔。自餘咎犯，輸財贖罪。理獄占辭，不加刑樸，隨問款對，據事平科。拒違所犯，恥過飾非。欲究情實，事須案者，凡有四條：水、火、稱、毒。水則罪人與石，盛以連囊，沈之深流，校其真偽。人沈石浮則有犯，人浮石沈則無隱。火乃燒鐵，罪人踞上，復使足蹈，既遣掌案，又令舌舐，虛無所損，實有所傷。懦弱之人不堪炎熱，捧未開花，散之向焰，虛則花發，實則花焦。稱則人石平衡，輕重取驗，虛則人低石舉，實則石重人輕。毒則以一羖羊，剖其右髀，隨被訟人所食之分，雜諸毒藥置右髀中，實則毒發而死，虛則毒歇而蘇。舉四條之例，防百非之路。

十四、敬儀

致敬之式，其儀九等：一發言慰問，二俯首示敬，三舉手高揖，四合掌平拱，五屈膝，六長跪，七手膝踞地，八五輪俱屈，九五體投地。凡斯九等，極唯一拜。跪而讚德，謂之盡敬。遠則稽顙拜手，近則舐足摩踵。凡其致辭受命，褰裳長跪，尊賢受拜，必有慰辭。或摩其頂，或拊其背，善言誨導，以示親厚。出家沙門，既受敬禮，唯加善願，無止跪拜。隨所宗事，多有旋繞，或唯一周，或復三帀。宿心別請，數則從欲。

十五、病死

凡遭疾病，絕粒七日，期限之中，多有痊愈。必未瘳差，方乃餌藥。藥之性類，名種不同。醫之工伎，占候有異。

終沒臨喪，哀號相泣，裂裳擗髮，拍額椎胸。服制無間，喪期無數。送終殯葬，其儀有三：一曰火葬，積薪焚燎；二曰水葬，沈流漂散；三曰野葬，棄林飤獸。國王殂落，先立嗣君，以主喪祭，以定上下。生立德號，死無議謚。喪禍之家，人莫就食。殯葬之後，復常無諱。諸有送死，以為不潔，咸於郭外浴而後入。至於年耆壽耄，死期將至，嬰累沈痾，生崖恐極，厭離塵俗，願棄人間，輕鄙生死，希遠世路。於是親故知友，奏樂餞會，泛舟鼓棹，濟殑伽河，中流自溺，謂得生天。十有其一，未盡鄙見。出家僧眾，制無號哭，父母亡喪，誦念酬恩。追遠慎終，寔資冥福。

十六、賦稅

政教既寬，機務亦簡。戶不籍書，人無傜課。王田之內，大分為四：一充國用祭祀粢盛；二以封建輔佐宰臣；三賞聰叡碩學高才；四樹福田，給諸異道。所以賦斂輕薄，傜稅儉省，各安世業，俱佃口分。假種王田，六稅其一。商賈逐利，來往貿遷，津路關防，輕稅後過。國家營建，不虛勞役，據其成功，酬之價直。鎮戍征行，宮廬營衛，量事招募，懸賞待人。宰牧、輔臣、庶官、僚佐，各有分地，自食封邑。

十七、物產

風壤既別，地利亦殊。花草果木，雜種異名，所謂菴沒羅果、菴弭羅果、末杜迦果、跋達羅果、劫比他果、阿末羅果、鎮杜迦果、烏曇跋羅果、茂遮果、那利葪羅果、般橠娑果。凡厥此類，難以備載，見珍人世者，略舉言焉。至於棗、栗、椑、柿，印度無聞。梨、柰、桃、杏、蒲萄等果，迦濕彌羅國已來，往往間植。石榴、甘橘，諸國皆樹。

墾國農務，稼穡耕耘，播植隨時，各從勞逸。土宜所出，稻麥尤多。

蔬菜則有薑、芥、瓜、瓠、葷陁菜等。蔥蒜雖少，噉食亦希，家有食者，驅令出郭。

至於乳酪、膏酥、粆糖、石蜜、芥石油、諸餅麨，常所膳也。魚、羊、麞、鹿，時薦肴胾。牛、驢、象、馬、豕、犬、狐、狼、師子、猴、猨，凡此毛羣，例無味噉。噉者鄙恥，眾所穢惡，屏居郭外，希迹人間。

若其酒醴之差，滋味流別。蒲萄、甘蔗，剎帝利飲也；麴櫱醇醪，吠奢等飲也。沙門、婆羅門，飲蒲萄甘蔗漿，非酒醴之謂也。雜姓卑族，無所流別。

然其資用之器，巧質有殊。什物之具，隨時無闕，雖釜鑊斯用，而炊甑莫知，多器坯土，少用赤銅。食以一器，眾味相調，手指斟酌，略無匙箸，至於老病，乃用銅匙。

若其金、銀、鍮石、白玉、火珠，風土所產，彌復盈積。奇珍雜寶，異類殊名，出自海隅，易以求貿。然其貨用，交遷有無，金錢、銀錢、貝珠、小珠。

印度之境，疆界具舉，風壤之差，大略斯在。同條共貫，粗陳梗概。異政殊俗，據國而敘。

【作者】

玄奘（六〇二—六六四，唐仁壽二年～麟德元年二月五日），唐朝著名的三藏法師，漢傳佛教歷史上最偉大的譯師、佛教法相宗創始人。俗姓陳，本名褘，出生於河南洛陽洛州緱氏縣（今河南省偃師市南境）。玄奘亦為《西游記》中唐僧的原型。

【賞析】

〈印度總述〉

《大唐西域記》為唐代有關西域的歷史地理著作，由玄奘與其弟子辯機同撰，共十二卷。唐貞觀元年（西元六二七，一作貞觀三年），玄奘為鑽研佛學，從長安（今西安）出發，經中亞到達印度取經。在印度游學十多年後，於貞觀十九年返抵長安。回國後，玄奘遵照唐太宗意旨，口述旅途所經各地情況，由協助譯經的辯機筆錄；次年完成這部十萬多字的《大唐西域記》。

該書記載玄奘親身經歷和傳聞所知的一百三十八個國家和地區、城邦，包括今日中國新疆維吾爾自治區、中亞地區、阿富汗、伊朗、巴基斯坦、印度、尼泊爾、孟加拉、斯里蘭卡等地。各國之排列，基本上以行程先後為序：卷一所述，從阿耆尼國到迦畢試國（即從中國新疆經中亞抵達阿富汗）；卷二為印度總述，並記載從濫波國到健馱羅國（即從阿富汗進入北印度）；卷三至卷十一所述，從烏仗那國至伐剌挐國（包括北、中、東、南、西五印度及傳聞諸國）；卷十二所述，從漕矩吒國至納縛波故國（即從阿富汗返抵中國新疆南部地區）。內容豐富，記載各地地理形勢、水陸交通、氣候、物產、民族、語言、歷史、政治、經濟生活、宗教、文化、風俗習慣等各方面。特別是對於各地宗教寺院的概況和佛教的故事傳說，都做了詳細記載。

《大唐西域記》對研究古代中亞及南亞的歷史有相當重要的參考價值。尤其是卷二「印度總述」部分，玄奘保存了大量古代印度的史料，包括印度國名的由來、疆域、度量衡和曆律、城池和住所、衣食、文化教育、佛教、兵術、刑罰、禮節、殯葬儀式、賦稅等自然資源與風俗民情、社會概況。

該書也記載了傑出的梵文文法學家波尼尼、印度歷史上著名的毗盧擇迦王、阿育王、迦膩色迦王等人的寶貴史料。其次，所述佛教史上幾次著名的結集，大、小乘部派的分布，著名佛教學者的活動等，更是印度佛教史研究的重要史料。此外，該書也是考古學不可或缺的參考文獻，考古學家曾根據書中提供的線索，發掘並鑑定許多重要的歷史遺址和文物，如印度著名的那爛陀寺遺址（玄奘游學之所）即是。

【延伸閱讀】

1 唐‧玄奘、芮傳明譯注《大唐西域記》，台灣古籍出版社，二〇〇六年六月。

唐・玄奘《大唐西域記》，臺北：商周出版社，二〇〇五年三月（上海社會科學院出版社授權繁體版；附插圖）。

2

錢文忠《玄奘西遊記》，臺北：印刻出版社，二〇〇七年十二月。

經典雜誌編著《西域記風塵——中國至巴基斯坦》（尋訪玄奘法師取經之路），臺北：經典雜誌，二〇〇三年七月。

理察・伯恩斯坦著、陳玲瓏譯《究竟之旅——與聖僧玄奘的千年對話》，臺北：馬可孛羅文化，二〇〇二年九月。

3

妹尾河童《窺看印度》，臺北：遠流出版公司，二〇〇一年十二月。

鍾文音《廢墟裡的靈光——重返印度的佛陀時代》，臺北：地球書房出版社，二〇〇四年一月。

V.S.奈波爾著，李永平譯《幽黯國度——記憶與現實交錯的印度之旅》，臺北：馬可孛羅文化，二〇〇〇年四月。

阿蘭達蒂・洛伊著；吳美真譯《微物之神》，臺北：天下文化公司，一九九八年八月。

陳大為《靠近　羅摩衍那》，臺北：九歌出版社，二〇〇五年十二月。

4. 宋・孟元老《東京夢華錄》

〈東角樓街巷〉

宋・孟元老著，鄧之誠注《東京夢華錄注》，臺北：世界書局，一九六三年五月

自宣德東去，東角樓乃皇城東南角也。十字街南去，薑行。高頭街北去，從紗行至東華門街、晨暉門、寶籙宮，直至舊酸棗門，最是鋪席耍鬧。宣和間展夾城牙道矣。東去乃潘樓街，街南曰「鷹店」，只下販鷹鶻客，餘皆真珠疋帛，香藥鋪席。南通一巷，謂之「界身」，並是金銀彩帛交易之所，屋宇雄壯，門面廣闊，望之森然，每一交易，動即千萬，駭人聞見。以東街北曰「潘樓酒店」，其下每日自五更市合，買賣衣物、書畫、珍玩、犀玉。至平明，羊頭、肚肺、赤白腰子、妳房、肚胘、鶉兔、鳩鴿、野味、螃蟹、蛤蜊之類訖，方有諸手作人上市，買賣零碎作料。飯後飲食上市，如酥蜜食、棗䭔、澄砂團子、香糖果子、蜜煎雕花之類。向晚，賣何婁、頭面、冠梳、領抹、珍玩、動使之類。東去則徐家瓠羹店。街南桑家瓦子，近北則中瓦，次裏瓦，其中大小勾欄五十餘座。內中瓦子蓮花棚、牡丹棚；裏瓦子夜叉棚、象棚最大，可容數千人。自丁仙現、王團子、張七聖輩，後來可有人於此作

場。瓦中多有貨藥、賣卦、喝故衣、探搏、飲食、剃剪、紙畫、令曲之類。終日居此，不覺抵暮。

〈酒樓〉

宋・孟元老著，鄧之誠注《東京夢華錄注》，臺北：世界書局，一九六三年五月

凡京師酒店，門首皆縛彩樓歡門，唯任店入其門，一直主廊約百餘步，南北天井兩廊皆小濩子，向晚燈燭熒煌，上下相照，濃妝妓女數百，聚於主廊槏面上，以待酒客呼喚，望之宛若神仙。北去楊樓，以北穿馬行街，東西兩巷，謂之大小貨行，皆工作伎巧所居。小貨行通雞兒巷妓館，大貨行通牒紙店白礬樓，後改為豐樂樓，宣和間，更修三層相高。五樓相向，各有飛橋欄檻，明暗相通，珠簾繡額，燈燭晃耀。初開數日，每先到者賞金旗，過一兩夜，則已元夜，則每一瓦隴中皆置蓮燈一盞。內西樓後來禁人登眺，以第一層下視禁中。大抵諸酒肆瓦市，不以風雨寒暑，白晝通夜，駢闐如此。州東宋門外仁和店、薑店，州西宜城樓、藥張四店、班樓，金梁橋下劉樓，曹門蠻王家、乳酪張家，州北八仙樓，戴樓門張八家園宅正店，鄭

門河王家、李七家正店，景靈宮東牆長慶樓。在京正店七十二戶，此外不能遍數，其餘皆謂之「腳店」。賣貴細下酒，迎接中貴飲食，則第一白廚，州西安州巷張秀，以次保康門李慶家，東雞兒巷郭廚，鄭皇后宅後宋廚，曹門磚筒李家，寺東骰子李家，黃胖家。九橋門街市酒店，彩樓相對，繡旆相招，掩翳天日。政和後來，景靈宮東牆下長慶樓尤盛。

【作者】

孟元老，生卒年待考。宋代文學家。開封市人。金滅北宋，孟元老南渡，常憶東京之繁華，乃於南宋紹興十七年（一一四七）撰成《東京夢華錄》一書，自作序。該書是後人理解宋代城市風貌的一部重要典籍，也在文化史上有一定的影響。

【賞析】

〈東角樓街巷〉

「東京」，指的是北宋都城河南開封，當時開封被稱作汴梁，相對於西邊的長安，又被叫作東京。又取《列子・黃帝》：「晝寢而夢，遊於華胥氏之國」語意，名集為《夢華錄》。《東京夢華錄》十卷，其中所記多為宋徽宗崇寧到宣和（一一〇二～一一二五）年間北宋都城東京開封的情況，分別記載東京城池、河道、宮闕、衙署、寺觀、橋巷、瓦市、勾欄、朝廷典禮、歲時節令、風土習俗、物產、諸街夜市，反映當時都城官私手工業作坊、商業、文化、交通的發達情況和東京風貌，幾乎無所不包。本書所收錄之〈東角樓街巷〉與〈酒樓〉即出自第二卷。

與同時代畫家張擇端所作〈清明上河圖〉一樣，《東京夢華錄》也描繪了北宋時居住在東京的王公貴族與庶民百姓的日常生活情景，可說是「文字版的清明上河圖」。

孟元老訴說舊時東京的街道，乃由天子腳下的御街開始說起。以本文〈東角樓街巷〉為例，描寫的是開封內城東邊一帶的市景，包括東角樓（即皇城東南角附近）與潘樓街東一帶。這一區域稍北，便可以到達東華門街，由此一直到舊酸棗門之間，是開封城最為熱鬧的街市。

街市裡有幾處值得介紹的商業活動，首先是「鷹店」，在潘樓街南邊，可能是專門服務養鷹者之需的商家。第二是「界身」，潘樓街往南通一巷，是一處交易金銀彩帛之所，屋宇雄偉，據說每一交易，動輒千萬，駭人聞見。第三是「潘樓酒店」之下的市場，依時間不同，有不一樣的貨物買賣。凌晨五更時，買賣衣物、書畫、珍玩、犀玉。天亮之後，開始販售各類山珍海味；之後諸手作人販賣零碎作料。中午飯後，飲食上市，多為點心甜食之類的。傍晚時則買賣女性頭飾、衣飾、動使（日常生活器具）一類雜物，頗類今日夜市。第四是「瓦子」，瓦舍勾欄說書、演雜劇的情況十分興盛，其中丁仙現、王團子、張七聖等知名演藝人員皆曾在此表演。此外，瓦中多有貨藥、賣卦、喝故衣（販賣舊衣）、飲食、紙畫等物。在此熱鬧街市裡，吃喝玩樂一應俱全，往往使人終日流連於此。

其中又以「瓦子」的記述，為研究當時戲曲、說唱藝術的珍貴史料。當時，汴京城中有相當數量的瓦肆、妓院，專供有閒階級尋歡作樂。在瓦肆中上演的有平話、雜劇、舞蹈、雜技、影戲、說話等。〈清明上河圖〉中舊京城內十字路口的西南角上，便見一棚子下，坐着一群人，聽一老人說唱，很可能便是當時流行的「平話」這類民間說書。由此亦可見開封城內的富貴繁華，足令孟元老追懷不已。

〈酒樓〉

《東京夢華錄》裡記載了北宋開封相當興盛的商業活動，自卷二至卷四的可見的「行」業作坊就有以下數十種：薑行、紗行、牛行、馬行、果子行、魚行、米行、肉行、南豬行、北豬行、大貨行、小貨行、布行、邸店、堆垛場、酒樓、食店、茶坊、酒店、客店、瓠羹店、饅頭店、麵店、煎餅店、瓦子、妓院、雜物鋪、藥鋪、金銀鋪、彩帛鋪、染店、珠子鋪、香藥鋪、靴店等三十多「行」。實際上可能遠遠不止於此。據《續資治通鑑長編》卷二六二「熙寧八年四月癸未條」載，汴京至少有一百六十多行。可見，當時汴京城內商業、手工業已有相當細緻的分工，同時也顯示了商品經濟的發達。

在汴京一百餘種行業中，尤以酒樓與各類飲食店，以及瓦肆和妓院為最旺盛。前者幾乎佔半數以上。如前篇〈東角樓街巷〉有「潘樓」，本篇〈酒樓〉有「任店」（後改名「欣樂樓」）、「白礬樓」（後改名「豐樂樓」）、「仁和店」、「薑店」、「宜城樓」、「藥張四店」、「班樓」、「劉樓」、「蠻王家」、「乳酪張家」、「八仙樓」、「張八家園宅正店」、「王家正店」、「李七家正店」、「長慶樓」等。此外，尚有、「遇仙正店」、「中山正店」、「高陽正店」、「清風樓」、「會仙樓正店」等大型酒樓「七十二戶」。

其中〈酒樓〉記載的「白礬樓」（「豐樂樓」），據宋末元初周密記載，當時白礬樓規模極大：「乃京師酒肆之甲，飲徒常千餘人」（《齊東野語》卷十一）。此外，張擇端〈清明上河圖〉也在內城東角子門不遠處，畫了一家路北朝南，規模宏大的「孫家正店」，其樓高也有三層，門前縛彩樓歡門。門口人群熙熙攘攘，還停有許多驢馬。貴客們正在這家大酒樓門口拱手相讓，一頂侍女跟隨的轎子似乎也正向這正店走來。這些畫面皆說明正店接待的顧客是京城中的達官顯要、豪門貴族等上層社會人士。此類正店，不僅服務十分周到，店里有著各種服務人員的殷勤招待，並且雇用高級廚師烹調各種時鮮名菜應市。《東京夢華錄》卷二〈飲食果子〉裡便呈現許多菜色，如鵝鴨排蒸荔枝腰子、還元腰子、燒臆子，蓮花鴨籤、酒炙肚胘，入爐羊頭籤、雞籤、盤兔、炒兔、葱潑兔、假野狐、金絲肚羹、石肚羹、假炙獐、煎鵪子、生炒肺、炒蛤蜊、炒蟹之類不下五、六十種。

除上述「正店」之外，汴京還有多到「不能遍數」的「腳店」，即中、小型酒樓，以「賣貴細下酒，迎接中貴飲食」。腳店的名字，見於〈酒樓〉一篇的有「張秀」、「李慶家」、「郭厨」、「宋厨」、「李家」、「黃胖家」等。此外，書中尚有「張家酒店」、「鐵屑樓酒店」、「白厨」、「唐家」等等，果真是「街市酒店，彩樓相對，繡旆相招，掩翳天日」。〈清明上河圖〉在舊京城外汴河上土橋南岸即畫了一家「十千腳店」，其規模雖不能與正店相比，但門前也有彩樓歡門，四邊平房，中間二層樓房突兀而起，臨街的那間屋裡已是客人滿座，觥籌交作，門前歇著的馬驢似乎正在嚼草。由此可見東京之繁華貌。

【延伸閱讀】

1 宋・孟元老著，黃驗注《圖解東京夢華錄》，臺北：遠流文化公司，二〇〇四年四月。
王明蓀編撰《大城小調——東京夢華錄》，臺北：時報文化公司，一九八一年一月。

2 宋・張澤端繪；趙廣超筆記《筆記〈清明上河圖〉》，香港：三聯書店，二〇〇四年二月。
周寶珠《《清明上河圖》與清明上河學》，開封：河南大學出版社，二〇〇四年四月。
伊永文《行走在宋代的城市：宋代城市風情圖記》，北京：中華書局，二〇〇五年一月。

3 伊永文《到古代中國去旅行：古代中國風情圖記》，北京：中華書局，二〇〇五年一月。
彼得・海斯勒著；盧秋瑩譯《甲骨文：流離時空裡的新生中國》，臺北：久周出版公司，二〇〇七年五月。

5. 元・周達觀《真臘風土記》

元・周達觀著、夏鼐校注《真臘風土記》，北京：中華書局，二〇〇〇年（與元・耶律楚材《西遊錄》、元・周致中《異域志》合刊）

〈城郭〉

州城周圍可二十里，有五門，門各兩重。惟東向開二門，餘向皆一門。城之外皆巨濠，濠之上皆通衢大橋。橋之兩傍，各有石神五十四枚，如石將軍之狀，甚巨而獰，五門皆相似。橋之闌皆石為之，鑿為蛇形，蛇皆九頭，五十四神皆以手拔蛇，有不容其走逸之勢。城門之上有大石佛頭五，面向西方。中置其一，飾之以金。門之兩旁，鑿石為象形。城皆疊石為之，高可二丈。石甚周密堅固，且不生繁草，却無女牆。城之上，間或種桄榔木，比比皆空屋。其內向如坡子，厚可十餘丈。坡上皆有大門，夜閉早開，亦有監門者，惟狗不許入門。其城甚方整，四方各有石塔一座。曾受斬趾刑人亦不許入門。

當國之中有金塔一座，傍有石塔二十餘座。石屋百餘間，東向有金橋一所。金獅子二枚，列於橋之左右。金佛八身，列於石屋之下。金塔之北可一里許，有銅塔一座。比金塔更高，望之鬱然。其下亦有石屋數十間。又其北一里許，則國主之廬也。其寢室又有金塔一座焉。所以舶商自來有「富貴真臘」之褒者，想為此也。

石塔山在南門外半里餘，俗傳魯般一夜造成。魯般墓在南門外一里許，周圍可十里，石屋數百間。

東池在城東十里，周圍可百里，中有石塔、石屋。塔之中有臥銅佛一身，臍中常有水流出，味如中國酒，易醉人。

北池在城北五里，中有金方塔一座，石屋數十間。金獅子、金佛、銅象、銅牛、銅馬之屬，皆有之。

【作者】

周達觀（約一二六六年～一三四六年），字草庭，號草庭逸民，元朝浙江溫州永嘉人。《元史》中無傳，故後人對其生平所知甚少。周達觀生時正值元滅南宋之際。當時元朝正攻伐占城和安南，並入侵真臘（今柬埔寨），但因受地理及氣候所阻，並未成功。因此，元廷改用威迫方法，遣使說服真臘及鄰近小國自動歸附，所以他便成為使節團團員。但其能隨行之因不詳，不過推估他曾到過南洋，或曾派駐溫州管理對外貿易，甚至能通外語。其真臘旅程歷時一年半，回國後便撰著《真臘風土記》一書，詳細記載吳哥都城王室與風土人情以及使節團行程等，甚具地理學及文化史的價值。

【賞析】

周達觀於元成宗元貞元年（一二九五）奉命隨使赴真臘訪問，至次年七月為止，逗留一年許返國。回國後，寫成《真臘風土記》這部遊記。全書約八千五百餘字。除卷首「總敘」外，全書分為四十則，描繪吳哥城的建築和雕刻藝術、人民的經濟活動和生活情況，以及山川、物產、語言、文化以及「唐人」流寓等史實。此外也記錄了六十多個當時的柬埔寨語詞。《真臘風土記》是現存同時代人對吳哥歷史文化的唯一文字記錄，也是研究柬埔寨古代史和中柬交通友好關係的珍貴文獻。

《四庫全書總目提要》稱道《真臘風土記》文義頗為賅贍，本末詳具，可補元史佚闕。可見該書記載翔實可靠，甚具史料價值。如本篇〈城郭〉條對吳哥城的描述，許多學者根據實地勘測的結果，多證實周氏本人曾親臨此地，將目睹之實況筆之於書，確為信史。

吳哥窟位於中南半島上柬埔寨（高棉）境內，是高棉盛世吳哥王朝時代的京城所在。吳哥遺跡始建於西元八〇二年，前後歷四百餘年建成，共有大小各式建築六百餘座，分布在約四十五平方公里的叢林裡。蔣勳《吳哥之美》對於吳哥城遺址名稱的解析，值得參酌。吳哥城有一座「城中之城」，即吳哥寺（Angkor Wat），即俗稱「小吳哥」。Angkor直譯為「城市」；Wat直譯是「寺廟」。所以，Angkor Wat真正的意思是「城中之寺」。一般泛稱的「吳哥窟」，即由Angkor Wat翻譯而來的。而Angkor Thom即為俗稱「大吳哥」。Thom是「大」的意思，所以Angkor Thom應該直譯為「大城」。目前多稱Angkor Thom「大城」為「大吳哥」，Angkor Wat「城中之寺」為「小吳哥」。

小吳哥（Ankor Wat，吳哥窟）建於一一一二—一一五二年，是真臘國王蘇耶跋摩二世（Suryavarman II）花費近三十年時間所興建的石窟建築。它是吳哥遺址中最雄偉壯麗的廟宇，也是高棉有史以來最宏偉的建築。在二百多座古蹟中，它也是唯一正門向西的神廟。一九九二年被列入世界文化遺產。在本篇〈城郭〉裡，周達觀稱之為「魯般墓」，「周圍可十里，石屋數百間」，大致與今日所見之規模相同。

大吳哥（Angkor Thom），在小吳哥（吳哥窟）北約二公里處。由闍耶跋摩三世（八五〇—八七七年在位）開始建造，一直到闍耶跋摩七世（Jayavarman Ⅶ）（一一八一—一二一九年在位）完成。在本篇〈城郭〉的大部分篇幅裡，周達觀描寫的就是「大吳哥」。周達觀描述大吳哥的外觀形制，其周長、五門、城外巨濠、濠上之橋、橋旁之石神、城門上之大石佛頭等等，皆與今日所見相同，可見周氏確曾親履此地。

《真臘風土記》自問世以後，長期未受到應有的重視。雖然中國自明代以後皆有刊本，迄今亦已有十餘種之多。然而此書真正受到重視，要到十九世紀初期法國殖民主義者侵入印度支那之後。首先是西方漢學家們的注意。一八一九年法國J.P.A.雷慕沙首先將該書譯成法文本。此後，英文、日文本相繼問世，各種箋註、詮釋也陸續發表。其中以法國東方學家伯希和（P.佩利奧）一九五一年遺著增訂譯註本為最佳。柬埔寨作家李添丁翻譯的《真臘風土記》柬文本則遲至一九七一年方於金邊出版。近半世紀以來，中文學者的相關研究，較重要的為一九八一年北京中華書局出版的夏鼐《真臘風土記校註》，此校本較為完善、註釋較為豐贍，書後附錄「版本考」，亦極具參考價值。本文即採夏鼐注本。

【延伸閱讀】

1
陳正祥《真臘風土記研究》，香港：中文大學出版社，一九七五年。
三宅一郎、中村哲夫《考証真臘風土記》，東京：同朋舍，一九八〇年。

2
蔣勳《吳哥之美》，臺北：藝術家出版社，二〇〇四年十一月。
劉紹華《柬埔寨旅人》，臺北：允晨文化公司，二〇〇五年八月。
傅利曼、賈克斯著；邱春煌譯《吳哥深度旅遊聖經》，臺北：貓頭鷹出版社，二〇〇七年六月。

3
王家衛導演《花樣年華》，香港：春光映畫，二〇〇六年九月。

6. 明・鄭和下西洋

〈滿剌加國Malaka〉

明・馬歡著，馮承鈞校注《瀛涯勝覽校注——鄭和出海紀實》，臺北：臺灣商務印書館，二〇〇五年十一月

自占城向正南，好風船行八日到龍牙門。入門往西行，二日可到。此處舊不稱國，因海有五嶼之名，遂名曰五嶼。無國王，止有頭目掌管。此地屬暹羅所轄，歲輸金四十兩，否則差人征伐。永樂七年己丑，上命正使太監鄭和等統〔寶船〕齎詔勅，賜頭目雙臺銀印冠帶袍服，建碑封城，遂名滿剌加國，是後暹羅莫敢侵擾。其頭目蒙恩為王，挈妻子赴京朝謝，貢進方物，朝廷又賜與海船回國守土。

其國東南是大海，西北是老岸連山，皆沙滷之地。氣候朝熱暮寒，田瘦穀薄，人少耕種。有一大溪河水，下流從王居前過入海。其王於溪上建立木橋，上造橋亭二十餘間，諸物買賣俱在其上。

國王國人皆從回回教門，持齋受戒誦經。其王服用以細白番布纏頭，身穿細花青布長衣，其樣如袍。腳穿皮鞋，出入乘轎。國人男子方帕包頭，女人撮髻腦後，身體微黑，下圍白布手

巾，上穿色布短衫。風俗淳樸，房屋如樓閣之制，上不鋪板，但高四尺許之際，以椰子樹劈成片條，稀布於上，用藤縛定，如羊棚樣。自有層次，連牀就榻盤膝而坐，飲臥廚灶皆在上也。

人多以漁為業，用獨木刳舟泛海取魚。

土產黃速香、烏本、打麻兒（damar）香、花錫之類。打麻兒香本是一等樹脂，流出入土，掘出如松香瀝青之樣，火燒即着。番人皆以此物點照當燈；番船造完，則用此物熔塗於縫，水莫能入，甚好。彼地之人多採取此物以轉賣他國。內有明淨好者，卻似金珀一樣，名損都盧廝（sindarus）。番人做成帽珠而賣，今水珀即此物也。花錫有二處山塢錫場。王命頭目主之，差人淘煎，鑄成斗樣，以為小塊輸官。每塊重官秤一斤八兩，或一斤四兩，每十塊用藤縛為小把，四十塊為一大把，通市交易皆以此錫行使。

其國人言語并書記婚姻之禮，頗與爪哇同。

山野有一等樹，名沙孤（sagu）樹，鄉人以此物之皮，如中國葛根，擣浸澄濾其粉作丸，如菉豆大，晒干而賣，其名曰沙孤米，可以作飯喫。海之洲渚岸邊，生一等水草，名茭蔁葉，長如刀茅樣，似苦笋。殼厚、性軟，結子如荔枝樣，雞子大。人取其子釀酒，名茭蔁酒，飲之亦能醉人。鄉人取其葉結竹細簟，止闊二尺，長丈餘，為席而賣。果有甘蔗、巴蕉子、波羅蜜、野荔枝之類。菜、葱、薑、蒜、芥、東瓜、西瓜皆有。牛、羊、雞、鴨，雖有而不多，價亦甚貴。其水牛一頭，直銀一斤以上。驢、馬皆無。其海邊水內常有鼉龍傷人。其龍高三四尺，四足，滿身鱗甲，背刺排生，龍頭撩牙，遇人即噛。山出黑虎，比中國黃虎略小，其毛黑，亦有暗花紋。其黃虎亦間有之，國中有虎化為人，入市混人而行，自有識者，擒而殺之。如占城屍頭蠻，此處亦有。

凡中國寶船到彼，則立排柵，如城垣，設四門更鼓樓，夜則提鈴巡警，內又立重柵，如小城。蓋造庫藏倉廒，一應錢糧頓在其內，去各國船隻回到此處取齊，打整番貨，裝載船內，等候南風正順，於五月中旬開洋回還。其國王亦自採辦方物，挈妻子帶領頭目駕船跟隨寶船赴闕進貢。

〈天方國Mekka〉

明・馬歡著，馮承鈞校注《瀛涯勝覽校注——鄭和出海紀實》，臺北：臺灣商務印書館，二〇〇五年十一月

此國即默伽（Mekka）國也。自古里（Calicut）國開船，投西南申位，船行三箇月方到本國馬頭。番名秩達，有大頭目主守。自秩達往西行一日，到王居之城，名默伽國。奉回回教門，聖人始於此國闡揚教法，至今國人悉遵教規行事，纖毫不敢違犯。其國人物魁偉，體貌紫膛

色。男子纏頭，穿長衣，足着皮鞋。婦人俱戴蓋頭，莫能見其面。說阿剌畢（Arabia）言語。國法禁酒，民風和美，無貧難之家。悉遵教規，犯法者少，誠為極樂之界。婚喪之禮皆依教門體例而行。

自此再行大半日之程，到天堂禮拜寺，其堂番名愷阿白（Ka'aba）。外週垣城，其城有四百六十六門，門之兩傍皆用白玉石為柱，其柱共有四百六十七箇，前九十九箇，後一百一箇，左邊一百三十二箇，右邊一百三十五箇。其堂以五色石疊砌，四方平頂樣。內用沈香大木五條為梁，以黃金為閣。滿堂內牆壁皆是薔薇露龍涎香和土為之，馨香不絕。上用皂紵絲為罩罩之，蓄二黑獅子守其門。每年至十二月十日，各番回回人，甚至一二年遠路的，也到堂內禮拜，皆將所罩紵絲割取一塊為記驗而去。剜割既盡，其王則又預織一罩，復罩於上，仍復年年不絕。堂之左有司馬儀（Ismaël）聖人之墓，其墳壠俱是綠撒不泥寶石為之，長一丈二尺，高三尺，闊五尺，其圍墳之牆，以紺黃玉疊砌，高五尺餘。城內四角造四堆塔，每禮拜即登此塔喝班唱禮。左右兩傍有各祖師傳法之堂，亦以石頭疊造，整飾極華麗。

其處氣候，四時常熱如夏，並無雨電霜雪。夜露甚重，草木皆憑露水滋養。夜放一空碗，盛至天明，其露水有三分在碗。土產米穀僅少，皆種粟麥黑黍瓜菜之類。西瓜、甜瓜每箇用二人擡，一箇者亦有。又有一種纏（綿）花樹，如中國大桑樹，高一二丈，其花一年二放，長生不枯。果有蘿蔔、萬年棗、石榴、花紅、大梨子，桃子有重四五斤者。其駝、馬、驢、騾、牛、羊、貓、犬、雞、鵝、鴨、鴿亦廣。雞、鴨有重十斤以上者。土產薔薇露、俺八兒（anbar）香、麒麟（giri）、獅子、駝雞、羚羊、草上飛（siyāh-gōš），并各色寶石、珍珠、珊瑚、琥珀（šahboi）等物。其王以金鑄錢，名倘加（tanka）行使，每箇徑七分，重官秤一錢，比中國金有十二成色。

又往西行一日，到一城，名驀底納（Medina）。其馬哈嘛（Muhammad）聖人陵寢正在城內，至今墓頂豪光日夜侵雲而起。墓後有一井，泉水清甜，名阿必糁糁。下番之人取其水藏於船邊，海中倘遇颶風，即以此水洒之，風浪頓息。

宣德五年，欽蒙聖朝差正使太監內官鄭和等往各番國開讀賞賜。分䑸到古里（Calicut）國時，內官太監洪某見本國差人往彼，就選差通事等七人，齎帶麝香、磁器等物，附本國船隻到彼。往回一年，買到各色奇貨異寶，麒麟、獅子、駝雞等物，并畫天堂圖真本回京。其默伽國王亦差使臣，將方物跟同原去通事七人獻齎於朝廷。

景泰辛未秋月望日　會稽山樵馬歡述

【作者】

馬歡，字宗道、汝欽，號會稽山樵，明代浙江會稽（今紹興）回族人。曾任通事（翻譯官），通阿拉伯語。分別於永樂十一年（一四一三年）、永樂十九年（一四二一年）和宣德六年（一四三一年），隨鄭和三下西洋。馬歡將下西洋時親身經歷的二十國航路、海潮、地理、國王、政治、風土、人文、語言、文字、氣候、物產、工藝、交易、貨幣和野生動植物等狀況皆一一記錄下來，並於永樂十四年（一四一六）開始撰著《瀛涯勝覽》一書，歷經三十五年修改和整理後，在景泰二年定稿。

【賞析】

〈滿剌加國〉

於永樂十一年（一四一三）、十九年和宣德六年（一四三一），先後參加鄭和下西洋的第四、六和七次的出訪活動，並以其親身歷經各國的見聞，撰成《瀛涯勝覽》一書。為明人記述十五世紀中外交通的重要史籍。

書中記載的國家地區或城市，計有佔城國（今越南南部）、爪哇國（今印尼爪哇）、舊港國（今印尼巨港）、暹羅國（今泰國）、滿剌加國（今馬來西亞馬六甲）、啞魯國（今蘇門答臘日里河流域）、蘇門答剌國（今蘇門答臘）、那孤兒國（今蘇門答臘島北部）、黎代國（今蘇門答臘島北部）、南渤裏國（今蘇門答臘島北部）、錫蘭國（今斯里蘭卡）、小葛蘭國（今印度柯欽南部）、柯枝國（今印度柯欽）、古裏國（今印度科澤科德，或譯卡里卡特）、溜山國（今馬爾地夫）、祖法兒國（今阿曼西部沿岸多法爾）、阿丹國（今亞丁）、榜葛剌國（今孟加拉及印度孟加拉邦地區）、忽魯漠廝國（今伊朗阿巴丹）、天方國（今沙烏地阿拉伯麥加）等二十個國家與地區的情況。本書選編其中〈滿加剌國〉與〈天方國〉二篇。

書中每一個國家都單獨成篇，對其地理位置、歷史沿革、重要都會港口、山川地理形勢、社會制度、生活狀況、社會風俗、宗教信仰、商業貿易、氣候、物產等，皆有具體詳賅的敘述；允為研究十五世紀初葉東南亞、南亞、西南亞和印度洋地區的珍貴史料。尤其重要的是，本書也是研究鄭和下西洋和中西交通史的基本史籍之一。它也是目前所能見到的最接近鄭和時代，最能反映鄭和下西洋航海狀況的一部重要著作。

該書自永樂年間定稿後，雖有鈔本和刻本流傳，但錯漏漫漶之處甚多，長期以來真偽難辨，《四庫全書總目提要》即列之於地理類之「存目」中。惟目前已有可靠的新注本問世，如本書所引之馮承鈞注本即是。

本篇〈滿刺加國〉所指的國家即今日馬來西亞麻六甲。文中言及十五世紀的麻六甲本不稱國，只有頭目掌管。原屬暹邏國管轄，自鄭和下西洋後，方建碑封城，名為滿刺加國，此後暹邏國不再侵擾此地，便改向中國入貢。

其次，較重要的是此國人民信奉「回回教門」，即伊斯蘭教。因此，男女老幼之服儀裝扮皆從其宗教信仰，以白頭巾、長袍為主要服色。

接著，馬歡所記述的滿刺加國土產，於今亦相當重要。如打麻兒香（damar）即為一等樹脂，如松香、瀝青之樣，火燒即著。當地人多以此物照明，或做為造船塗縫之黏膠，為出口他國之重要物。其中品質明淨美好者如金珀的，名為損都盧斯（sindarus），被當地人做成帽珠販賣，「水珀」即此物。此外，花錫也是重要物產，當地人開採錫礦鑄成小塊以輸官，也做為通市交易之用。可見以上兩物產甚具經濟價值，至今依然。

此外，文中亦提及飲食方面的相關物產。如中國葛根的沙孤樹（sagu），當地人多搗碎為粉以作丸，名曰沙孤米，視同米飯食用。可釀酒、製蓆的茭蔁草，也是當地特有的物產。

透過馬歡的記述，十五世紀的麻六甲乃展現如斯生動的庶民生活景象。

〈天方國〉

「天方國」即今日沙烏地阿拉伯王國的麥加。

馬歡文中記述了十五世紀時「天方國」的風土民情。此國碼頭名為秩達（今吉達）港，王居之城即為默伽國（Mekka）。此地亦信奉回回教門，即伊斯蘭教；其聖人闡揚教法即始於此地。至今天方國人悉遵教規行事，不敢有所違犯。如男女皆長衣，男子纏頭，女子更是俱蓋頭面，莫能見其面，至今依然。又如婚喪之禮、禁酒等，皆遵教規，因此民風淳樸。

其中「天堂禮拜寺」為麥加城中最重要的聖堂，堂名「愷阿白」（Ka'aba），為一方形石屋，終年馨香不絕，為其聖人「司馬儀」（Ismael）與其父阿伯拉罕所建；堂左為其墓，寶石為之。一位虔誠的伊斯蘭教徒，終其一生，必得至此朝拜一次。

當地土產中，以香料（如薔薇露、俺八兒（anbar）香）、奇珍異獸（如麒麟giri、駝雞、草上飛）與寶石（如珊瑚、琥珀）等為主，足令馬歡等鄭和船隊人士大開眼界。其中，「麒麟giri」一物，即為鄭和下西洋為明朝所帶回的奇珍異寶裡頭最值得研究的。此物雖與中國傳說中的異獸「麒麟」同名，卻明顯不同。

明成祖永樂十二年（一四一四），榜葛剌（今孟加拉）使臣牽著一頭長頸鹿來到北京向大明汗（永樂帝）進獻。當時鄭和（西元一三七一—一四三三或一四三五年）已經四次下西洋，西洋各國亦紛紛由海道前來進貢。榜葛剌於永樂六年首次入貢，接著，永樂七、八、九、十年，年年入貢。永樂十一年停了一年，但永樂十二年卻帶來了一隻中國人從未見過的「麒麟」，即長頸鹿，可說是件難得的大禮。

長頸鹿乃現代名稱，當時稱為「祖剌法」或「麒麟」。「祖剌法」是阿拉伯語zarafah的音譯（英語giraffe即源自於此）；「麒麟」據說是東非索馬利語的對音。麒麟原本為中國傳說中的瑞獸，據說只有太平盛世才會出現，與長頸鹿實在無關，但由於其名稱和東非土語之發音相近，便被混為一談，成為取悅皇帝的最佳貢品。話說榜葛剌貢使晉見永樂帝時，皇帝大喜，詔翰林學士沈度（一三五七－一四三四）寫下〈瑞應麒麟頌〉一文，復命宮廷畫師畫下「麒麟」圖像，並將沈度此文以工筆小楷抄於圖卷上。如今這張〈明人畫麒麟圖〉完好地收藏於台北故宮博物院裡，充分證明了榜葛剌進貢「麒麟」的真實性。

其實，鄭和第七次出使曾經買回一隻「麒麟」，在本篇〈天方國〉末段裡即有記述：「往回一年，買到各色奇貨異寶、麒麟、獅子、駝雞等物，並畫天堂圖真本回京。其默伽國王亦差使臣將方物跟同原去通事七人獻賫於朝廷。」

值得注意的是，鄭和下西洋的航路多與阿拉伯世界有關。或許與鄭和是伊斯蘭教徒有關，其父據說曾至麥加朝聖；而鄭和出使亦有大批通曉阿拉伯語的翻譯人員隨行，撰寫《瀛涯勝覽》的馬歡便是其一。因此，鄭和的伊斯蘭背景與其下西洋的路線應有一定程度的關聯性，頗值得進一步探討之。

【延伸閱讀】

1

伯希和著，馮承鈞譯《鄭和下西洋考》，臺北：臺灣商務印書館，二〇〇五年十一月。
上衫千年《鄭和下西洋》，臺北：商周出版社，二〇〇五年三月。
《鄭和下西洋之尋根溯源》經典雜誌，第一三期，一九九九年八月。
《鄭和下西洋之萬里追蹤》經典雜誌，第一四期，一九九九年九月。
經典雜誌編著《鄭和下西洋：海上史詩》，臺北：經典雜誌出版社，一九九九年十月。
祝勇《一四〇五：鄭和下西洋六百年祭》，石家莊：花山文藝出版社，二〇〇五年一月。
陳念萱《風迷馬六甲——鄭和海上絲路補給站》，臺北：賽尚圖文，二〇〇七年六月。
麥可・山下《偉大傳奇再現——鄭和下西洋》（記錄片），國家地理頻道，二〇〇四年。

2

南宋・周去非；楊武泉校注《嶺外代答》，北京：中華書局，一九九九年。
南宋・趙汝适著；楊博文注釋《諸蕃志校釋》，北京：中華書局，一九八五年。

元・汪大淵《島夷志略》，上海：上海書店，一九九四年。

3

鍾文音〈奢華的安息〉，《永遠的橄欖樹》，臺北：大田出版公司，二〇〇二年五月。

沙海昂註、馮承鈞譯《馬可波羅行記》，台北：商務印書館，二〇〇〇年六月。

王苗、石寶琇撰文，王描攝影《與馬可・波羅同行》（記錄片），北京：五洲傳播公司，二〇〇四年九月。

麥可・山下《馬可・波羅——現代東遊記》（記錄片），國家地理頻道，二〇〇四年。

7. 明・徐霞客《徐霞客遊記》

〈游黃山日記——徽州府〉

明・徐宏祖（霞客）《徐霞客遊記》，昆明：雲南人民出版社，一九九九年四月

初二日　自白岳下山，十里，循麓而西，抵南溪橋。渡大溪，循別溪，依山北行，十里，兩山峭逼如門，溪為之束。越而下，平疇頗廣。二十里，為豬坑。由小路登虎嶺，路甚峻。十里，至嶺；五里，越其麓。北望黃山諸峰，片片可掇。又三里，為古樓坳。溪甚闊，水漲無梁，木片彌布一溪，涉之甚難。二里，宿高橋。

初三日　隨樵者行，久之，越嶺二重，下而復上，又越一重。兩嶺俱峻，曰雙嶺。共十五里，過江村。二十里，抵湯口，香溪、溫泉諸水所由出者。折而入山，沿溪漸上，雪且沒趾。五里，抵祥符寺。湯泉在隔溪，遂俱解衣赴湯池。池前臨溪，後倚壁，三面石甃，上環石如橋。湯深三尺，時凝寒未解，而湯氣郁然，水泡池底汩汩起，氣本香冽。黃盧貞父謂其不及盤山，以湯口、焦村孔道，浴者太雜遝也。浴畢，返寺。僧揮印引登蓮花庵，躡雪循澗以上。澗水三轉：下注而深泓者，曰白龍潭；再上而停涵石間者，曰丹井。井旁有石突起，曰藥臼，曰

藥銚。宛轉隨溪，群峰環聳，木石掩映。如此一里，得一庵，僧印我他出，不能登其堂。堂中香爐及鐘鼓架，俱天然古木根所為。遂返寺宿。

初四日　兀坐聽雪溜竟日。

初五日　雲氣甚惡，余強臥至午起。揮印言慈光寺頗近，令其徒引。過湯地，仰見一崖，中懸鳥道，兩旁泉瀉如練。余即從此攀躋上，泉光雲氣，撩繞衣裾。已轉而右，則茅庵上下，磬韻香煙，穿石而出，即慈光寺也。寺舊名硃砂庵。比丘為余言：「山頂諸靜室，徑為雪封者兩月。今早遣人送糧，山半，雪沒腰而返。」余興大阻，由大路二里下山，遂引被臥。

初六日　天色甚朗。覓導者各攜筇上山，過慈光寺，從左上。石峰環夾，其中石級為積雪所平，一望如玉。疏木茸茸中，仰見群峰盤結，天都獨巍然上挺。數里，級愈峻，雪愈深，其陰處凍雪成冰，堅滑不容著趾。余獨前，持杖鑿冰，得一孔，置前趾，再鑿一孔，以移後趾；從行者俱循此法得度。上至平岡，則蓮花、雲門諸峰，爭奇競秀，若為天都擁衛者。由此而入，絕巘危崖，盡皆怪松懸結。高者不盈丈，低僅數寸，平頂短鬣，盤根虯幹，愈短愈老，愈小愈奇，不意奇山中又有此奇品也！松石交映間，冉冉僧一群從天而下，俱合掌言：「阻雪山中已三月，今以覓糧勉到此。公等何由得上也？」且言：「我等前海諸庵，俱已下山，後海山路尚未通，惟蓮花洞可行耳。」已而從天都峰側攀而上，透峰罅而下，東轉，即蓮花洞路也。

余急於光明頂、石筍矼之勝，遂循蓮花峰而北，上下數次，至天門。兩壁夾立，中闊摩肩，高數十丈，仰面而度，陰森悚骨。其內積雪更深，鑿冰上躋；過此，得平頂，即所謂前海也。由此更上一峰，至平天矼。矼之兀突獨聳者，為光明頂。由矼而下，即所謂後海也。蓋平天矼陽為前海，陰為後海，乃極高處；四面皆峻塢，此獨若平地。前海之前，天都、蓮花二峰最峻；其陽屬徽之歙，其陰屬寧之太平。

余至平天矼，欲望光明頂而上，路已三十里，腹甚枵，遂入矼後一庵。庵僧俱踞石向陽。主僧曰智空，見客色飢，先以粥饗。且曰：「新日太皎，恐非老晴。」因指一僧謂余曰：「公有餘力，可先登光明頂而後中食，則今日猶可抵石筍矼，宿是師處矣。」余如言登頂，則天都、蓮花並肩其前，翠微、三海門環繞於後；下瞰絕壁峭岫，羅列塢中，即丞相原也。頂前一石伏而復起，勢若中斷，獨懸塢中，上有怪松盤蓋。余側身攀踞其上，而潯陽踞大頂相對，各誇勝絕。

下入庵，黃粱已熟。飯後，北向過一嶺，躑躅菁莽中，入一庵，曰獅子林，即智空所指宿處。主僧霞光，已待我庵前矣。遂指庵北二峰曰：「公可先了此勝。」從之。俯窺其陰，則亂峰列岫，爭奇並起。循之西，崖忽中斷，架木連之，上有松一株，可攀引而度，所謂接引崖也。度崖，穿石罅而上，亂石危綴間，構木為室，其中亦可置足，然不如踞石下窺更雄勝耳。

下崖，循而東，里許，為石筍矼。矼脊斜亙，兩夾懸塢中，亂峰森羅，其西一面，即接引崖所窺者。矼側一峰突起，多奇石怪松。登之俯瞰壑中，正與接引崖對瞰，峰回岫轉，頓改前觀。

下峰，則落照擁樹，謂明晴可卜，踴躍歸庵。霞光設茶，引登前樓。西望碧痕一縷，余疑山影。僧謂：「山影夜望甚近，此當是雲氣。」余默然，知為雨兆也。

初七日　四山霧合。少頃，庵之東北已開，西南膩甚，若以庵為界者，即獅子峰亦在時出時沒間。晨餐後，由接引崖踐雪下。塢半一峰突起，上有一松裂石而出，巨幹高不及二尺，而斜拖曲結，蟠翠三丈餘，其根穿石上下，幾與峰等，所謂「擾龍松」是也。

攀玩移時，望獅子峰已出，遂杖而西。是峰在庵西南，為案山。二里，躡其巔，則三面撥立塢中，其下森峰列岫，自石筍、接引兩塢，迤邐至此，環結又成一勝。登眺間，沈霧漸爽，急由石筍矼北轉而下，正昨日峰頭所望森陰徑也。群峰或上或下，或巨或纖，或直或欹，與身穿繞而過，俯窺輾顧，步步生奇，但壑深雪厚，一步一悚。

行五里，左峰腋一竇透明，曰「天窗」。又前，峰旁一石突起，作面壁狀，則「僧坐石」也。下五里，徑稍夷，循澗而行。忽前澗亂石縱橫，路為之塞。越石久之，一闕新崩，片片欲墮，始得路。仰視峰頂，黃痕一方，中間綠字，宛然可辨，是謂「天牌」，亦謂「仙人榜」。又前，鯉魚石；又前，白龍池，共十五里。一茅出澗邊，為松谷庵舊基。再五里，循溪東西行，又過五水，則松谷庵矣。再循溪下，溪邊香氣襲人，則一梅亭亭正發，山寒稽雪，至是始芳。抵青龍潭，一泓深碧，更會兩溪，比白龍潭勢既雄壯，而大石磊落，奔流亂注，遠近群峰環拱，亦佳境也。還餐松谷，往宿舊庵。余初至松谷，疑已平地，及是詢之，須下嶺二重，二十里方得平地，至太平縣共三十五里云。

初八日　擬尋石筍奧境，竟為天奪，濃霧迷漫。抵獅子林，風愈大，霧亦愈厚。余急欲趨煉丹台，遂轉西南。三里，為霧所迷；偶得一庵，入焉。雨大至，遂宿此。

初九日　逾午少霽。庵僧慈明甚誇西南一帶峰岫不減石筍矼，有「禿顱朝天」、「達摩面壁」諸名。余拉潯陽蹈亂流至壑中，北向即翠微諸巒，南向即丹台諸塢，大抵可與獅峰競駕，未得比肩石筍也。雨踵至，急返庵。

初十日　晨雨如注，午少停。策杖二里，過飛來峰，此平天矼之西北嶺也。其陽塢中，峰壁森峭，正與丹台環繞。二里，抵台。一峰西垂，頂頗平伏。三面壁翠合沓，前一小峰起塢中，其外則翠微峰、三海門蹄股拱峙，登眺久之。東南一里，繞出平天矼下，雨復大至，急下天門。兩崖隘肩，崖額飛泉，俱從人頂潑下。出天門，危崖懸疊，路緣崖半，比後海一帶森峰峭壁，又轉一境。「海螺石」即在崖旁，宛轉酷肖，來時忽不及察，今行雨中，頗稔其異，詢之始知。已趨大悲庵，由其旁復趨一庵，宿悟空上人處。

十一日　上百步雲梯。梯磴插天，足趾及腮，而磴石傾側硆砑，兀兀欲動；前下時以雪掩其險，至此骨意俱悚。上雲梯，即登蓮花峰道。又下轉，由峰側而入，即文殊院、蓮花洞道也。以雨不止，乃下山，入湯院，復浴。由湯口出，二十里，抵芳村；十五里，抵東潭，溪漲不能渡而止。黃山之流，如松谷、焦村，俱北出太平；即南流如湯口，亦北轉太平入江；惟湯口西有流，至芳村而巨，南趨岩鎮，至府西北與績溪會。

【作者】

徐霞客（一五八六—一六四一），名弘祖，字振之，號霞客，江蘇江陰人。明地理學家、旅行家和文學家。其《徐霞客游記》歷經三十年考察撰成六十餘萬字，開闢地理學上系統的觀察自然、描述自然的新方向。它既是系統的考察中國地貌地質的地理名著，更是描繪山川景物的旅游鉅著，是一部文字優美的佳作。徐霞客可謂中國首位專業旅行家。

【賞析】

《徐霞客游記》係中國第一部真正由專業旅行家所書寫的旅行文學。這部歷經三十年考察而撰成的六十萬字巨著，不僅是一部系統考察中國地貌地質的地理名著，更是描繪華夏自然風土暨人文地景的的旅行文學。

由於母親的鼓勵，徐霞客乃立下「大丈夫當朝碧海而暮蒼梧」的旅行大志。徐霞客的旅行生涯，大致可分為三個階段：第一階段，二十八歲以前重點放在研讀地理文化遺產，並且憑興趣游覽太湖、泰山等地，並未留下游記。第二階段為二十八歲（一六一三）至四十八歲（一六三三），乃紀游前段。徐霞客歷時二十年，遍游浙、閩、黃山，以及嵩山、五台山、華山、恒山諸名山。游記僅寫一卷，約占全書十分之一。第三階段為五十一歲（一六三六）至五十四歲（一六三九）為紀游後段，歷時四年，計游歷了浙江、江蘇、湖廣、雲貴等江南大山巨川，寫下九卷游記。總合言之，徐霞客足跡遍及現今十九個省、市、地區。其中他曾三次遇盜，數次絕糧，仍舊勇往直前，嚴謹地記下觀察心得。直至進入雲南麗江，因腿疾無法行走，仍堅持編寫游記和山志，完成這部六十萬字巨著。五十五歲（一六四〇）時，雲南地方官用車船載送徐霞客回到江陰。五十六歲（一六四一）時，於當年正月病逝於家中。

徐霞客病逝後，其遺作經季會明等整理成書，乃廣泛流傳。他以經身經歷修正了許多古代地理志所沿襲的錯誤，並破除若干迷信臆說。同時，他也以科學方法闡明地下水壓力原理，得出河流流速與流程成反比的分析；並觀察地形、氣溫、風速對植物生態的影響。特別的是，他實地勘察一百多個石灰岩溶洞，正確指出岩溶地貌的成因和特徵；這一發現早於歐洲人約兩世紀左右，可說是世界文明史上最早的石灰岩研究學者。此外，他以日記體寫就的這部旅行散文，也運用了極豐富優美的文學手法，使得這部文本亦具有恆久的審美價值。簡言之，《徐霞客游記》是一部融合科學與文學的跨界書寫，乃天下一大「奇書」。本書選編其中〈游黃山日記—徽州府〉做為進入徐霞客旅行文學的入門路徑。

徐霞客一生曾兩次游歷黃山。第一次於萬曆四十四年（一六一六）嚴冬，遍游黃山祥符寺、慈光寺、石筍矼、獅子林、光明頂、松谷庵等地。第二次於萬曆四六年九月初，經天門坎至文殊院，旋由童子拜觀音處至天都頂、文殊院、蓮華頂、光明頂、煉丹台、平天矼、後海、獅子林等地。本文為徐霞客第一次至黃山所寫的日記。

文中細數初二日至十一日之間遊黃山的情景。大底所至之處，涵蓋黃山諸多知名景點。然徐霞客文字精妙簡潔，閱讀此文亦可收賞心悅目之效，如「初四日，兀坐聽雪溜數日」，此日所記僅此一行一句，在極簡中透出徐霞客的人生品味。又如，「初六日，……石峰環夾，其中石級為積雪所平，一望如玉。疏木茸茸中，仰見群峰盤結，天都獨巍然上挺。數里，級愈峻，雪愈深，其陰處凍雪成冰，堅滑不容著趾。」可見徐霞客寫景的極簡風格，亦可見其人之文字涵養。唯涵養愈深乃知平淡簡潔之為美的奧義。

【延伸閱讀】

1 明‧徐宏祖（霞客）、禾乃譯《徐霞客遊記》，臺北：商周出版社，二〇〇五年三月（北京共和聯動圖書公司授權之繁體版；附插圖）。

2 余光中《從徐霞客到梵谷》，臺北：九歌出版社，二〇〇六年六月新版（一九九四年二月初版）。

羅智成〈徐霞客〉，《曼陀羅詩刊》第六期，一九九〇年三月。

〈千古奇人——徐霞客〉，《歷史縱橫：明史——文化名人（上）》，臺北：沙鷗國際公司，二〇〇七年七月。

3 張默〈黃山四詠〉，《落葉滿階》，臺北：九歌出版社，一九九四年一月。

8. 明・袁宏道

〈虎丘〉

袁宏道《袁中郎全集》，臺北：五洲出版社，一九六〇年五月

虎丘去城可七八里，其山無高巖邃壑，獨以近城，故簫鼓樓船，無日無之。凡月之夜，花之晨，雪之夕，遊人往來，紛錯如織，而中秋為尤勝。

每至是日，傾城闔戶，連臂而至。衣冠士女，下迨蔀屋，莫不靚妝麗服，重茵累席，置酒交衢間。從千人石上至山門，櫛比如鱗，檀板丘積，樽罍雲瀉。遠而望之，如雁落平沙，霞鋪江上，雷輥電霍，無得而狀。

布席之初，唱者千百，聲若聚蚊，不可辨識。分曹部署，竟以歌喉相鬥，雅俗既陳，妍媸自別。未幾而搖手頓足者，得數十人而已。已而明月浮空，石光如練，一切瓦釜，寂然停聲；屬而和者，才三四人。一簫，一寸管，一人緩板而歌，竹肉相發，清聲亮徹，聽者魂銷。比至夜深，月影橫斜，荇藻淩亂，則簫板亦不復用。一夫登場，四座屏息；音若細髮，響徹雲際；每度一字，幾盡一刻；飛鳥為之徘徊，壯士聽而下淚矣。

劍泉深不可測，飛巖如削。千頃雲得天池諸山作案，巒壑競秀，最可觴客。但過午則日光射人，不堪久坐耳。文昌閣亦佳，晚樹尤可觀。而北為平遠堂舊址，空曠無際，僅虞山一點在

望。堂廢已久，余與江進之謀所以復之，欲祠韋蘇州、白樂天諸公於其中；而病尋作，餘既乞歸，恐進之興亦闌矣。山川興廢，信有時哉！

吏吳兩載，登虎丘者六。最後與江進之、方子公同登，遲月生公石上。歌者聞令來，皆避匿去。餘因謂進之曰：「甚矣，烏紗之横，皂隸之俗哉！他日去官，有不聽曲此石上者，如月！」今余幸得解官稱吳客矣。虎丘之月，不知尚識余言否耶？

〈晚遊六橋待月記〉

袁宏道《袁中郎全集》，臺北：五洲出版社，一九六〇年五月

西湖最盛，為春為月。一日之盛，為朝煙，為夕嵐。今歲春雪甚盛，梅花為寒所勒，與杏桃相次開發，尤為奇觀。石簣數為余言：「傅金吾園中梅，張功甫玉照堂故物也，急往觀之。」余時為桃花所戀，竟不忍去湖上。由斷橋至蘇堤，一帶綠煙紅霧，瀰漫二十餘里。歌吹為風，粉汗為雨，羅紈之盛，多於堤畔之草，艷冶極矣。

然杭人遊湖，止午、未、申三時。其時湖光染翠之工，山嵐設色之妙，皆在朝日始出，夕春未下，始極其濃媚。月景尤不可言，花態柳情，山容水意，別是一種趣味。此樂留與山僧遊客受用，安可為俗士道哉！

【作者】

袁宏道（一五六八—一六一〇），字中郎，號石公，明萬曆二十年進士，歷任吳縣知縣、禮部主事、吏部驗封司主事、稽勳郎中等職、國子博士等職，世以為三兄弟中成就最高者。少敏慧，善詩文，年十六為諸生，結社城南，自為社長。他是明代文學反對復古運動的主將，既反對前後七子摹擬秦漢古文，亦反對唐順之、歸有光等摹擬唐宋古文。文學主獨抒性靈、不拘格套。

【賞析】

〈虎丘〉

本書所選袁宏道〈虎丘〉與〈晚遊六橋待月記〉兩文，分述蘇州與杭州兩大歷史名城。蘇杭兩城，自古即享有「上有天堂，下有蘇杭」之美譽。義大利旅行家馬可．波羅更是大讚杭州為世界上最美麗的城市。

袁宏道〈虎丘〉與〈晚遊六橋待月記〉皆寫蘇杭月夜之美。然而，〈虎丘〉所寫為中秋月夜（農曆八月十五日），重點在虎丘賞月的蘇州人事，此文與張岱〈西湖七月半〉（寫農曆七月十五日至杭州西湖賞月之人事）有異曲同工之妙，可一同參看。

虎丘位於蘇州城西北，已有二千五百多年悠久歷史，素有「吳中第一名勝」的美譽。宋代大文豪蘇東坡便曾大嘆：「到蘇州不游虎丘乃憾事也」的千古名言，可見虎丘向為旅行者所神往。虎丘原名海涌山，據《史記》載吳王闔閭葬於此地，傳說葬後三日有「白虎蹲其上」而得名；而虎丘知名景點「劍池」下方，據傳即為闔閭埋葬之處。之所以名為劍池，據說是因為闔閭入葬時也把他生前最喜愛的寶劍「專諸」與「魚腸」等做為殉葬品。此處亦為蘇州虎丘最神秘、也最吸引人的古跡。袁宏道此文第四段提及：「劍泉深不可測，飛巖如削。千頃雲得天池諸山作案，巒壑競秀，最可觴客」，其中所謂「劍泉」即為劍池。

然而，做為地方父母官的知縣袁宏道，在本文大部分篇幅中側重的是「人」的活動，而非單純「景」的描繪。原來，虎丘還是蘇州民間集會的重要場所，根據吳地自古以來「三市三節」（春天牡丹市、夏季乘涼市、秋涼木樨市三大市和清明節、七月半、十月三大節會）的歷史因緣而言，虎丘之所以於中秋節舉辦眾人賞月的嘉年華盛會，想來亦深受此一傳統影響所致。因此，袁宏道如是說道：「凡月之夜，花之晨，雪之夕，遊人往來，紛錯如織，而中秋為尤勝」，可見中秋賞月活動亦為蘇州虎丘的年度盛會。

眾人聚會的賞月嘉年華中，處處可見洶湧人潮：「莫不靚妝麗服，重茵累席，置酒交衢間。從千人石上至山門，櫛比如鱗，檀板丘積，樽罍雲瀉。遠而望之，如雁落平沙，霞鋪江上，雷輥電霍，無得而狀」，由此可見虎丘的熱鬧程度；亦可見袁宏道的絕佳文筆，筆下文詞簡潔有力，不落俗套，直有「獨抒性靈，不拘格套」的小品之風。

其實最有看頭的是第三段寫眾人競唱的畫面。袁宏道寫來層次分明，高潮迭起。本段依時間先後布局。首先，「布席之初」的狀況是「聲若聚蚊」，其次是「分曹部署」後的「以歌喉相鬥」，第三階段則是「未幾而搖手頓足者，僅數十人而已」。接著，第四階段「已而明月浮空」時「寂然停聲；屬而和者，才三四人」。但這似乎也是最精采的部分，在袁宏道筆下但見「竹肉相發，清聲亮徹，聽者魂銷」，可見樂曲動人之甚。第五階段則是「比至夜深，月影橫斜，荇藻凌亂」時，此時「一夫登場，四座屏息；音若細髮，響徹雲際；每度一字，幾盡一刻；飛鳥為之徘徊，壯士聽而下淚矣」。據此，則虎丘盛會裡的歌樂節目，顯為慶典的重要內容。而袁宏道此段的描寫，亦不免令讀者聯想起《老殘遊記》裡著名的「王小玉說書」，亦可一同參看之。

〈晚遊六橋待月記〉

如前述賞析所言，〈晚遊六橋待月記〉也寫月夜之美，不同的是，〈虎丘〉寫蘇州虎丘之秋月，此篇為杭州西湖之春月。袁宏道開篇即說道：「西湖之盛，為春，為月。一日之盛，為朝煙，為夕嵐」，可見袁宏道對月夜之體會甚深。

袁宏道寫西湖春月之美，先談西湖春景，次為杭人春日遊湖的情景，最後才是春月之景。層層遞進之美感，妙不可言。

首先，西湖春景之美觀如此：「由斷橋至蘇堤，一帶綠煙紅霧，瀰漫二十餘里。歌吹為風，粉汗為雨，羅紈之盛，多於堤畔之草，豔冶極矣」，可見西湖春景之美，而遊之盛與衣飾行頭之豔尤為西湖佳景。然而，一般杭人遊湖最多的時段為午、未、申三時，即一天當中的上午十一至下午十七時左右，「其時湖光染翠之工，山嵐設色之妙，皆在朝日始出，夕舂未下，始極其濃媚」，一日當中最美的時段所呈現的正是絕佳的湖光山色。而西湖月景更是美得難以形容：「花態柳情，山容水意，別是一種趣味」，這種絕美實在難與一般俗人道之。

本文極為簡短，正符合晚明小品之「小」——篇幅小的特點。此外，文字之清麗，設詞之精妙，亦十分脫俗，難怪此文廣為流傳，歷久不衰。

【延伸閱讀】

1 余秋雨〈白髮蘇州〉，《文化苦旅》，臺北：爾雅出版社，一九九二年。

余秋雨〈西湖夢〉，《文化苦旅》，臺北：爾雅出版社，一九九二年。

2

余秋雨文，鄭義、王仁定、周越洋攝影《吳越之間》，天下文化公司，二〇〇一年六月。

朱紅《尋找蘇州》，臺北：幼獅文化公司，一九九八年七月。

9. 明・張岱

〈西湖七月半〉

張岱《陶庵夢憶》，濟南：山東畫報出版社，二〇〇六年五月

西湖七月半，一無可看，止可看看七月半之人。看七月半之人，以五類看之：其一，樓船簫鼓，峨冠盛筵，燈火優傒，聲光相亂，名為看月而實不見月者，看之。其一，亦船亦樓，名娃閨秀，攜及童孌，笑啼雜之，環坐露台，左右盼望，身在月下而實不看月者，看之。其一，亦船亦聲歌，名妓閒僧，淺斟低唱，弱管輕絲，竹肉相發，亦在月下，亦看月而欲人看其看月者，看之。其一，不舟不車，不衫不幘，酒醉飯飽，呼群三五，躋入人叢，昭慶、斷橋，嘄呼嘈雜，裝假醉，唱無腔曲，月亦看，看月者亦看，不看月者亦看，而實無一看者，看之。其一，小船輕幌，淨几暖爐，茶鐺旋煮，素瓷靜遞，好友佳人，邀月同坐，或匿影樹下，或逃囂裏湖，看月而人不見其看月之態，亦不作意看月者，看之。

杭人遊湖，巳出酉歸，避月如仇。是夕好名，逐隊爭出，多犒門軍酒錢。轎夫擎燎，列俟岸上。一入舟，速舟子急放斷橋，趕入勝會。以故二鼓以前，人聲鼓吹，如沸如撼，如魘如

囈，如聾如啞。大船小船一齊湊岸，一無所見，止見篙擊篙，舟觸舟，肩摩肩，面看面而已。少刻興盡，官府席散，皂隸喝道去。轎夫叫船上人，怖以關門，燈籠火把如列星，一一簇擁而去。岸上人亦逐隊趕門，漸稀漸薄，頃刻散盡矣。

吾輩始艤舟近岸，斷橋石磴始涼，席其上，呼客縱飲。此時月如鏡新磨，山復整妝，湖復頮面，向之淺斟低唱者出，匿影樹下者亦出，吾輩往通聲氣，拉與同坐。韻友來，名妓至，杯箸安，竹肉發。月色蒼涼，東方將白，客方散去。吾輩縱舟酣睡於十里荷花之中，香氣拍人，清夢甚愜。

張岱《陶庵夢憶》，濟南：山東畫報出版社，二〇〇六年五月

〈湖心亭看雪〉

崇禎五年十二月，余住西湖。大雪三日，湖中人鳥聲俱絕。是日更定矣，余挐一小舟，擁毳衣爐火，獨往湖心亭看雪。霧凇沆碭，天與雲、與山、與水，上下一白。湖上影子，惟長堤一痕，湖心亭一點，與余舟一芥，舟中人兩三粒而已。

到亭上，有兩人鋪氈對坐，一童子燒酒，爐正沸。見余大驚喜，曰：「湖中焉得更有此人？」拉余同飲。余強飲三大白而別。問其姓氏，是金陵人，客此。及下船，舟子喃喃曰：「莫說相公癡，更有癡似相公者。」

【作者】

張岱（一五九七—一六七九），明末清初散文家。字宗子，又字石公，號陶庵，別號蝶庵居士，山陰（今浙江紹興）人。他出身仕宦家庭，早年過着衣食無憂的生活，晚年窮困潦倒，避居山中，仍然堅持著述。一生落拓不羈，淡泊功名。張岱愛好廣泛，頗具審美情趣。喜歡游山玩水，深諳園林布置之法；既懂音樂，又諳彈琴製曲；善品茗，茶道亦精通；喜歡收藏，鑑賞水平高；又精通戲曲，編導評論要求至善至美。著有《陶庵夢憶》、《西湖夢尋》、《三不朽圖贊》等絕代文學名著。

【賞析】

〈西湖七月半〉

張岱這兩篇文字〈西湖七月半〉與〈湖心亭看雪〉所書寫的空間（地景）皆為杭州西湖。與袁宏道或其他文人一樣，西湖是他們不約而同喜愛流連之處。

〈西湖七月半〉題目標明「西湖」，乍看似書寫西湖之「景」，寫的卻是遊西湖之「人」，這是此文迥異於其他西湖遊記之處。首段即言明「西湖七月半，一無可看，止可看看七月半之人」，張岱認為看七月半西湖之人有五類，一是「峨冠盛筵，燈火優傒」，「名為看月而實不看月者」；二是「名娃閨秀，攜及童孌」「身在月下而實不看月者」；三是「名妓閒僧」，「亦在月下，亦看月，而欲人看其看月者」；四是「不衫不幘」、「裝假醉，唱無腔曲」之人，「月亦看，看月者亦看，不看月者亦看，而實無一看者」；五是「好友佳人，邀月同坐」者，「看月而人不見其看月之態，亦不作意看月者」。張岱於首段分析此五類賞月者，實屬別出心裁。其中前四類心不在月的賞月者，在張岱看來正是一般杭人賞月之普遍情態。唯第五類為真正懂得賞月者，第三段裡另有陳述。

在第二段裡，張岱觀察一般遊湖之杭人，大多「巳出酉歸，避月如仇」，即上午九時至十一時外出遊湖，至下午五時至七時離去，此說與前述〈晚遊六橋待月記〉所謂「杭人遊湖，止午、未、申三時」之習慣大致相當。然而許多平時不大懂得如何賞西湖之月者，卻往往於農曆七月十五時，「逐隊爭出」，「趕入勝會」，因此整夜人聲鼎沸，摩肩接踵，只見一片嘈雜，並無人真正賞月。一待勝會結束，更是頃刻間便人潮散盡。

第三段裡，張岱所述之賞月者，似與五類賞月者及賞月心境較為接近。待參與勝會之人潮褪盡，此時乃正是張岱所謂「吾輩」正要賞月的清幽時刻：「此時月如鏡新磨，山復整妝，湖復頮面」。這時「韻友來，名妓至，杯箸安，竹肉發」，不僅與好友聲氣相通，亦「縱舟酣睡於十里荷花之中，香氣拍人，清夢甚愜」，於此俱可見張岱之任真自得與不落俗套的性格。

〈湖心亭看雪〉

〈湖心亭看雪〉一文更可見張岱之生活美學於一端。在大雪三日之後、人鳥俱絕的的某個半夜裡，張岱獨往湖心亭看雪。只但「天與雲、與山、與水，上下一白」而已，僅「長堤一痕，湖心亭一點，與余舟一芥，舟中人兩三粒而已」，以「一」做為連續三句的主要數量詞，充分呈顯此時此刻的「孤」冷境況。

然而，此一人獨享之孤冷，待至亭上卻發現另有二人鋪氈而坐，張岱亦隨性受邀，大飲後離去。張岱並以舟子之言做為結尾：「莫說相公癡，更有癡似相公者。」原來寒天雪夜的「癡者」並非張岱一人，足令舟子也要慨嘆萬分。此「癡」字應解做張潮《幽夢影》裡所謂的「癖」字：「人無癖不可與交，以其無深情也。人無疵不可與交，以其無真氣也」，懂得人生趣味者，往往具有某種「癡」或者「癖」，誠哉斯言。

透過此文，不僅看到張岱的人生態度，更有他對旅行一事所側重的面相—行動本身所帶來的舒適，以及孤身一人所享有的寂靜，不見得需要友伴或行前規畫，頗符合他一貫的任真自得。

【延伸閱讀】

1 張岱《西湖夢尋》，濟南：齊魯書社，一九九六年。

2 余秋雨〈西湖夢〉，《文化苦旅》，臺北：爾雅出版社，一九九二年。

余秋雨文，鄭義、王仁定、周越洋攝影《吳越之間》，天下文化公司，二〇〇一年六月。

10. 清・袁枚

〈游桂林諸山記〉

袁枚著；王英志主編《袁枚全集》，江蘇：江蘇古籍出版社，一九九三年

凡山，離城輒遠，惟桂林諸山離城獨近。余寓太守署中，晡食後，即於於焉而遊。先登獨秀峰，歷三百六級，詣其巔，一城煙火如繪。北下至風洞，望七星岩如七穹龜團伏地上。

次日過普陀，到棲霞寺。山萬仞壁立，旁有洞，道人秉火導入，初尚明，已而沈黑窅渺，以石為天，以沙為地，以深壑為池，以懸崖為幔，以石腳插地為柱，以橫石牽掛為棟梁。未入時，土人先以八十餘色目列單見示，如獅、駝、龍、象、魚網，僧磬之屬，雖附會，亦頗有因。至東方亮，則洞盡可出矣。計行二里許。俾晝作夜，倘持火者不繼，或堵洞口，則遊者如三良殉穆公之葬，永陷坎窞中，非再開闢，不見白日。吁！其危哉！所云亮處者，望東首，正白，開門趨住，捫之，竟是絕壁。方知日光從西罅穿入，反映壁上作亮，非門也。世有自謂明於理，行乎義，而終身面墻者，率類是矣。

次日，往南薰亭。堤柳陰翳，山淡遠縈繞，改險為平，別為一格。

又次日，遊木龍洞。洞甚狹，無火不能入，垂石乳如蓬房半爛，又似鬱肉漏脯，離離可摘，疑人有心腹腎腸，山亦如之。再至劉仙岩，登閣望門雞山，兩翅展奮，但欠啼耳。腰有洞，空透如一輪明月。

大抵桂林之山，多穴，多竅，多聳拔，多劍穿蟲齧；前無來龍，後無去蹤，突然而起，戛然而止；西南無朋，東北喪偶；較他處山尤奇。余從東粵來，過陽朔，所見山，業已應接不暇。單者，復者，豐者，殺者，揖讓者，甬鬥者，綿延者，斬絕者，雖奇鶬九首，獾疏一角，不足喻其多且怪也。得毋西粵所產人物，亦皆孤峭自喜，獨成一家者乎？

記歲丙辰，余在金中丞署中，偶一出遊，其時年少不省山水之樂。今隔五十年而重來，一丘一壑，動生感慨，矧諸山之可喜、可愕哉！慮其忘，故詠以詩；慮未詳，故又足以記。

袁枚著；王英志主編《袁枚全集》，江蘇：江蘇古籍出版社，一九九三年

〈浙西三瀑布記〉

甚矣，造物之才也。同一自高而下之水，而浙西三瀑三異，卒無復筆。

壬寅歲，余遊天台石梁，四面峷者厜㕒，重者甗隒，皆環梁遮迣。梁長二丈，寬三尺許，若鰲脊跨山腰。其下嵌空，水來自華頂，平疊四層，至此會合，如萬馬結隊，穿梁狂奔。凡水被石撓必怒，怒必叫號，以崩落千尺之勢，為群磥砢所擋搤，自然拗怒鬱勃，喧聲雷震，人相對不聞言語。余坐石梁，恍若身騎瀑布上。走山腳仰觀，則飛沫濺頂，目光炫亂，坐立俱不能牢，疑此身將與水俱去矣。瀑上寺曰上方廣，下寺曰下方廣。以愛瀑故，遂兩宿焉。

後十日，至雁蕩之大龍湫。未到三里許，一匹練從天下，恰無聲響。及前諦視，則二十丈以上是瀑，二十丈以下非瀑也，盡化為煙，為霧，為輕綃，為玉塵，為珠屑，為玻璃絲，為楊白花。既墜矣，又似上升；既疏矣，又似密織。風來搖之，飄散無著；日光照之，五色昳麗。或遠立而濡其首，或逼視而衣無沾。其故由於落處太高，崖腹中洼，絕無憑藉，不得不隨風作幻，又少所抵觸，不能助威揚聲，較石梁絕不相似。大抵石梁武，龍湫文；石梁喧，龍湫靜；石梁急，龍湫緩；石梁沖蕩無前，龍湫如往而復；此其所以異也。初觀石梁時，以為瀑狀不過爾爾，龍湫可以不到。及至此，而後知耳目所未及者，不可以臆測也。

後半月，過青田之石門洞，疑造物雖巧，不能再作狡獪矣。乃其瀑在石洞中，如巨蚌張口，可吞數百人。受瀑處，池寬畝餘，深百丈。疑蛟龍欲起，激蕩之聲，如考鐘鼓於瓮內。此又石梁、龍湫所無也。

昔人有言曰：「讀《易》者如無《詩》，讀《詩》者如無《書》，讀《易》、《詩》、《書》者如無《禮記》、《春秋》。」余觀於浙西之三瀑也，信。

【作者】

袁枚（一七一六—一七九七），清代詩人、散文家。字子才，號簡齋，別號隨園老人，錢塘（今浙江杭州）人。乾隆年間進士，入翰林。曾任溧水、江浦、沭陽等縣縣令。任江寧（今江蘇南京）縣令時，推行法制，不避權貴，頗有政績。年三十八即休官養親，不復為官，於江寧小倉山築「隨園」，收集書籍，創作詩文，悠閒地度過了五十年。晚年遊歷南方諸名山，與詩友交往。生平喜稱人善、獎掖士族，提倡婦女文學，女弟子甚眾。以詩名聞當世，創作講求性情，提倡「性靈說」，反對清初以來擬古與形式主義的流弊，使詩壇風氣為之一新，與蔣士銓、趙翼並稱「江右三大家」。為文自成一家，與紀曉嵐齊名，時稱「南袁北紀」。著有《小倉山房文集》、《隨園詩話》、《子不語》等。

【賞析】

〈游桂林諸山記〉

此書選編袁枚兩文，一為〈游桂林諸山記〉，一為〈浙西三瀑布記〉，前者遊山，後者玩水，正好符合袁枚予人遊山玩水的印象。

〈游桂林諸山記〉所寫的是桂林之山，何以特寫此？袁枚自答道：「凡山，離城輒遠，惟桂林諸山，離城獨近」，因此身為太守的袁枚便於公務之暇登臨諸山。

諸山中首先述及「獨秀峰」，謂「詣其巔，一城煙火如繪」。再北下至「風洞」，則「望七星岩如七穹龜團伏地上」，文字既簡潔，亦極形象化。

第二段，述及次日赴「棲霞寺」，遊歷其洞窟之驚險萬狀。入得洞內，但見「以石為天，以沙為地，以深壑為池，以懸崖為幔，以石腳插地為柱，以橫石牽掛為棟梁」，由此可見袁枚層次分明的敘述，極富魅力。然此洞窟之長需歷時一日方可遊盡，不見天日之情狀，其實相當危險。

又次日，則往「南薰亭」，但見「堤柳陰翳，山淡遠縈繞，改險為平，別為一格」，與前述之險參差寫來，更可見袁枚之謀篇巧妙之功。再次日，又遊「木龍洞」，洞內垂乳石，如人之有心腹腎腸一般。再至「劉仙岩」登閣望鬥雞山，只見「兩翅展奮，但欠啼耳」。而劉仙岩

「腰有洞，空透如一輪明月」。由此觀之，袁枚之寫景設詞，俱皆簡潔有致，不言陳腔濫調，文字亦別有風味。

袁枚認為桂林之山「多穴，多竅，多聳拔，多劍穿蟲齧；前無來龍，後無去蹤，突然而起，戛然而止；西南無朋，東北喪偶；較他處山尤奇」，袁枚自述一路由粵東而來至陽朔，已然目不暇給，奇形怪狀，各有特色，簡直超越桂林。原以為桂林之山已頗怪奇，看過陽朔之山，方知世上還有更加怪奇的山色可看。袁枚乃自問難道「西粵所產人物，亦皆孤峭自喜，獨成一家者乎？」，總結便是桂林之山勢怪奇，足以令人大開眼界。正符合「桂林山水甲天下，陽朔山水甲桂林」的美譽。

〈浙西三瀑布記〉

袁枚〈浙西三瀑布記〉則是專寫「水」的遊記，文中書寫浙西三處形態各異的瀑布。袁枚於開篇首先嘆道造物主之神奇：「甚矣，造物之才也」，以說明三瀑之奇，既為天造地設，實在難以多做言傳。

袁枚所遊之水為「天台山」之「石梁瀑布」，其次為「雁蕩山」之「大龍湫」，最後為青田的「石門洞」。

首先，袁枚所遊乃「天台山」最著名的「石梁飛瀑」。此瀑兩崖峭壁對峙，一石橫亙其間，即石梁名稱之由來，又稱石橋。袁枚如是描繪石梁：「梁長二丈，寬三尺許，如鰲脊跨山腰。其下嵌空，水來自華頂，平疊四層，至此會合，如萬馬結隊，穿梁狂奔」。梁金溪與大興坑水會合於此，形成瀑布群，從高三十公尺的峭壁上直瀉碧泓潭，瀑布色如霜雪，所以又有「石梁雪瀑」之美稱。袁枚如是讚嘆石梁瀑布之壯美：「凡水被石撓必怒，怒必叫號，以崩落千尺之勢，……喧聲雷震，人相對不聞言語」，袁枚愛此石梁瀑，乃留宿兩日。

其次，又至「雁蕩山」之「大龍湫」瀑布。雁蕩山為中國名山之一，明代大旅行家徐霞客即曾擲筆而歎：「欲窮雁蕩之勝，非飛仙不能！」可見其絕美。而雁蕩之絕佳水色自然又非「大龍湫」莫屬。此瀑不僅為雁蕩山名勝，亦為中國四大名瀑之一。所謂「湫」即「瀑」之意，此瀑高達一百九十餘公尺，其磅礴氣勢足令游者歎為觀止。袁枚如是描繪之，遠看大龍湫是「一匹練從天下，恰無聲響」，近看則是「二十丈以上是瀑，二十丈以下非瀑也，盡化為煙，為霧，為輕綃，為玉塵，為珠屑，為玻璃絲，為楊白花。既墜矣，又似上升；既疏矣，又似密織。風來搖之，飄散無著；日光照之，五色昳麗」，由此看見此瀑之美，美在其水並無石梁所阻，乃能如斯飄逸出塵。因此，袁枚不免將石梁瀑布與大龍湫對比：「大抵石梁武，龍湫文；石梁喧，龍湫靜；石梁急，龍湫緩；石梁沖蕩無前，龍湫如往而復」。此外，袁枚最深的感觸則是初看石梁瀑布「以為瀑狀不過爾爾，龍湫可以不到」，及至眼見為憑，方知不可隨便在未見之前胡亂臆測。

最後，則是青田的「石門洞」。石門洞之與石梁、大龍湫之不同之處，在於它的瀑布在於石洞中，如巨蚌張口，可吞數百人。受瀑處則池寬畝餘，深百丈。俱與前述二者不同。袁枚因此認為此浙西三瀑各有殊異之處，值得誌之乃有此文，以讚嘆造物主之神奇。

【延伸閱讀】

1 郁達夫〈釣台的春晝〉，郁達夫文／王仁定、戴煒、鄭義攝影《郁達夫遊記散文》攝影珍藏版，臺北：天下遠見出版公司，二〇〇二年。

2 郁達夫《兩浙漫遊》，臺北：圓神出版公司，二〇〇三年一月。

11. 清・郁永河《裨海紀遊》

〈二十五日，買小舟登岸〉

郁永河《裨海紀遊》卷上，南投：臺灣省文獻委員會，一九五九年四月

二十五日，買小舟登岸，近岸水益淺，小舟復不進，易牛車，從淺水中牽挽達岸，詣臺邑二尹蔣君所下榻。計自二十一日大旦門出洋以迄臺郡，凡越四晝夜。海洋無道里可稽，惟計以更，分晝夜為十更，向謂廈門至臺灣，水程十一更半；自大旦門七更至澎湖，自澎湖四更半至鹿耳門。風順則然；否則，十日行一更，未易期也。嘗聞海船已抵鹿耳門，為東風所逆，不得入，而門外鐵板沙又不可泊，勢必返澎湖；若遇月黑，莫辨澎湖島澳，又不得不重回廈門，以得天明者，往往有之矣。海上不得順風，寸尺為艱。

余念同行十二船未至，蔣君職司出入，有籍可稽，日索閱之，同至者僅得半，餘或遲三五日至七八日，最後一舟逾十日始至，友人僕在焉。訊其故，曰：「風也」。余曰：「同日同行，又同水道，何汝一舟獨異？」曰：「海風無定，亦不一例；常有兩舟並行，一變而此順彼逆，禍福攸分，此中似有鬼神司之，遑計遲速乎？」余以舟中累日震蕩，頭涔涔然，雖憑几倚

榻，猶覺在波濤中。

越二日，始謁客。晤太守靳公、司馬齊公、參軍尹君，諸羅令董君、鳳山令朱君。又因齊司馬晤友呂子鴻圖，握手甚慰。渠既不意余之忽為海外遊，以為天降；余於異域得見故人，尤快。相過無虛日，較同客榕城日加密，揮毫、較射、雅歌、投壺，無所不有；暇則論議古今，賞奇析疑；復取《臺灣郡志》，究其形勢，共相參考。蓋在八閩東南，隔海水千餘里，前代未嘗與中國通，中國人曾不知有此地，即《輿圖》、《一統志》諸書，附載外夷甚悉，亦無臺灣之名；惟明會典《太監王三保赴西洋水程》有「赤嵌汲水」一語，又不詳赤嵌何地。獨澎湖於明時屬泉郡同安縣，漳泉人多聚漁於此，歲征漁課若干。嘉隆間，琉球踞之。明人小視其地，棄而不問。若臺灣之曾屬琉球與否，俱無可考。

臺之民，土著者是為土番，言語不與中國通；況無文字，無由記說前代事。迨萬曆間，復為荷蘭人所有（荷蘭即今紅毛也）；建臺灣、赤嵌二城（臺灣城今呼安平城，赤嵌城今呼紅毛樓），考其歲為天啟元年。二城髣髴西洋人所畫屋室圖，周廣不過十畝，意在駕火礮，防守水口而已；非有埤堄闉闍，如中國城郭，以居人民者也。

我朝定鼎，四方賓服，獨鄭成功阻守廈門，屢煩征討。鄭氏不安，又值京口敗歸，欲擇地為休養計，始謀攻取臺灣，聯檣並進；紅毛嚴守大港（大港在鹿耳門之南，今已久淤，不通舟楫），以鹿耳門沙淺港曲，故弛其守，欲誘致之。成功戰艦不得入大港，視鹿耳門不守，遂命進師；紅毛方幸其必敗，適海水驟漲三丈餘，鄭氏無復膠沙之患，急攻二城。紅毛大恐，與戰又不勝，請悉收其類去，時順治十六年八月也。成功之有臺灣，似有天助，於是更臺灣名承天府，設天興、萬年二州；又以廈門為思明州，而自就臺灣城居焉。鄭氏所謂臺灣城，即今安平城也，與今郡治隔一海港，東西相望約十里許，雖與鯤身連，實則臺灣外沙，前此紅毛與鄭氏皆身居之者；誠以海口為重，而緩急於舟為便耳。

成功歿於康熙元年，子經繼立（經即錦舍）。經紈絝子，無遠略，其下諸將多來歸者，朝廷悉以一官畀之，由是歸誠者日益眾。康熙二十年，鄭經亡，子克塽繼；年甫十四，幼不諳國事，而總督姚公（啟聖）銳意圖勦，多設反間，間其用事諸人，人心離叛，無固志，遂與提督施公（烺）先後進討。康熙二十二年六月十六日，戰於澎湖；二十二日再戰，王師克捷，已入天妃澳。臺灣門戶既失，鄭眾危懼，欲遷避呂宋，不果；蓋其下皆謂克塽孺子，不足謀國事，而歸誠反正，猶冀得天朝爵賞，遂定計降。有旨原其罪。十月，克塽率其族屬朝京師，封漢軍公。寧靖王朱（術桂）先依鄭成功，歷三世，近四十年；聞克塽降，為詩曰：「流離來海外，止賸幾莖髮；如今事畢矣，祖宗應容納！」與其二嬪同自經以殉。魯王世子輩安插河南。臺灣遂平。

嗟乎！鄭成功年甫弱冠，招集新附，草創廈門，復奪臺灣，繼以童孺守位，三世相承，卒能保有其地，以歸順朝廷，成功之才略信有過人者。況乎夜郎自大，生殺獨操，而仍奉永曆之紀元，恪守將軍之位號，奉明寧靖王、魯王世子禮不衰，皆其美行；以視吳、耿背恩僭號者，相去不有間耶？

臺灣既入版圖，改偽承天府為臺灣府，偽天興州為諸羅縣，分偽萬年州為臺灣、鳳山二縣；縣各一令一尉，臺灣縣附郭首邑，增置一丞，更設臺廈道轄焉。海外初闢，規模草創，城郭未築，官署悉無垣牆，惟編竹為籬，蔽內外而已。臺灣縣即府治，東西廣五十里，南北袤四十里，鎮、道、府、廳暨諸、鳳兩縣衙署、學宮、市廛及內地寄籍民居多隸焉。而澎湖諸島澳，亦在所轄。鳳山縣居其南，自臺灣縣分界而南，至沙馬磯大海，袤四百九十五里；自海岸而東，至山下打狗仔港，廣五十里。攝土番十一社，曰：上淡水、下淡水、力力、茄藤、放索、大澤磯、啞猴、答樓，以上平地八社，輸賦應傜；曰：茄洛堂、浪嶠、卑馬南，三社在山中，惟輸賦，不應傜；另有傀儡番並山中野番，皆無社名。諸羅縣居其北，攝番社新港、加溜灣（音葛剌灣）、毆王（音蕭郎）、麻豆等二百八社外，另有蛤仔難（音葛雅蘭）等三十六社，雖非野番，不輸貢賦，難以悉載。自臺灣縣分界而北，至西北隅，轉至東北隅大雞籠社大海，袤二千三百十五里。三縣所隸，不過山外沿海平地，其深山野番，不與外通，外人不能入，無由知其概。

總論臺郡平地形勢，東阻高山，西臨大海，自海至山，廣四五十里；自鳳山縣南沙馬磯至諸羅縣北雞籠山，袤二千八百四十五里，此其大略也。雖沿海沙岸，實平壤沃土，但土性輕浮，風起揚塵蔽天，雨過流為深坑。然宜種植，凡樹蓺芃芃鬱茂，稻米有粒大如豆者；露重如雨，旱歲過夜轉潤，又近海無潦患，秋成納稼倍內地；更產糖蔗雜糧，有種必穫。故內地窮黎，襁至輻輳，樂出於其市。惜蕪地尚多，求闢土千一耳。五穀俱備，尤多植芝麻。果實有番檨（土音讀作蒜，查無此字，或雲當從檨）、黃梨、香果、波羅蜜，皆內地所無，過海即敗苦，不得入內地。荔枝酸澀，龍眼似佳，然皆絕少，市中不可多見；楊梅如豆，桃李澀口，不足珍。獨番石榴不種自生，臭不可耐，而味又甚惡；蕉子冷沁心脾，膩齒不快，又產於冬月，尤見違時。惟香果差勝。檳榔形似羊棗，力薄，殊遜滇粵；椰子結實如毬，破之可為器，有椰酒盈椀，肉附殼而生，用與檳榔共嚼。余愛二樹，獨榦無枝，亭亭自立，葉如鳳羽，偃蓋婆娑；牕前植之，差亦不惡。瓜蔬悉同內地，無有增損。西瓜盛於冬月，臺人元旦多啖之；皮薄瓤紅，可與常州並驅，但遜泉之傅霖耳。郡治無樹，惟綠竹最多，一望猗猗，不減渭濱淇澳之盛。惜其僅止一種，輒數十竿為一叢，生筍不出叢外，每於叢中排比而出。枝大於竿，又節節生刺，人入竹下，往往牽髮毀肌，莫不委頓；世有嵇、阮，難共入林。花之木本者曰番花，葉似枇杷，枝必三叉，臃腫而脆；開花五瓣，色白，近心漸黃，香如梔子，宜於風過暫得之，近則惡矣；自四月至十月開不絕，冬寒併葉俱盡。草花有番茉莉，一花十瓣，望之似菊；既放可得三日觀，不似內地茉莉暮開晨落，然香亦少遜焉。

街市以一折三，中通車行，傍列市肆，髣髴京師大街，但隘陋耳。婦人弓足絕少，間有纏三尺布者，便稱麗都；故凡陌上相逢，於裙下不足流盼也。市中用財，獨尚番錢。番錢者，紅毛人所鑄銀幣也。圓長不一式，上印番花，實則九三色。臺非此不用，有以庫帑予之，每蹙額不顧，以非所習見耳。地不產馬，內地馬又艱於渡海，雖設兵萬人，營馬不滿千匹；文武各官乘肩輿，自正印以下，出入皆騎黃犢。市中挽運百物，民間男婦遠適者，皆用犢車。故此戶多畜牛；又多蔗梢，牛嗜食之，不費芻菽。曩鄭氏之治臺，立法尚嚴，犯姦與盜賊，不赦；有盜伐民間一竹者，立斬之。民承峻法後，猶有道不拾遺之風；市肆百貨露積，委之門外，無敢竊者。

天氣四時皆夏，恒苦鬱蒸，遇雨成秋，比歲漸寒，冬月有裘衣者，至霜霰則無有也。海上颶風時作，然歲有常期；或逾期、或不及期，所爽不過三日，別有風期可考。颶之尤甚者曰颱，颱無定期，必與大雨同至，必拔木壞垣，飄瓦裂石，久而愈勁；舟雖泊澳，常至虀粉，海上人甚畏之，惟得雷聲即止。占颱風者，每視風向反常為戒；如夏月應南而反北，秋冬與春應北而反南（三月二十三日馬祖暴後便應南風，白露後至三月皆應北風；惟七月北風多主颱），旋必成颱，幸其至也漸，人得早避之。又曰：風四面皆至曰颱。不知颱雖暴，無四方齊至理；譬如北風颱，必轉而東，東而南，南又轉西，或一二日、或三五七日，不四面傳遍不止；是四面遞至，非四面並至也。颶驟而禍輕，颱緩而禍久且烈。又春風畏始，冬風慮終；又六月聞雷則風止，七月聞雷則風至；又非常之風，常在七月。而海中鱗介諸物游翔水面，亦風兆也。此臺郡之大略也。為賦竹枝詞，以紀其概。

鐵板沙連到七鯤，鯤身激浪海天昏；任教巨舶難輕犯，天險生成鹿耳門。
雪浪排空小艇橫，紅毛城勢獨崢嶸；渡頭更上牛車坐，日暮還過赤嵌樓。
編竹為垣取次增，衙齋清暇冷如冰；風聲撼醒三更夢，帳底斜穿遠浦燈。
耳畔時聞軋軋聲，牛車乘月夜中行；夢迴幾度疑吹角，更有床頭蝘蜓鳴。
蔗田萬頃碧萋萋，一望龍蔥路欲迷；綑載都來糖廍裡，只留蔗葉餉群犀。
青蔥大葉似枇杷，臃腫枝頭著白花；看到花心黃欲滴，家家一數倚籬笆。
芭蕉幾樹植牆陰，蕉子纍纍冷沁心；不為臨池堪代紙，因貪結子種成林。
獨幹淩宵不作枝，垂垂青子任紛披；摘來還共蔞根嚼，贏得唇間盡染脂。

惡竹參差透碧霄，叢生如棘任風搖；那堪節節都生刺，把臂林間血已漂。
不是哀梨不是楂，酸香滋味似甜瓜；枇杷不見黃金果，番樣何勞向客誇？
肩披鬢髮耳垂璫，粉面紅唇似女郎；馬祖宮前鑼鼓鬧，侏離唱出下南腔。
台灣西向俯汪洋，東望層巒千里長；一片平沙皆沃土，誰為長慮教耕桑？

【作者】

郁永河（一六四五—？），字滄浪，清浙江仁和人。一六九一年開始任於閩知府幕賓，期間曾遊遍福建各地。康熙三十五年（一六九五年）福州火藥庫失火，硫磺、硝石燒毀。郁永河即於一六九六～一六九七年間奉命由福建前往台灣台北採硫，並將其九個月在台紀事於一六九八年寫成《裨海記遊》一書。該書為首部詳細記載台灣北部人文地理的專書，其中〈台灣竹枝詞〉十二首、〈土番竹枝詞〉二十四首描寫台灣風土，為珍貴的史料。

【賞析】

郁永河所寫的《裨海紀遊》是臺灣第一部真正的旅行文學。三百年前，郁永河於康熙三十六年（一六九七）來台採硫後寫下這部遊台見聞。《裨海紀遊》的「裨（ㄆㄧˊ）海」，指的是小海，語出《史記》卷七十四《孟子荀卿傳》：「乃所謂九州也，於是有裨海環之。」，司馬貞《史記索隱》註：「裨海，小海也。」

清康熙二十二年（一六八三），清廷收復臺灣後，設立「臺灣府」，將臺灣編入福建省的第九個府。生性喜愛冒險的郁永河對這塊新領土興趣盎然，卻苦無機會遊覽。直至康熙三十五年（一六九六）冬，福州城火藥庫發生爆炸，五十餘萬斤硫磺火藥全部焚毀。朝廷下令嚴辦，要求看管火藥庫的官員負起賠償責任。當時臺灣的雞籠、淡水等地生產硫磺。於是福州官府決定派員前往臺灣開採硫磺，以彌補焚毀的損失。然而當時臺灣北部仍是充滿危險的蠻荒之地，該派誰去採硫？當大部分人皆避之唯恐不及時，郁永河聽說這個消息卻手足舞蹈。

因此，喜愛旅行的郁永河便於康熙三十六年（一六九七）農曆一月起程。一月二十四日中午時分，郁永河由福州城南門出發。一月二十五日天氣轉晴，繼續前行三十里，遠望馬尾港口外海的羅星塔及「五虎門」。「五虎門」，位於閩江口附近，是五座島礁，形狀似五隻老虎，守在閩江與臺灣海峽的交會處，這條水道，為船舶出入閩江必經之路，所以稱為「五虎門」。

二月二十三日，郁永河改乘小舢板登岸。澎湖為臺灣門戶，這裡配置一名水師副將，率領二千名士兵駐防，並設有巡檢司衙門。郁永河的遊記裡提到澎湖共有六十四個島澳，還一一列出島名。此因澎湖自元朝起就已納入中國的版圖，所以三百年前的中國人對澎湖群島已有一定程度的認識，而當時的臺灣大部份的地區則都還是屬於不為人知的蠻荒之地。二十四日，船隻航向臺灣，這時回望澎湖群島已逐漸沒入煙雲裡，而臺灣的高山已隱約可見。更向前行臺灣的山巒已清晰可見。不久望見「鹿耳門」；進入鹿耳門後，海域變大。鹿耳門有海防官兵駐守，盤詰進出船隻，船隻都必須栓船等候檢查通關。盤檢過後，又繼續向迂迴前行了二、三十里，才到至「安平城」下。再橫渡至對岸的「赤崁城」，已是下午三、四點了。當時鹿耳門內的臺江遼闊浩瀚，就像內海，但水底下都是淺沙，船隻容易擱淺。水道狹窄，又左右曲折，若不是熟悉水道的船夫，也不敢輕易進入鹿耳門，所以號稱為天險。進入鹿耳門後，直向東北行，距離赤崁城約十里，但船隻卻得迂迴航行二、三十里，由此可見鹿耳門航道的曲折與危險。抵達赤崁城時，因風浪大，所以郁永河未上岸，留宿於船上。

二月二十五日，郁永河雇小船接駁登岸，近岸的水更淺，連小船都無法行駛，只好改用牛車，船夫在淺水中牽挽牛車上岸。總計郁永河從二月二十一日清晨出海，二月二十五日抵達臺灣府，共經歷四個晝夜。從福建到臺灣的路程多久？其變數很大。一般而言，廈門至臺灣航行時間約二十八小時，其中廈門至澎湖約十七小時，澎湖至鹿耳門約十一小時，這是順風的狀況。若遇逆風則難以預料。聽說常有船隻即使已抵達鹿耳門外，遇到逆風無法進入，而鹿耳門外的海底又有堅硬的鐵板沙，船隻無法停泊，只好折返回澎湖。萬一又遇到月黑，無法辨識澎湖群島時，船隻就不得不返回廈門，等待天亮時再重新啟航，這種情況常常發生。若沒有遇到順風，船隻逆風航行極為辛苦。這就是選文第一段中所述的登台（安平鹿耳門）狀況。

第二段接著提到，與郁永河同行的十二船隻，只有半數同時抵達，其餘船隻有的延遲三五日，也有遲至七八日的，最後一艘船遇到逆風整整晚了十天才抵達赤崁城，郁永河的朋友和僕人都在那艘船上。既然同日同時航行，為什麼境遇差別這麼大呢？郁永河不解。在台友人告訴他這是因為海風沒有定性，常常兩艘船並行，但海風一轉向，有時一艘船仍順風，另一艘卻變成逆風而行，境遇不一，禍福難料，這其中似乎有鬼神在操作。歷經四晝夜的海上航行，郁永河抵達臺灣後仍然暈船，鎮日頭腦昏沈，身體感覺猶在搖晃中。

第三段提及，休息兩天後，郁永河才展開拜會行程。他會晤了當地的官員，也與他昔日朋友呂鴻圖見面。他鄉遇故知，郁永河特別的高興，每天與呂鴻圖往來，暢談古今時事。郁永河也趁這段時間研讀《臺灣郡志》，以認識臺灣的地理形勢，並時時與呂源圖討論。郁永河在此略提臺灣史。他說道臺灣在福建的東南方，但隔著海水千餘里，不曾與中國相通，中國也不知道有臺灣這個地方。中國的《輿圖》、《一統志》等書，有記載外夷，卻沒有提到「臺灣」這個地名。明朝會典《太監王三保赴西洋水程》有「赤崁汲水」一語，但卻沒說明赤崁位於何地。只有澎湖群島，有許多漳州、泉州人定居於此，以捕魚為生。明嘉隆年間，琉球據臺灣，明人不以為意。但臺灣是否真曾為琉球所屬，無從考察。

第四段則提到臺灣的原住民即為土番，與中國語言並不相通，又無文字，所以沒有任何歷史記錄。直到明萬曆年間，為荷蘭人所據。其後，興建臺灣（安平）及赤崁兩城，時間是在天啟元年（正確應為天啟四年（一六二四））。這兩座城堡像是西洋人所畫的房屋圖，四周寬度不超過十畝，功能只在設置大砲，用來防守港口水道而已，並不像中國城郭是用來供百姓居住的。

第五段言及大清帝國建立以來，四方臣服，惟獨鄭成功守於金、廈，頑抗朝廷。後鄭成功遭遇南京之役失敗，打算覓地養兵休息，於是謀劃攻取臺灣。順治十八年（一六六一），鄭成功的大軍船艦齊發，攻取臺灣，荷蘭人則嚴守於「大港」（鹿耳門之南），以防鄭軍入侵。當時荷蘭人認為鹿耳門是天險，水淺港曲，所以故意放鬆鹿耳門的守衛，希望誘使鄭成功的船艦進入，使船艦擱淺其中。果然，鄭成功的戰艦抵達鹿耳門時，無法順利進入大港，這時看見鹿耳門無守衛，於是下令船艦駛進鹿耳門。荷蘭人正暗自高興，認為鄭成功的船艦必定會擱淺於鹿耳門的水道；不料，這時海水突然漲高三丈，於是船艦順利進入鹿耳門的水道，兵臨安平及赤崁兩城。荷蘭人作戰不利，於是豎旗請降，時為順治十六年八月。鄭成功能夠占領臺灣，似有天助，於是將臺灣更名為「承天府」，設「天興」、「萬年」二州，又以廈門為思明州，而自己就住於「臺灣城」裡。鄭氏所謂臺灣城就就是「安平城」，與今天臺灣府官署相隔著海港，約十里許遠。安平城雖與鯤身相連，實際上是臺灣外海沙洲，荷蘭人和鄭成功都駐守於這裡，主要是為了防守海口，而且若有緊急狀況時可以隨時登船。

第六段，之後鄭成功歿於康熙元年（一六六二），子鄭經繼位。經無遠略，其下諸將歸附清廷者日眾。康熙二十年（一六八一），鄭經亡，子克塽繼位；克塽才十四歲，不諳國事，而大清總督姚啟聖銳意計劃征討，多遣間諜，離間鄭氏官員，使人心離叛，無固守臺灣的意志。康熙二十二年（一六八三）六月，大清提督施琅發兵渡海，征討臺灣。六月十六日，清軍與鄭軍戰於澎湖；二十二日再戰，鄭軍潰敗，施琅進入澎湖的天妃港。澎湖是臺灣的門戶，門戶失守，臺灣人心潰散，擬避遷呂宋。後鄭克塽決定投降，鄭成功統治臺灣歷經三世，計二十二年結束。

第七段，郁永河顯然對鄭成功持肯定態度，認為鄭成功二十歲時就能率領軍隊，在廈門建立基業，又奪取臺灣，傳承三代，終能保全臺灣，歸順朝廷，確實有超乎常人的才華。以鄭成功之偉大，仍奉明王為正朔，對照吳三桂與耿精忠的背恩僭號而言，相去之遠不言而喻。

第八段談到臺灣既入中國版圖後的狀況。大清帝國將「偽承天府」改為「臺灣府」，隸屬於福建省；將偽天興州改為「諸羅縣」；分偽萬年州為「臺灣」、「鳳山」二縣。縣各設一令一尉，臺灣縣為臺灣府的附郭，增置一丞，另設臺廈道負責管轄臺灣府。規模草創階段，官署多無牆垣，只以竹籬笆為界。臺灣縣（今台南市附近）是臺灣府治所在，範圍最小，東西廣五十里，南北長四十里，但官署及內地居民都居住在這裡。諸羅縣、鳳山縣因轄區地處偏僻，多尚未開化，所以未在轄區內設置衙署，而是暫寄於臺灣縣辦公；澎湖群島也歸臺灣縣管轄。鳳山縣在臺灣縣南方，自臺灣縣分界而南，至沙馬磯（恆春貓鼻頭）大海，長四百九十五里。自海岸而東，至山下打狗仔港，廣五十里。管轄的土番十一社，其中八社在平地，分別為上淡水、下淡水、力力、茄藤、放索、大澤磯、啞猴、答樓，須向朝廷納稅，並提供徭役；另外三社為茄洛堂、浪嶠、卑馬南在山地，只須納稅，無須提供徭役。此外，還有傀儡番（排灣族）及山中生番，但都沒有社名。諸羅縣在臺灣縣北部，管轄的番社有新港、加溜灣（葛刺灣）、毆王（蕭郎）、麻豆等二百零八社外，另有蛤仔難（噶瑪蘭）等三十六社，雖然不是生番，但無須納稅，所以無法一一記載。諸羅縣範圍最廣，至臺灣西北隅，轉至東北角大雞籠社（今基隆）大海，長二千三百十五里。總計臺灣、鳳山與諸羅三縣所管轄的區域，只是山地之外的沿海平地，其它的深山野番，不與外界往來，外人也不能進入深山，無法得知野番的情況。

第九段，總論臺灣府的形勢，東邊受阻於高山，西臨大海，自海岸至山地，廣約四五十里；自鳳山縣南沙馬磯至諸羅縣北雞籠山，長二千八百四十五里，這是大概的情況。此外，在郁永河的描述中，對當時臺灣的物產及風土多有介紹。他提及臺灣土地肥沃，很適合種植，樹木茂密，種出來的稻米粒大如豆。而臺灣溼氣重，雖乾季，往往過了一夜，因露水重，土地便轉為溼潤；近海沒有水患，所以秋天的收成倍於大陸內地。此地更能生產甘蔗等雜糧，只要有種就必定有收穫。所以內地窮苦人家，都很願意渡海來臺灣謀生。可惜荒蕪的土地還非常多，已開發的大概只有千分之一而已。臺灣五穀俱備，尤其多芝麻。水果則有芒果、黃梨、香果、波羅蜜，都是內地所無。水果一過海，隨即腐敗，所以無法帶進內地。其它水果還有荔枝、龍眼、楊梅、桃子、李子、蕃石榴、香蕉、檳榔、西瓜等，種類相當多。臺灣府城內則沒有樹木，只有綠竹長得非常茂密。臺灣的竹子枝葉粗，又有刺，走進竹林裡，頭髮容易被勾住，皮膚也會被刺傷。郁永河開玩笑地說，就算嵇康、阮籍等「竹林七賢」來到臺灣，恐怕也會對這些竹子退避三舍。這些帶刺的竹子，卻成了日後臺灣各地築城的主要材料，例如「竹圍」地名，就是以竹子做為圍籬防禦的聚落。

第十段言及臺灣的街道，中間通道供牛車經過，兩旁則是小攤販。街道狹窄，而且相當簡陋。臺灣女人很少纏足，偶有纏足者便可稱之為「麗都」。市面上流通的貨幣，則是以荷蘭人鑄造的番錢為主（可能是誤將西班牙幣看成荷幣）。番錢是銀幣，幣面有洋人的頭像。臺灣人喜歡這種錢，若是給他大清帝國的銀錠，反而不被接受。郁永河這段敘述頗有意思。荷蘭人自一六六二年已撤出臺灣，歷經明鄭時期二十二年（一六六二—一六八三）與大清帝國統治了十五年（一六八三—一六九七），然而荷蘭人的錢幣竟然還是臺灣最主要流通的貨幣。臺灣不出產馬，而大陸內地的馬匹又不易運送過海，因此全臺駐紮一萬名士兵，馬匹卻約只有一千匹。文武官員出門都坐轎子。民間運送貨物及交通工具都以牛車為主。家家戶戶都養牛。此外，郁永河也提到，臺灣府市街治安良好，這是因為鄭成功統治臺灣時，執法嚴格，曾經有人偷砍別人家一根竹子，馬上被拖去斬首，因此人民安份守己，有「路不拾遺」的風氣。街道攤販擺的貨物，即使露天擺著，無人看管，也沒有人敢偷盜。

第十一段，郁永河提到臺灣的天氣，尤其是颱風。臺灣海峽經常出現大風，每年都有固定時間，或早或晚，相差不會超過三天。更強烈的大風稱為「颱風」。颱風經常挾帶著豪雨，狂風會拔起樹根，吹倒房屋，將停靠在港口的船隻打得粉碎。郁永河當時，還沒有現代氣象學的知識，民眾只能憑著經驗來預測颱風。郁永河提及一些他聽到的經驗談。例如，夏季應吹南風，卻吹起不尋常的北風；秋、冬、春應吹北風，卻刮起南風，都是形成颱風的徵兆。還有風向突然轉個不停，如同四面而來，也是颱風來襲所產生的現象。初春及晚冬的颱風較可怕。六月聽到雷聲，表示颱風要停了；七月聽到雷聲，則表示颱風要來了。七月產生的颱風，變化莫端，最難預料。如果發現海面上各種魚及烏龜浮出水面，也是颱風將來的徵兆。這些經驗談，有的有科學根據，有些則只是胡亂猜測而已。

以上便是臺灣的大略情形。最末並賦竹枝詞十二首以頌臺灣。「竹枝詞」以吟詠風土為主要特色。

郁永河所作的十二首竹枝詞，第一首說的是：安平城旁，自一鯤身至七鯤身，皆沙崗也。鐵板沙性重，得水則堅如石，舟泊沙上，風浪掀擲，舟底立碎矣。牛車千百，日行水中，曾無軌跡，其堅可知。

第二首：渡船皆小艇也。紅毛城即今安平城，渡船往來絡繹，皆在安平、赤嵌二城之間。沙堅水淺，雖小艇不能達岸，必藉牛車挽之。赤嵌城在郡治海岸，與安平城對峙。

第三首：官署皆無垣墻，惟插竹為籬，比歲增易。無墻垣為蔽，遠浦燈光，直入寢室。

第四首：牛車挽運百物，月夜車聲不絕。蝘蜓音偃忝，即守宮也；臺灣守宮善鳴，聲似黃雀。

第五首：取蔗漿煎糖處曰糖。蔗梢飼牛，牛嗜食之。

第六首：花葉似枇杷，花開五瓣，白色，木本，臃腫，枝必三叉；花心漸作深黃色，攀折累三日不殘。香如梔子，病其過烈；風度花香，頗覺濃郁。

第七首：蕉實形似肥皂，排偶而生，一枝滿百，可重十觔；性極寒。凡蒔蕉園林，綠陰深沉，蔭蔽數畝。

第八首：檳榔無旁枝，亭亭直上，體龍鱗，葉同鳳尾。子形似羊棗，土人稱為棗子檳榔。食檳榔者必與蔞根、蠣灰同嚼，否則口且辣。食後口唇盡紅。

第九首：竹根迮篠以至於葉，節節皆生倒刺，往往牽髮毀肌。察之皆根之萌也，故此竹植地即生。

第十首：番檨生大樹上，形如茄子；夏至始熟，臺人甚珍之。

第十一首：梨園子弟，垂髻穴耳，傅粉施朱，儼然女子。土人稱天妃神曰馬祖，稱廟曰宮；天妃廟近赤崁城，海舶多於此演戲愿。閩以漳泉二郡為下南，下南腔亦閩中聲律之一種也。

第十二首：臺郡之西，俯臨大海，實與中國閩廣之間相對。東則層巒疊嶂，為野番巢居穴處之窟，鳥道蠶叢，人不能入；其中景物，不可得而知也。山外平壤皆肥饒沃土，惜居人少，土番又不務稼穡，當春計食而耕，都無蓄積，地力未盡，求闢土千一耳。

【延伸閱讀】

1 郁永河著，陸傳傑新注《裨海紀遊新注》，台北：大地地理出版社，二〇〇一年四月。

郁永河著，楊龢之譯注《遇見三〇〇年前的臺灣——裨海紀遊》，台北：圓神出版社，二〇〇四年六月。

2 費德廉、羅效德編譯《看見十九世紀台灣——十四位西方旅行者的福爾摩沙故事》，臺北：如果出版社、大雁出版社聯合出版，二〇〇六年十二月。

鄭維中《製作福爾摩沙——追尋西洋古書中的台灣身影》，臺北：如果出版社、大雁文化聯合出版，二〇〇六年十月。

卷二【目遊】

觀看世界的方式

1. 郭嵩燾《倫敦與巴黎日記》

〈光緒三年正月初一日丁巳—初二日〉（〈杜莎夫人蠟像館、倫敦動物園〉）

郭嵩燾《倫敦與巴黎日記》，長沙：岳麓書社，一九八四年十一月

〈杜莎夫人蠟像館〉

光緒三年正月初一日丁巳　元旦，偕劉雲生率同黎純齋、德在初、鳳夔九、姚彥嘉、張聽帆、劉和伯、黃玉屏行慶賀禮，併設茶點。議政院紳懷德、諦克斯來見。以元日須一出遊，偕雲生以下至歪克斯獨索，觀所謂蠟人者。歪克斯，猶言蠟工也；獨索者，其館主之名也。館凡兩進，凡兩大廳，四圍及中廳塑人幾遍，或坐或立，或為高臺平臺。遊者出入如雲，與諸蠟人相混也。所塑皆有名人，名國主為多，最著者華盛頓也，林文忠亦塑一像坐門首，劉雲生言，神貌皆酷肖也。又有法國一女將曰權阿爾克，絕美而有英雄氣。餘皆不暇詳記。樓上為蠟人館，樓下百貨環市，奇瑋奪目，交市者皆洋婦也。晚歸，仍邀雲生以下諸君會飲。讀《史記》一卷。是日微雨。

〈倫敦動物園〉

初二日　與劉雲生、黎純齋、劉和伯、鳳夔九、黃玉屏為萬生園之遊。（英語云觥阿羅奇格爾家定司，家定司者，譯言苑囿也。）馬格里、禧在明俱隨行。園主巴得立得陪遊。蓋官園也，為國家馴養鳥獸之區。所見鳥獸數百餘種，多收之各國者。中土則四川之錦雞、雲南之孔雀、浙江之畫眉鳥、江南之唐鵝（唐鵝數十，多產之本國，江南亦有之）、奉天之鹿、四川之虎及羊。

虎豹及獅子為巨屋，鐵柵為圈者十餘所。見獅子五，其二頭及前身有深毛，後身無之，尾如牛尾而長；其三則狀如虎而毛色如牛，皆稚獅也。豹七八，虎十餘；其太子一至印度，得之印度及蘇門答臘及努伯西尼亞者為多。猿猴亦為巨屋，中為鐵網大圈者四，前為窗，其三面為小圈者十餘，種類甚繁。其一大圈，大小十餘種而尾皆能鉤掛；其中有身、尾似而頭如犬，後兩足如鴨掌者。犀牛亦為巨屋，約七八圈，形如牛而大，角生鼻端。有鼻端相連為二角者，有獨犀者。其一獨角犀鬻之印度，值千二百磅。海馬亦為巨屋，凡三圈，每圈為深池一，日常伏池中。園丁持草呼出之，形如馬而大，張口約二尺許，納草一束其中，意猶未慊也。高腳鹿亦為巨屋，凡四圈，身長六七尺，足高八尺，頸長亦七八尺，頭、身斑文皆如鹿。其牛、羊、鹿、豕來自各國者，或為圈，或為屋，皆各數十種。印度牛背負一肉囊甚巨，云味如駝峰，最鮮美。鹿有大如牛者，其身斑文及角長短，種類各別。野豕有平嘴者，有尖嘴者，有頭甚巨而灣（彎）折者，其大或逾巨牛。羊種尤繁，有兩角盤曲者，有直挺者，有斜挺者，有角並尖如削刃；有盤折如結繩者，有寸寸出節如竹筍者，有明亮透光者，殆羚羊之屬也。又有野駝、野馬、野驢各數種。其一野驢，頭、身皆如虎斑文。

鳥種百餘，多不能舉其名。有身如野鳧而頸細長，張兩翅各作數花圈，五色斑斕如蛺蝶。有巨嘴短頸，頭有長方板，色如黃蠟，其其亦有長方板尖出者。大如駝鳥，細如黃鸝，豔如孔雀，馴如鶉鷄，詭形異態，見之眩目。鸚鵡別為一屋，約數十種。白鸚鵡中有能為洋語，喃喃向人。其中有頭毛一叢黃色，中土名之葵花鳥。有巨嘴如瓜，或紅如砂，或黃如蠟，亦有作藍色者，不知其何名也。又有一鳥狀如雞，冠、尾皆具，而長僅及二寸許，大可盈椏，可愛玩。

有一巨池蓄江豚十餘頭，中為石台，置兩几其上；江豚躍出几上，向人拜而求食。又有一池，蓄水獺數頭。袋鼠別為數欄。其左一小門，則養蛇所也，為十餘屋，外施玻璃，屋各畜蛇其中。有巨蟒三頭，大逾尺許，長數丈。白花蛇數頭，最獰毒，舉頭直立尺許，頭以下寬而扁，色白，中作黑點，能食蛇。園丁云：「每一禮拜飼以一蛇，所食二百餘頭矣。」園丁弄巨蟒而翹其首，獨此不敢近，於上鑿一小孔，納蛇以飼之而已。其中鼉龍數頭，有頭如龍而口巨者，有頭扁如黿者。又有穿山甲一頭，並長不過一二尺。

每一巨室，或圈或欄相連，以一園丁司之，馴養鳥獸，狎擾玩弄：伸手探虎頷而搔其背；呼豹而出之；執草以招海馬，令張其口；投葡萄以飼鳥，一投一啄無虛擲；又納葡萄口中以示鳥，則徐伸嘴取而咽之。唐鵝嘴長尺餘，下嘴有巨袋，能藏魚數頭，園丁令張嘴而曳其下袋，納拳其中。《周禮》：「服不氏掌養猛獸而教擾之」，於此始見其概。馴象六七頭，有高丈六尺者，亦得之印度者也，其色皆如水牛。

園中一飛樓，一橋，小溪環之，樹木蔥鬱，異花繽然，獨無一亭堂可小憩者。

【作者】

郭嵩燾（一八一八～一八九一）郭嵩燾，字伯琛，號筠仙、雲仙、筠軒，別號玉池山農、玉池老人。湖南湘陰城西人。道光二十七年（一八四七年）會試，得中二甲第三十九名進士，選為翰林院庶吉士。咸豐二年（一八五二年）底，太平軍攻克武昌，咸豐帝曾國藩興辦團練，羅致郭嵩燾於幕中，成為曾國藩的得力助手。此後受曾國藩派遣赴湖南、浙江等處籌餉，曾途經上海，參觀外國人所辦圖書館和外國輪船，了解到西方的情況，思想受到很大的震動。一八五九年，郭嵩燾將多年來對西方事務的思考具疏上奏，認為要「制御遠夷」，首先要了解外國情況，建議從廣東、上海、恰克圖、庫倫等地選派通曉外國語言的人才入京轉相傳司，並在天津設局，做制西式戰艦以制夷。光緒元年（一八七五年）初，時清政府籌議興辦洋務方略，郭嵩燾慨然命筆，講自己辦洋務的主張和觀點寫成《條陳海防事宜》上奏，他認為發展中國的工商業才是出路。郭嵩燾因此名噪朝野。恰在此時，雲南發生「馬嘉理案」，英國藉此要挾中國，要求中國派遣大員親往英國道歉，清政府最後制派郭嵩燾赴英「通好謝罪」。八月，清廷正式加授郭嵩燾為出使英國大臣，這也是中國歷史上第一位駐外使節。光緒二年（一八七六年）冬，郭嵩燾率副使劉錫鴻等隨員三十餘人啟程赴英，在倫敦設立了使館。四年（一八七八年）兼任駐法公使。赴英途中，郭嵩燾將沿途見聞記入日記《使西紀程》，盛贊西方的民主政治制度，主張中國應研究、學習。郭嵩燾到達英國後，非常留意英國的政治體制、教育和科學狀況，訪問了學校、博物館、圖書館、報社等，結識了眾多專家學者，並以六十高齡潛心學習外語。光緒三年（一八七七年）八月，郭嵩燾出於保護華僑利益考慮，上奏清廷，建議在華僑集中的各埠設領事以護民，該建議得到清廷贊賞，翌年即在新加坡、三藩市、橫濱等地設立領事館，以維護海外華僑的權益。到達英國後，郭嵩燾目睹英國國內的禁毒措施，不禁感慨萬千，兩次上疏要求嚴禁鴉片，並提出具體建議。後郭嵩燾與守舊頑固的副使兼駐德公使劉錫鴻發生激烈衝突。劉錫鴻暗中對郭多加詆毀，郭嵩燾憤然託病辭職。光緒五年（一八七九年），郭嵩燾與繼任公使曾紀澤辦理完交接事務後，黯然回國。郭嵩燾蟄居鄉野後，仍然關心國家大事，經常上疏朝廷、致書李鴻章等重臣。晚年在湖南開設禁煙會，宣傳禁煙。光緒十七年（一八九一年）病逝，終年七十三歲。郭嵩燾一生著述頗豐，代表作有《郭嵩燾日記》、《養知書屋文集》、《養知書屋遺集》、《郭侍郎奏疏》、《禮記質疑》、《大學質疑》、《中庸質疑》、《使西紀程》等。

【賞析】

〈杜莎夫人蠟像館〉

郭嵩燾於光緒二年（一八七六）冬出使英國，為中國第一位駐外使節。又於光緒四年（一八七八）兼任駐法公使。本文編選的是郭嵩燾赴英國倫敦就任大使時的日記。據所記時間推算，應為郭嵩燾到任後不久所寫。

晚清知識份子多半以公務之便進行長程旅行，外交官即為其中最有機會出國大開眼界的一群人。除郭嵩燾之外，王韜、黎庶昌、薛福成、曾紀澤、單士釐之夫錢恂等都是晚清傑出的知識份子兼外交官。他們的旅行文學皆以日記體為主，或許來自於外交官的職涯所需，必需將日常工作項目與內容詳加記載，細密如同古代帝王之起居注般概無遺漏。因此，鉅細靡遺是這些日記體旅行文學的共同特色，但稍嫌繁冗累贅也是它們的弊病所在。以此篇為例，自正月初一日至二日，詳細記載連續二天之內的活動即是一例。

儘管如此，透過這部日記體旅行文學，仍舊可看到敦嵩燾頗具興味的使英生活。以初一日為例，元旦新年當日，郭嵩燾一行人出遊至「歪克斯獨索」（Madame Tussaud's，London Wax Museum），今譯為「杜莎夫人蠟像館」。蠟像館於一八三五年由蠟製雕塑家杜莎夫人（一七六一—一八五〇）建立（如今在荷蘭阿姆斯特丹、美國紐約和拉斯維加斯、中國香港和上海皆設有分館）。蠟像館門口為一八四二年杜莎夫人為自己製作的蠟像，進入蠟像館後，可先到達「花園派對展覽區」，這裡佇立著許多運動選手和影視明星蠟像，是相當受歡迎的展覽區域。再往下走即為「蠟像製作工作室」，民眾在此可看道製作蠟像過程錄影片段和其他相關模型模具。蠟像館的大廳展示各國領袖和皇室成員的蠟像。而杜莎夫人蠟像館最著名的展覽區域是「恐怖屋」（The Chamber of Horrors），在陰森灰暗的地牢中展示各種犯罪行為、法國大革命受害者以及各種殺手形象。同時，並陸續新增其他名人蠟像，包括霍雷肖・納爾遜（Horatio Nelson）、華特史考特爵士（Sir Walter Scott）。杜莎夫人蠟像館最後一個景點為「倫敦精神」

（The Spirit of London），此處以樂園電動車介紹倫敦數百年來的歷史發展，讓民眾來到杜莎夫人蠟像館不僅可看到栩栩如生的蠟像，也可更了解倫敦。其中，郭嵩燾提及蠟像裡「名國主」中最知名的是華盛頓；其中也有林則徐（林文忠）與其妻鄭淑卿之蠟像，此乃林則徐故世後，杜莎夫人蠟像館為表敬意而特地製作的蠟像，是館內少數可長期展出的名人蠟像。此外，郭嵩燾提及的法國女將權阿爾克（Jeanne d'Arc，今譯聖女貞德，一四一二－一四三一）是法國的軍事家、天主教聖徒，被法國人視為民族英雄。在英法百年戰爭（一三三七－一四五三）時，她帶領法國軍隊對抗英軍的入侵，最後被捕並處決，得年十九歲。郭嵩燾認為她的蠟像「絕美而有英雄氣」。其餘則不足觀。

〈倫敦動物園〉

初二日，郭嵩燾一行人至「萬生園」（動物園）一遊，即知名的倫敦動物園。動物園位於倫敦北方麗晶公園（regent park，又譯攝政公園），佔地三－六英畝（約十五公頃），創立於一八二六年。它不但是世上第一個以發展動物學為宗旨成立的動物園（第一個以「ZOO」這個新創的字彙為名的動物園），同時也是第一個設立爬蟲館（一八四九）、水族館（一八五三）、昆蟲館（一八八一）和可愛動物園區（一九三八）的動物園。因此，擁有許多第一的歷史榮銜，以及如今在生態保育執牛耳的地位，倫敦動物園多年來一直是國際動物園專業人士取經的對象。瞭解倫敦動物園，必需先談倫敦動物學會（Zoological Society of London），即郭嵩燾所謂「鯍阿羅奇格爾家定司」。倫敦動物學會於一八二六年成立時，第一任主席萊佛士（Sir Stamford Raffles）即構思興建動物園以為教導動物學之用。終於在一八二八年四月時，由其繼任主席來思登侯爵三世（The Third Marquis of Lansdowne）付諸實現，這個動物園就是大家今日所熟知的倫敦動物園。起初，倫敦動物園只供科學研究之用；一八四七年起開始全面對外開放，迅即成為倫敦最重要的觀光地標之一。

十九世紀時，倫敦動物園即已擁有許多重要動物。包括當時歐洲第一隻紅毛猩猩（也是物種學家達爾文最感興趣的園中動物），和自羅馬帝國時期後歐洲第一隻河馬（爭看河馬的歐洲人，使河馬入園當年的年遊客人數暴增一倍）。建園至今，倫敦動物園共豢養動物約六百五十種，類別涵蓋各式哺乳類、鳥類、兩棲爬蟲類、魚類和無脊椎動物，總隻數逾萬。就保育方面而言，倫敦動物園飼有一百一十二種在紅皮書中列為受威脅的物種，同時還與各大機構交流，積極參與多項受威脅物種的保育繁殖計畫。十九世紀末期，倫敦動物園裡最得遊客歡心的明星動物是一隻大象。這隻重達六噸名叫「巨無霸」（Jumbo）的非洲公象。另一隻在加拿大捕獲的美洲黑熊溫妮（Winnie），即童話「小熊維尼」（Winnie the Pooh）的主角藍本。貓熊雖非熊科動物，但一直是倫敦動物園的鎮園之寶，其中以一九五八年加入的Chi-Chi最具故事性，連世界自然基金會（WWF，World Wildlife Fund）的標識圖案也是以Chi-Chi為模特兒而繪出的，做為跨越語言、國界的保育組織的代表，而貓熊也是保育行動的指標物種。

郭嵩燾在文中首先提及他所熟悉的「中土」動物，包括四川錦雞、雲南孔雀、浙江畫眉鳥、江南唐鵝、奉天之鹿以及四川之虎與羊等。次則論及陸生哺乳類動物，包括虎、豹、獅子、猿猴、犀牛、海馬、高腳鹿所居皆為巨屋大室。又提及，來自各國的牛、羊、鹿、豕有數十種，又有野駝、野馬、野驢各數種。再次論及鳥類，種類繁多，無法舉其名。又鸚鵡別為屋一座，約數十種，種類各異，盡皆可愛。接著是水生哺乳類動物，如江豚（海豚）、水獺數頭。此外，尚有數欄袋鼠，以及專門養蛇的空間，中有巨蟒三頭，以及其他蛇類。並有穿山甲一頭。最後談及動物園員工對動物的餵養與馴服。並引用《周禮・夏官》：「服不氏掌養猛獸而教擾之」以印證之。其後，鄭玄曾注云「擾，馴也。教習使之馴服」，可見郭嵩燾之識見。

綜合言之，郭嵩燾在倫敦所游之蠟像館與動物園均為十九世紀英國極富盛名之所，於今讀來，猶歷歷在目。

【延伸閱讀】

1 崔通寶《天朝首使：郭嵩燾》，北京：北京圖書館出版社，二〇〇三年十二月。

2 文復會；王壽南主編《曾國藩・郭嵩燾・王韜・薛福成・鄭觀應・胡禮垣》，臺北：臺灣商務印書館，一九九九年八月。

3 鍾叔河《走向世界：近代中國知識份子考察西方的歷史》，北京：中華書局，二〇〇〇年七月。

龍應台《百年思索》，臺北：時報文化公司，一九九九年。

龍應台、朱維錚編注《未完成的革命——戊戌百年記》，臺北：臺灣商務印書館，一九九八年。

2. 容閎《西學東漸記》

〈第四章　中學時代〉

容閎《西學東漸記》，長沙：岳麓書社，一九八五年七月

予在東溫若，小住勃朗家一星期，乃赴馬沙朱色得士省，入孟松學校（Monson Academy）肄業。彼時美國尚無高等中學，僅有預備學校，孟松即預備學校中之最著名者。全國好學之士，莫不負笈遠來肄業此校，為入大學之預備。按孟松在新英國省中，所以名譽特著，以自創設以來，長得品學純粹之士，為之校長故。當予在孟松時，其校長名海門（Rev Charles Hammond），亦德高望重，品學兼優者。海君畢業於耶路大學，夙好古文，兼嗜英國文藝，故胸懷超逸，氣宇寬宏。當時在新英國省，殆無人不知其為大教育家。且其為人富自立性，生平主張儉德，提倡戒酒。總其言行，無可訾議，不愧為新英國省師表。以校長道德文章之高尚，而學校名譽亦頓增。自海門來長此校，日益發達，氣象蓬勃，為前此未有云。而斯時中國人入該校者，惟予等三人耳。海校長對於予等特加禮遇，當非以中國人之罕覯，遂以少為貴，而加以優禮；蓋亦對於中國素抱熱誠，甚望予等學成歸國，能有所設施耳。

在孟松學校之第一年，予等列英文班中，所習者為算術、文法、生理、心理及哲學等課。其生理、心理兩科，則為勃朗女師（Miss Rebekah Brown）所授。美國學校通例，凡行畢業禮時，其畢業生中之成績最優者，則代表全體對教師來賓而致謝詞。勃朗女師嘗為此致謝詞之代表者，畢業於霍來克玉山女校（Mt. Holyoke School）之第一人也，後與醫學博士麥克林（Dr. A.S.McClean）結婚，遂寓於斯不林費爾（Springfield）。勃朗女師之為人，操行既端正，心術仁慈，尤勇於為善，熱心於教育。夫婦二人，待予咸極誠摯。每值放假，必邀予過其家。及予入耶路大學肄業，處境甚窘，賴渠夫婦資助之力尤多。歸國後，彼此猶音問不絕。及再至美國，復下榻其家。斯不林費爾有此良友，令人每念不忘。一八七二年予攜第一批留學生遊美時，即賃屋鄰麥博士，公暇期常得與吾友把晤也。

勃朗君（此指勃朗牧師）之至美也，以予等三人託付於其老母。母字余等殊周到，每餐必同食。惟勃君有妹已孀，挈子三人，寄居母家，遂無餘室可容予等。乃別賃一屋，與勃朗對門而居。

方予遊學美國時，生活程度不若今日之高。學生貧乏者，稍稍為人工作，即不難得學費。尚憶彼時膳宿、燃料、洗衣等費，每星期苟得一元二角五之美金，足以支付一切。惟居室之灑掃拂拭，及冬令積炭於爐，劈柴、生火諸瑣事，須自為之。然予甚樂為此，藉以運動筋脈，流通血液，實健身良法也。予等寓處去校約半英里，每日往返三次，雖嚴寒雪深三尺，亦必徒步。如此長日運動，胃乃大健，食量兼人。

於今回憶勃朗母夫人之為人，實覺其可敬可愛，得未曾有。其道德品行，都不可及。凡知媼之歷史者，當能証予此言不謬。計其一生艱苦備嘗，不如意之事，十有八九，然卒能自拔於顛沛之中。學自著一詩自況，立言幽閑沈靜，怡然自足，如其為人。

校長海門君之志趣，既如前所述。其於古詩人中，尤好莎士比亞；於古之大演說家，則服膺威白斯特，於此可想見其所學。其教授極佳，能令學生於古今文藝佳妙處，一一瞭解而無扞格。每日登堂授課，初不屑屑於文法之規則，獨於詞句之構造及精義所在，則批隙導窾，詳釋無遺。以彼文學大家，出其為文之長技，用於演講，故出言咸確當而有精神。大教育家阿那博士（Dr.Arnold）之言曰：善於教育者，必能注意於學生之道德，以養成其優美之品格；否則僅僅以學問知識授於學生，自謂盡其能事，充乎其極，不過使學生成一能行之百科全書，或一具有靈性之鸚鵡耳，曷足貴哉！海君之為教授，蓋能深合阿那博士所云教育之本旨者也。予在孟松學校時，曾誦習多數英國之文集，皆海君所親授者。

在孟松之第一年，予未敢冀入大學。蓋予等出發時，僅以二年為限，一八四九年即須回國也。三人中，以黃勝齒為最長。一八四八年秋，黃勝以病歸國，僅予與黃寬二人。居恆晤談，輒話及二年後之方針。予之本志，固深願繼續求學。惟一八四九年後，將恃何人資助予等學費，此問題之困難，殆不啻古所謂「戈登結」，幾於無人能解者，則亦惟有商之於海門校長及勃朗君耳。幸得二君厚意，允為函詢香港資助予等之人。迨得覆書，則謂二年後如予二人願至英國蘇格蘭省愛丁堡大學習專門科者，則彼等仍可繼續資助云云。予等蒙其慷慨解囊，歷久不倦，誠為可感。嗣予等互商進止，黃寬決計二年後至蘇格蘭補此學額。予則甚欲入耶路大學，故願仍留美。議既定，於是黃寬學費，已可無恐。予於一八四九年後，借何資以求學，此問題固仍懸而未決也。亦惟有泰然處之，任予運命之自然，不復為無益之慮。

此事既決，予於一八四九年暑假後，遂不更治英國文學，而習正科初等之書。翌年之夏，二人同時畢業。黃寬旋即妥備行裝，逕赴蘇格蘭入愛丁堡大學。予則仍留美國，後亦卒得入耶路大學。予與黃寬二人，自一八四〇年（應為一八四一年，見第二章）同讀書於澳門瑪禮遜學校，嗣後朝夕切磋共筆硯者垂十年，至是始分袂焉。

黃寬後在愛丁堡大學習醫，歷七年之苦學，卒以第三人畢業，為中國學生界增一榮譽，於一八五七年歸國懸壺，營業頗發達。以黃寬之才之學，遂成為好望角以東最負盛名之良外科。繼復寓粵，事業益盛，聲譽益隆。旅粵西人歡迎黃寬，較之歡迎歐美醫士有加，積資亦富。於一八七九年逝世，中西人士臨弔者無不悼惜。蓋其品行純篤，富有熱忱，故遺愛在人，不僅醫術工也。

〈第五章　大學時代〉

容閎《西學東漸記》，長沙：岳麓書社，一九八五年七月

予未入耶路大學時，經濟問題既未解決，果何恃以求學乎？雖美國通例，學生之貧乏者，不難工作以得學費。然此亦言之非艱行之惟艱，身履其境，實有種種困難，而舍此更無良策。計予友在美國人中可恃以謀緩急者，惟勃朗及海門二君。勃朗即攜予赴美者，海門則予在孟松學校時，嘗受其教育者也。予既無術自解此厄，乃乞二人援手。彼等謂予：「孟松學校定制，固有學額資送大學，蓋為勤學寒士而設。汝誠有意於此，不妨姑試之。第此權操諸校董，且願受其資助者，須先具志願書，畢業後願充教士以傳道，乃克享此利益。」予聞言爽然自失，不待思索，已知無補額希望，故亦決意不向該校請求。數日後，諸校董忽召予往面議資遣入學事。是殆勃朗與海門二君，未悟予意，已預為予先容矣。校董之言正與勃朗、海門同，謂畢業後歸國傳道則可，第具一志願書存查耳。

此在校董一方面，固對予極抱熱誠。而予之對於此等條件，則不輕諾。予雖貧，自由所固有。他日竟學，無論何業，將擇其最有益於中國者為之。縱政府不錄用，不必遂大有為，要亦不難造一新時勢，以竟吾素志。若限於一業，則範圍甚狹，有用之身，必致無用。且傳道固

佳，未必即為造福中國獨一無二之事業。以吾國幅員若是其遼闊，人苟具真正之宗教精神，何往而不利。然中國國民信仰果何如者？在信力薄弱之人，其然諾將如春冰之遇旭日，不久消滅，誰能禁之？況志願書一經簽字，即動受拘束，將來雖有良好機會，可為中國謀福利者，亦必形格勢禁，坐視失之乎？余既有此意，以為始基宜慎，則對於校董諸人之盛意，寧抱歉衷，不得不婉辭謝之。嗣海門悉予意，深表同情。蓋人類有應盡之天職，決不能以食貧故，遽變宗旨也。

人生際會，往往非所逆料。當予卻孟松校董資助時，為一八五〇年之夏，勃朗方至南部探視其姊，順道訪喬治亞省薩伐那婦女會（The Ladies Association in Savannah, Ga.）之會員。談次偶及予事，遂將得好消息以歸。尤幸者，勃朗之歸，適逢其會。設更晚者，則予或更作他圖，不知成如何結果矣。渠對於予意見，亦深以為然，因語余薩伐那婦女會會員，已允資助。此歲前此夢想所及者？遂束裝東行，赴紐海文，逕趨耶路大學投考，居然不在孫山之外。蓋予於入大學之預備，僅治拉丁文十五月，希拉文十二月，算術十閱月。於此短促之歲月中，復因孟松左近地方新造鐵路，築路之際學校不得不暫時停輟，而予之學業遂亦因以間斷。同學之友，學程皆優於予。竟得入，事後追思，不知其所以然。余之入耶路大學，雖尚無不及格之學科，然在教室受課，輒覺預備工夫實為未足，以故備形困難。蓋一方面須籌畫經費，使無缺乏之虞；

一方面又須致力所業，以冀不落人後也。尚憶在第一年級時，讀書恆至夜半，日間亦無餘晷為遊戲運動。坐是體魄日就羸弱，曾因精力不支，請假赴東溫若休息一星期，乃能繼續求學焉。

至第二年級，有一事尤足困予，則微積學是也。予素視算術為畏途，於微積分尤甚。所習學科中，惟此一門，總覺有所扞格。雖日日習之，亦無絲毫裨益，每試常不及格。以如是成績，頗懼受降級之懲戒，或被斥退。後竟得越過此難關，則賴有英文為助。美國大學制，每級分數班，每班有主任教員，專司此班中學生功課之分數。學生欲自知其分數多寡者，可問主任教員。予班之主任教員，曰白洛及（Blodget），乃教拉丁文（原文為希臘文）者。予在二年級時，自愧分數過少，至不敢向教員探詢，私意或且降級。幸英文論說頗優，第二第三兩學期連獲首獎，故平均分數，猶得以有餘補不足。自經兩次獲獎，校中師生異常器重，即校外人亦以青眼相向。然余未敢略存自滿心，以予四學年中平均分數之少，捫心慚汗。若因人之譽己而趾高氣揚，抑自欺之甚矣。

第二學年之末及第三學年，學費漸充裕。以校中有二三年級學生約二十人，結為一會，共屋而居，另倩一人為之司飲膳。予竭力經營，獲充是職。晨則為之購辦蔬肴，飯則為之供應左右。後此二年中予之膳費，蓋皆取給於此。雖所獲無多，不無小補。薩伐那婦女會既助予以常年經費，阿立芬公司亦有特捐相助。此外予更得一職：為兄弟會管理書籍。兄弟會者，校中兩辯駁會之一也。會有一小藏書樓，予以會員之資格，得與是選，博微資焉。

第四學年，兄弟會中仍舉予為司書人，每歲酬予美金三十元。予既得此數項進款，客囊乃覺稍裕，不復以舉債為生。若例以小村落中之牧師，每年薪俸所入，亦不過二三百金。彼且以贍養八口之家而無缺乏，則予以個人而有此，又有婦女會贈予以襪履等物，更不必自耗囊金。於此猶云不足，則亦過矣。

予於一八五四年畢業。同班中畢業者，共九十八人。以中國人而畢業於美國第一等之大學校，實自予始。以故美國人對予感情至佳。時校中中國學生，絕無僅有，易於令人注目。又因予嘗任兄弟會藏書樓中司書之職二年，故相識之人尤多。同校前後三級中之學生，稔予者幾過半。故余熟悉美國情形，而於學界中交遊尤廣。予在校時，名譽頗佳。於今思之，亦無甚關係。浮雲過眼，不過博得一時虛榮耳。

予當修業期內，中國之腐敗情形，時觸予懷，迨末年而尤甚。每一念及，輒為之怏怏不樂，轉願不受此良教育之為愈。蓋既受教育，則予心中之理想既高，而道德之範圍亦廣，遂覺此身負荷極重。若在毫無知識時代，轉不之覺也。更念中國國民，身受無限痛苦，無限壓制。此痛苦與壓制，在彼未受教育之人，亦轉毫無感覺，初不知其為痛若與壓制也。故予嘗謂知識益高者，痛苦亦多，而快樂益少。反之，愈無知識，則痛苦愈少，而快樂乃愈多。快樂與知識，殆天然成一反比例乎！

雖然，持此觀念以論人生之苦樂，則其所見亦甚卑，惟怯懦者為之耳。此其人必不足以成偉大之事業，而趨於高尚之境域也。在予個人而論，尤不應存此悲觀。何也？予既遠涉重洋，身受文明之教育，且以辛勤刻苦，幸遂予求學之志，雖未能事事如願之償，然律以普通教育之資格，予固大可自命為已受教育之人矣。既自命為已受教育之人，則當日夕圖維，以冀生平所學，得以見諸實用。此種觀念，予無時不耿耿於心。蓋當第四學年中尚未畢業時，已預計將來應行之事，規畫大略於胸中矣。予意以為，予之一身既受此文明之教育，則當使後予之人，亦享此同等之利益，以西方之學術，灌輸於中國，使中國日趨於文明富強之境。予後來之事業，蓋皆以此為標準，專心致志以為之。溯自一八五四年予畢業之時，以至一八七二年中國有第一批留學生之派遣，則此志願之成熟時也。

【作者】

容閎（一八二八～一九一二），廣東香山縣南屏村（今珠海市南屏鎮）人，中國近代史上首位留學美國的學生。一八三五年，七歲跟隨父親前往澳門，並於是年入讀當時仍附設於倫敦婦女會女校之馬禮遜紀念學校（Morrison School）。一八四二年，香港割讓英國，馬禮遜紀念學校遷往香港。一八四七年，勃朗牧師返回美國，離開時帶同容閎、黃寬及黃勝三人前往美國留學。其後只有容閎一人留在美國升學，容閎赴美後於麻省之孟松預備學校（Monson Academy）就讀，一八五〇年畢業後考入耶魯大學，為首名於耶魯大學就讀之中國人。一八五二年，容閎入籍美國。一八五四年獲文學士學位。其後返回中國，曾經與太平天國的洪仁玕會面，提出以西方文明引入中國的「治國七策」，洪秀全則授予一枚四等爵位的官印。最後容閎拒絕賜封離開。他後來先後在廣州美國公使館、香港高等審判廳、上海海關等處任職。一八七〇年，容閎倡議派幼童前往泰西肄業之計劃，獲其好友丁日昌之贊成，並且得到曾國藩、李鴻章的支持，成立「駐洋肄業局」。一八七二年，一百二十名幼童分批前往美國留學。但隨後之數年，駐美公使陳蘭彬不斷地要求撤回學生，與容閎爭論不休，李鴻章從中調停。一八八一年，留學之事出現變數，「駐洋肄業局」被迫停辦，留美學生於出國十年後被迫返國。雖然這次留學活動未能完滿成功，但這一批留學生返國後對於中國之現代化均有貢獻。當中最著名的為外交官唐紹儀、劉玉麟及中國鐵路之父詹天佑等。一百二十名學生留美之際，容閎亦被任命為留美學生監督及清政府駐美副公使。容閎其後結識康有為、梁啟超等人，於戊戌維新之中支持維新派，並參與維新派之政變計劃。事敗後容閎被清政府通緝，逃往香港。一九〇〇年，在上海張園參加「中國議會」，在往台灣的途中認識孫中山。一九〇一年邀孫中山赴美商談，表示支援革命。一九一二年四月二十一日，容閎於美國去世。容閎於一九〇九年在美國推出其自傳《My Life in China and America》，後翻譯為中文，並命名為《西學東漸記》。一九九八年，容閎誕辰一百七十週年，耶魯大學所在的美國康乃狄克州宣佈，將九月二十二日（當年第一批中國幼童在美入學的日子），公訂為「容閎及中國留美幼童紀念日」。

【賞析】

做為中國第一位留美學生的容閎，同時也是第一位畢業於耶魯大學的中國籍學生。其人生最重要的一趟旅行便是赴美留學一事。旅行文學的書寫與人們的遷移活動大有關係，包括朝聖（取經）、遷謫、貿易、留學等等活動，皆需旅行至他方。晚清知識份子的旅行，除了外交官赴任各國取經以促進國際交流之外，選派留學生更是向西方取經的重要方式，而容閎留學於耶魯大學更是晚清知識界相當重要的一件大事。

此外，容閎留美之旅由教會牧師牽引，教會力量也正是晚清西學東漸的重要推手之一。一八四七年，香港馬禮遜學校的勃朗牧師返回美國，同時也帶了容閎、黃寬及黃勝三人一同前往美國留學。其後只有容閎一人留在美國升學，黃勝因病返港，而黃寬則於一八四九年轉讀蘇格蘭愛丁堡大學。容閎赴美後就讀於馬沙朱色得士省（今麻塞諸塞州，簡稱麻州或麻省）孟松預備學校（Monson Academy），一八五〇年畢業後考入耶魯大學。

容閎自幼（七歲）接受西式教育，英文極佳，然中文程度並不好，以致學成回國後未能於政府任職。其後，容閎於一九〇九年在美國推出自傳《My Life in China and America》，也是以英文寫成；一九一五年，惲鐵樵、徐鳳石翻譯為中文，並命名為《西學東漸記》。本書所選二篇文字即書中第四、五兩章，分別記載中學（孟松學校）與大學時代（耶路大學，今譯耶魯大學）的留美生活。

〈第四章　中學時代〉

在〈第四章中學時代〉裡，容閎自陳在東溫若（East Windsor，位於康乃狄克州，今譯東溫莎市）小住勃朗牧師家後，即至麻省入讀孟松預備學校，預備即為預備入讀大學之意。此校頗富盛名，招收不少優秀學生。當時校長海門先生乃德高望重、品學兼優之人。以校長之道德文章高尚之故，乃使校譽日增，氣象蓬勃。而海門校長對於容閎與黃勝、黃寬等三人特別優遇，並非因為在美中國人較為少見，遂以稀為貴之故；而是因為校長對中國素抱熱誠，乃希望容閎等三人學成歸國後，對國家能有所貢獻。

孟松學校第一年，容閎等三人被列入英文班中，修習的課程有算術、文法、生理、心理及哲學等課程。其中得遇寓居斯丕林費爾（spring field，今譯春田市）的女老師勃朗女士及其夫麥克林博士，夫婦二人待容閎甚佳，此後並結為一生摯友。一八七二年，容閎攜第一批中國留學生赴美遊學時，即受之於麥博士甚多。

就讀孟松學校時，容閎等人於美國的生活條件並不好，經濟較為困頓的學生尚需打工賺學費。同時，校長之藝文學養深厚，更注重學生之品格表現。容閎並引用英國教育家阿那博士（Dr. Arnold，一七九五—一八四二，今譯阿諾德）的名言以盛讚海門校長的教育理念——善教育者必注重學生的品格教育，而非僅止於傳授知識；若果如此，則學生僅為一能行走之百科全書或具有靈性之鸚鵡而已。

當初至預備學校就讀，僅計畫二年學成（一八四九年即需回國），但容閎仍欲留美入讀大學，其後略經周折，終於順利進入耶魯大學就讀。而黃寬則於（黃勝於一八四七年秋因病回國）是年轉往英國愛丁堡大學習醫，並以第三名畢業，為中國學生一難得之榮譽。一八五七年學成回國後懸壺濟世，頗獲好評。

〈第五章　大學時代〉

〈第五章大學時代〉裡，容閎進入耶魯大學就讀。首先言及預備學校畢業後擬入讀大學，但無費無著的窘境。容閎乃求救於勃朗牧師與海門校長，對方謂若需校方資助學費，則需簽訂志願書，並於畢業後充任教士以傳道。容閎自認「予雖貧，自由所固有」，並不願將來的職業或服務中國的機會受此限制，乃婉拒之，時為一八五〇年夏天。至此則學費仍無著落，但人生際會往往無從逆料，容閎得到勃朗牧師之姐（喬治亞省薩伐那婦女會）資助，遂束裝前往紐海文，逕赴耶魯大學投考，終得以入學。

然而，入大學的準備階段裡，僅治拉丁文十五個月、希拉（臘）文十二個月、算術十閱月，同時孟松學校亦曾停課使學業暫時中斷過，因此自認為學程落後於同儕的容閎，實在不解自己如何得以入學耶魯。容閎自謂入讀耶魯後，雖無不及格學科，但仍有困難之感，因此第一年級時常讀書至夜半，以致體力不支。第二年級時，容閎對微積分一科甚感無能為力，將常處於無法升級之恐懼中。但由於英文一科頗佳，使平均分猶有餘而補不足，並連續兩次以英文論說榮獲首獎，自此校內外人士頗器重容閎。其後，至第三年級，學費漸充裕，同時也為共屋而居的二十位同學主中饋，以致於後二年之膳食費皆出自於此，不無小補。除婦女會之資助外，尚有阿立芬公司之特捐，以及為兄弟會管理書籍一職可供貼補生活費。第四年，續為兄弟會管理藏書，收入漸豐，終於不必再舉債為生。最後終於在一八五四年畢業，以中國人而畢業於美國第一等大學的，便自容閎開始，因此美國人對容閎自甚有情感。而容閎有感於身為高級知識份子之社會使命，乃亟思回國後應有所貢獻，使中國臻於富強之境。直到一八七二年，中國之有第一批赴美留學生之派遣，便是容閎此一志願之成熟時。

一八七〇年，容閎即曾倡議派遣幼童前往美國留學之計畫，獲好友丁日昌贊成，並曾得到曾國藩、李鴻章的支持，成立「駐洋肄業局」。一八七二年，一百二十名幼童分批前往美國留學。但隨後數年，駐美公使陳蘭彬不斷地要求撤回學生，與容閎爭論不休，李鴻章從中調停。然一八八一年，留學之事仍出現變數。李鴻章本欲該批學生進入軍校就讀，但美國政府當時只允許日本人就讀軍校，而拒該批學生於外，陳蘭彬故主張全撤留學生。無奈之下，李鴻章本計畫讓留學生於美就讀其他學校以速成回國。但總理各國事務衙門誤會其意而下全撤之令，因此「駐洋肄業局」被迫停辦，留美學生於出國十年後被迫返國。雖這次留學活動未能圓滿成功，但這批留學生返國後對於中國之現代化仍有相當貢獻。其中最著名的有外交官唐紹儀、劉玉麟，以及中國鐵路之父詹天佑等。一百二十名學生留美之際，容閎亦被任命為留美學生監督及清政府駐美副公使，一八八一年隨留學生回國。一九九八年，容閎誕辰一百七十週年之際，耶魯大學所在的美國康乃狄克州宣佈將九月二十二日（當年第一批中國幼童在美入學的日子），公訂為「容閎及中國留美幼童紀念日」。

至此，可見容閎所建立的不僅是晚清中國第一代新式知識份子的典範，更開闢了一條通往中國現代化的道路，並連結了耶魯大學與中國的長久關係，其後耶魯於中國所設立的「雅禮學校」即為一例。晚清以後，更陸續有中國留學生就讀於耶魯大學，容閎的開闢之功不可忽視。

【延伸閱讀】

1 張海林《王韜評傳（附容閎評傳）》，南京：南京大學出版社，一九九三年十一月。

2 鍾叔河《走向世界：近代中國知識份子考察西方的歷史》，北京：中華書局，二〇〇〇年七月。

3 孫康宜《耶魯潛學集》，臺北：允晨文化公司，一九九四年十一月。

4 孫康宜《耶魯・性別與文化》，臺北：爾雅出版社，二〇〇〇年一月。

3. 王韜《漫游隨錄》

〈庇能試浴、錫蘭佛跡、亞丁夜宴、改羅小駐〉

王韜《漫游隨錄》，長沙：岳麓書社，一九八五年三月（《漫游隨錄》，北京：社會科學文獻出版社，二〇〇七年四月）

〈庇能試浴〉

東南洋中諸島嶼，皆林樹叢茂；遙望之，蔥鬱之氣，撲人眉宇。從新嘉坡行二日，乃抵庇能。是島亦英之屬地。「庇能」，閩人音。一名碧瀾，亦曰檳榔嶼。山水明秀，風景清美，洋房櫛比，氣象喬皇。輪舟至此，例停四時許，以便裝載煤炭。

余與二西人登岸，同乘四輪高，遊行各處。醫士備德謂山頂有泉可浴，盍往一觀。車行由漸而上，初不覺其高，至，則同舟人大半皆在。室甚軒敞，坐甫定，即進酒醴，供餅餌，意甚敬恭。須臾，館人請浴，曰湯已具矣。導入浴房，則每人各據一室。余推扉而進，拾級以上，則方池開廣，可容十餘人。試之，冷水一泓，深不可測。不敢縱身入內，只坐石上洗濯，然已寒意襲兩腋間，殊不可耐矣。亟趨而出，呼酒狂飲。

船主堅吳謂時尚早，此地不可久淹，盍覓佳處以暢襟懷，驅車遂行。所經多別墅名園，碧樹綠蔭，紅花翠蕚，點綴其間，殊覺絢爛。其屋皆孤峙園中，四周圍以欄檻。入其內，湘帘棐几，毹氍貼地，潔無纖塵。出而迓客者皆女子，肌膚如淡墨色。視其眉目，頗覺娟好，殆「媚豬」之儔也。見客殷勤款留，捧銀盤以檳榔進。余出，笑問堅吳曰：「此何地歟？」堅吳曰：「此妓室也。」堅吳蓋好作狹斜遊者，令車夫為先導。車夫探懷中冊以示，則皆紀妓之著名者也。又至一家，較勝於前，堅吳乃喜形於色。余與備德舉杯對酌，摘樹上果為下酒物，意蕭然也。

歸舟，見麻六甲人持器物求售，如珠寶鈷石之屬，多贗品，揮之乃去。時舟尚未開，余造舵樓憑欄眺望，見水中拍浮者，皆群小兒也。齒白唇紅，其肉黑幾如漆，見客嬉笑乞錢。所駕小舟，刳木為之，首尾兩槳，掉之如飛。偶以兩足踏船，翻身落水中，船亦隨覆，出沒波浪中，狎之如鷗鷺。洋客竟投以銀錢，群於水中捫得之，高擎其手，舉以示客。象網求珠，無此靈捷也。

埠中貿易者約數萬人，閩人多而粵人少。聞有許君其人者，頗風雅，曾為甲必丹，挪貲巨萬。土人獉狉未變，亦巫來由種類。所產異鳥、小猿、亦足珍重。迤南高山峻嶺直接霄漢，瀑布長十餘丈，亦殊可觀，惜未及往。

數日舟行殊穩，風浪平靜，如居室中。所歷小嶼，多作團圞形，林木暢茂。舟中無事，剖椰子食之，作青色者尚嫩，甘漿盈溢，可以解渴吻、祛睡魔。天氣晴朗，群山皆出舟之南面。環青聳碧，綿亙數百里者，為蘇門答臘。

按東南洋諸小國，列於職方，歲時朝貢，以備共球。自明中葉至今，盡為歐洲列國所分踞，視為東來之要道，蠶食鯨吞，幾無寸土，而海外之屏藩撤矣。予偶與備德言之，亦為欷歔不置。為言此間如新嘉坡等處亦有藩王，即古之君於其國者；為英官所節制，僅擁虛位、食廩祿而已。嗚呼！盛衰無常，可勝嘆哉！

王韜《漫游隨錄》，長沙：岳麓書社，一九八五年三月（《漫游隨錄》，北京：社會科學文獻出版社，二〇〇七年四月）

〈錫蘭佛跡〉

錫蘭在南印度東，南洋中一大島也，周回千有餘里。自檳榔嶼行五日而抵埠，乘小舟以登岸。近岸風濤尤猛，激石翻銀，跳珠濺雪，不減廣陵八月之潮。沿海濱行數里，至一城，覓寓舍殊寬敞。樓正面海，入夜濤聲喧訇枕角。二西人備德、堅吳相約同寓，許之。同乘高車，遊歷各處。

登高山詣一古寺，僧寮四五輩，皆褊袒衣黃衫。山門規模，略如中國，佛像莊嚴，或臥，或坐、或起立。有一僧膜拜誦貝葉經，梵音清朗，約略可辨。佈施銀錢，卻而不受。詢以釋迦牟尼古迹，則掉首不答。余誦《大悲咒》與聽，則合拿聳耳，似有領會。

下山，環歷園囿，花木繁綺，林樹鬱蔥，而遊者殊少。驅車至郊外，涼風徐來。見有黃教、紅教諸眾散行野田中，意甚暇整。有一土人能操英語，前來導遊。入一公園，廣袤無際。其中男婦老少，或行或坐，皆作清遊，以娛晚景。導者令園丁以水晶杯貯葡萄釀出而饗客，一巡既過，別以銀盤乞錢。園中一廳，多羅致奇珍瑰寶，令人目不給賞。前見小寺多石幢，柱八角而頂刻蓮花。今觀園中石幢林立，上鐫梵字，殆彼都人士性之所好歟？

入山，一路皆茂林修竹，風景幽靜。有小鳥鳴於林間，其聲宛轉可聽。詢之土人，亦不知其名。佛祠俱建於山脊，須盤折而上。有一古蘭若，據山之阜，頗覺荒寂，佛像剝落，窗檻損壞，樹木蕭疏，苔蘚遍地。至其建置之年，寺中並無碑誌，不可得而考也。聞有臥佛長三丈許，幾於橫塞一屋，旁侍二尊者，法像亦巨。寺在沙地，殿宇狹隘，規制卑陋，不足稱也，余故未及往觀。

按錫蘭為我佛如來降生之地，遺迹尚存。自佛老流傳中土，晉法顯、北魏惠生、唐元奘皆親歷其境，今覽《佛國》、《西域》諸記，班班可考。明永樂年間，太監鄭和曾賚法器寶幡佈施寺中。或傳尚有釋迦涅槃真身在寺，香花供養。華人之來此者，當以鄭和為能副其職，俾國威遠施於域外，嗣後華人亦幾絕迹矣。過此，則為自古不通中國之地。故在錫蘭欲覓一華人，殊不可得。

錫蘭房屋多參洋制，然不甚高廣，外障蘆帘，內施窗牖。行衢市中，絕不見室以內人。堅吳欲導觀土妓，余婉辭之。各店以象牙、玳瑁諸器來求售者紛如也，顧多贗品，索價亦殊昂。略購一二，以充贈遺。

錫蘭有城堡，有炮臺，設兵居守。有一總督駐紮其地，有議會以治理政事，向為強國，民戶甚繁。葡萄牙、荷蘭迭據其地，英人遂而有之。向來各部設立一主，為民間所公舉，後廢。有野民居島之深處，云是土番遺種，為人迹所不到，以樹果穴獸為糧，幾有上古茹毛飲血之風焉。豈釋迦牟尼時即有斯族歟？所不可解已。

〈亞丁夜宴〉

亞丁為紅海口外形勝之地，屬阿非利加洲，本逮阿剌伯，後為英人所踞，駐兵泊舟，為歐洲西來之要道。其山童赭，無一草一木，日光照之作紅色。終歲無雨，視水尤為珍貴。牲畜穀蔬皆取之於外，物價殊昂。自錫蘭至此六千四百餘里，非有此埔頭，則煤炭無從接濟，淡水、食物亦不能繼，輪船經此，誰供其困乏者？英人以其為東西往來必由之路，特設重兵以資防守。泊舟之所，有兵房、煤廠、信館、酒樓、巍然並峙。地勢與阿剌伯毗連，英人就山以築炮臺。山盡處，東西各為一山，山形突兀，怪石嶙峋橫出海面，中廣十許里，天然可以停泊。西人自通商至者，皆環東山以居。英之戍兵二千有餘。以阿剌伯人皆奉回教，其性剽悍狙詐，動輒劫殺，不可以理喻，以故設兵宜多。時剛十二月，而天氣炎熱如盛夏。以地在赤道下，故其人皆黑肉紅唇，卷髮如蓬葆。

酒樓頗軒敞。甫入，即有二三童子持扇取風。同船數西人留余夜宴，呈食單請擇其精美者。有日耳曼樂工男婦十餘人，自其國中來，將鬻伎於印度，道經此間，聞有設宴者，前來奏樂。所持樂器，形制詭異，不可名狀。一樂既興，眾音畢奏，或激昂慷慨，或宛轉悠揚，或聲宏壯鏗鏘，或如鐵騎縱橫蕩決，有若沙場戰鬥聲，須臾，特作霹靂鳴，眾樂遽止。樂工離座，至席前，以銀盤乞賞，或畀以銀錢一二枚。

眾婦中有一女，僅十四五齡，月媚花嬌，異常秀麗，獨睨視予，微笑不語。眾謂之曰：「此中華文士也，能作詩歌。」女益喜躍，浼眾請予亦歌一曲。予曰：「歌則我不能，請為吟古人詩句，聊洗箏琶俗耳，何如？」眾曰：「善。」余為吟高青邱七律一章，其音高以抗，淵淵如出金石，眾俱鼓掌嘆賞。顧謂女子曰：「卿必有以答之。」女子請為彈琴唱歌，以侑一觴。琴韻歌聲，各極其妙，或脆同裂帛，或響可遏雲，靜坐聽之，彌覺神遠。眾咸曰：「今日耳福洵不淺哉！」特呼香賓酒，遍餉樂工。女子凡罄三爵，即以其杯斟酒奉予，予為之一吸而盡。見予所持扇，索觀字畫，愛玩不忍釋。余即舉以贈之，始致謝殷勤，握手別去。是夕飲者皆大戶，酒興淋漓，咸有醉態。歸舟，已子正。清波微縐，皓月橫空，上下水天，汪洋一色。

亞丁亦有城堡，距泊舟處約九里許，恆有馬車來迓，頃刻可達。土人多驅駱駝以運水，行沙漠中，不虞喝渴。其沙甚細，摶之可作餅餌，以火炙熟，亦堪下咽。（按：所謂沙作餅餌可以下咽，當然不是事實；可能是有人以餅餌置於熱帶酷熱陽光下的沙中加熱，因而誤傳。）果爾，則耗土醜人，永無絕糧之斷絕，未有若亞丁之甚者也。

按昔時英人東來之海道，皆繞好望角而至中華。自咸豐年間，始由亞丁直抵紅海，陸行百七十里而地中海，計程可近數萬里，誠捷徑也。於是好望角形勢之雄，遂成虛設。逮至蘇彝士運河一開，東西輪船均可直達，局面又一變矣。地勢無常，可勝慨哉！

〈改羅小駐〉

自亞丁行五六日，路約三千八百餘里，有地曰蘇彝士，上古名國，埃及之屬土也。近岸有西人所設旅館，頗軒爽宏敞。中庭有巨缸蓄金魚。活泉噴注，高激丈許。魚在其中，游泳自得。凡同舟人登岸者，必集於此啜茗飲酒，與眾逍遙，或則仍歸舟中，或別覓寓所。時堅吳、備德二西人已乘輪車先發，余與夏文偕行。夏文在印度督置司筆札，乞假逌歸，攜有一子一女，年十三四歲許。時將入地中海，天氣驟寒，可著珠皮。寓中尚未圍爐，亦覺不寒而慄。所供肴饌頗豐潔，晚飯罷，余即倦而眠。夏文約余出觀夜市，辭之。

翌晨，早餐後即登輪車，始行猶緩，繼則如迅鳥之投林，狂飆之過隙，林樹廬舍，瞥眼即逝，不能注睛細辨也。所經皆村落，多土室。日作淡黃色，漸有冷意。久之，停車道旁，有屋宇十餘椽，蓋實醉之黃壚也，食物畢備。男婦紛然俱下，各據一座沽飲焉。須臾，搖鈴招客，車遂啟行。

午後抵改羅，埃及之都城也。城外隙地，頗極寬廣。陳果品逐什一者，婦女居多，肌膚已漸作黃色，面目亦無異人處；惟多以白布蔽面，僅露雙睛，睒睒向人，狀殊可怖。入城見甲士持械夾道立，循西例也。闤市稠密，而屋制頗卑陋。寓舍格局堂皇，房宇精美。所供肴饌，亦殊豐腆。長桌兩行，可坐百數十人，食時有日耳曼人進而作樂，音韻鏗鏘。

自蘇彝士至改羅都城，計程三百七十八里。命車往觀闤闠，環行一周。西北行二十餘里入山，林樹扶疏。訪所謂古王陵遺迹，尚有存焉者。有一石洞，傴僂可入。中有石棺，叩之淵淵作聲。有一禮拜堂，高踞山巔，規模宏遠，堂高幾四十丈，直聳霄漢，四壁皆雲石，光怪陸離，不可逼視。堂中玻璃燈大異尋常，燃燭須萬枝，輝耀遠近。守者俟遊客至，跪而進履，易之而後入，謂聖地不可輕踐也。鋪地盡以雲石，細膩滑澤，殆無其比。其地多驢，殊健，能涉遠而價亦甚廉。

是役也，以待易船，小住三日乃行。復乘輪車至亞勒散得，乃彼處一海口也。自改羅至此，陸路四百八十九里。街衢房舍，與都城彷彿。

按埃及一國，聲名文物，久著西土。以曾為土耳機所統轄，故多奉回教。土特設總督，以相控制。旋總督叛土自立，政由己出。英人從而助之，開疆拓土，漸次稱雄，得復古國之舊。蘇彝士東南界紅海，西北接地中海，為兩海之頸地。英人特築火輪車，郵遞文書，迎送客旅。東來之道，以此為捷徑。近日自法人里息新開河道，而輪車之鐵路，行者漸稀矣。時局屢變，人事無常，可勝慨哉！

西人以埃及所傳為上古文字，曾經英法博學之士細為推究，而知其系象形為多，或間有同中國蝌蚪籀篆文者。可知原始造字之意，六者俱備，原無分於中外也；自後世雜學紛歧，競趨淺易，而古意亡矣。

【作者】

王韜（一八二八～一八九七），原名利賓，字紫詮，號仲弢，又號天南遁叟。江蘇長洲（今吳縣）人。晚清改良主義者，秀才出身。一八四九年於英國教會開辦的上海墨海書館工作。曾多次向清官僚獻策進攻太平軍。一八六二年回籍，化名黃畹上書太平軍，建議停攻或緩攻上海，遭清政府追捕，出逃香港，後赴英、法、俄等國遊學。一八六七年王韜啟程前往歐洲，每經一個港口，王韜必遊覽並寫下遊記。他在巴黎遊覽羅浮宮並拜訪索邦大學漢學家儒蓮。到了英國，牛津大學校長特邀王韜以華語演講，這是有史以來第一位中國學者在牛津大學講話。其後王韜旅居蘇格蘭，並遊覽愛丁堡、格拉斯哥等地。王韜將此時期的旅遊記錄，編入《漫游隨錄圖記》。一八七〇年春，王韜協助理雅各完成《詩經》、《易經》及《禮記》等中國經典的英譯。王韜並應用西方天文學方法研究中國古代日食紀錄，著有《春秋日食辨正》、《春秋朔閏至日考》等天文學著作。一八七四年在香港主編《循環日報》，評論時政，主張變法自強。中法戰爭時主張妥協求和。晚年在上海主持格致書院，與丁日昌、盛宣懷等交遊，為洋務派官吏出謀畫策，又時有批評。著有《弢園文錄外編》、《弢園尺牘》、《法蘭西志》、《美利堅志》、《俄志》、《琉球朝貢考》……等。

【賞析】

〈庇能試浴〉

庇能（馬來語Pulau Pinang，英語Penang），今譯檳城、檳榔嶼、檳州。檳城是馬來西亞十三個聯邦州之一，馬來西亞半島西北側。位於麻六甲海峽的整個檳城，被檳城海峽分成兩部分：檳島和威省。威省的東部和北部與吉打州為鄰，南部與霹靂州為鄰；檳島西部隔麻六甲海峽與印尼蘇門答臘島相對。

王韜自新嘉（加）坡行二日，邸達庇能：「是島亦英之屬地。庇能，閩人音，一名碧瀾，亦曰檳榔嶼」。王韜所乘輪船至此素有「東方花園」美譽的檳島，例停四小時，以便補充能源。王韜乃利用空檔與二位西人一同登岸遊覽。

首先，王韜與醫士輩德登臨一山頂浴池，而同船大半人士皆前往一試。入浴之前，先進酒醴與點心，極恭敬。其後，一人一室，甚為寬敞。然而由於水冷又深，王韜不敢縱身入內，只得石上坐浴，頓覺寒意逼人，只能快速離開，飲酒取暖一番。

其次，則由同行者堅吳帶至一花園別墅，出面迎接的女子皆淡墨肌膚、相貌美好，並捧銀盤以檳榔待客，原來乃一妓戶。堅吳又造訪另一處，而王韜與醫士輩德卻意興蕭然。

其後，回到船上，見麻六甲人販售贗品，揮之乃去。船尚未起程之際，但見水中一群黑膚小孩戲水乞錢，洋客觀之並投以銀錢，這群小兒們亦高舉雙手表示感謝。又提及作生意的數萬人以閩人為多，並聽聞其中一位曾任甲必丹（captain，首領）的許姓閩人曾挪資巨萬。所產異鳥、小猿皆極貴重。著名的高山巨瀑殊可觀，可惜無緣觀看。接下來幾日，舟中無事，剖椰子以食之。接著到達蘇門答臘。

王韜提及東南亞諸國向來列於中國史籍「職方」類，歲時朝貢。但明中葉以後至晚清，大多為歐洲諸國蠶食鯨吞，幾乎無一不淪陷者。如新嘉（加）坡藩王（國王）即為英國官方所控制，僅具虛位、坐領乾薪罷了。以檳榔嶼為例，此地理名詞最早出現於明永樂年間《鄭和航海圖》中。十五世紀中，一部中國舟師使用的海道針經《順風相送》即紀錄從馬來半島崑崙島（Pulo Condore）到檳榔嶼的航行指南，可見在十五世紀檳榔嶼已經和中國通商。然而，一七八六年三月，英國東印度公司根據萊特（Francis Light）的建議，以檳榔嶼為英國海軍基地，自此即淪為英國殖民地。萊特在任期間並鼓勵華人及其他移民進入檳榔嶼，使檳榔嶼成為各種族融合之繁榮局面。當時，被英國殖民的尚有新加坡與麻六甲等地。因此，王韜乃有不勝欷歔之感。

〈錫蘭佛跡〉

斯里蘭卡，舊稱錫蘭（一九七二年之前）。「斯里蘭卡」來自梵語古名Simhalauipa，馴獅人之意，《梁書》即稱之「獅子國」。《大唐西域記》作「僧伽羅」，即梵語古名音譯。而「斯里蘭卡」之古阿拉伯語為Sirandib，宋代乃音譯為「細蘭」，明代則稱「錫蘭」。

這個位於亞洲南部印度次大陸東南方外海的島國，西元前五世紀即有僧伽羅人從印度遷移到斯里蘭卡。西元五至十六世紀，僧伽羅王國和泰米爾王國間征戰不斷，直至一五二一年葡萄牙船隊在可倫坡附近登陸為止。一六五六年五月荷蘭軍隊又攻克可倫坡。一七九六年二月英軍也占領可倫坡，荷蘭統治時期結束。一八〇二年英法兩國簽訂亞眠條約後，斯里蘭卡乃正式成為英國殖民地。一九四八年二月四日斯里蘭卡正式宣布獨立，成為英聯邦自治領，定國名為錫蘭。一九七二年五月二十二日改國名為斯里蘭卡至今。這也就是王韜於末段所言之葡萄牙、荷蘭與英國迭據之的歷史因緣。

斯里蘭卡的重要古跡多與佛教有關。登高山造訪佛寺，見其山門規模與中國相似。然佈施銀錢，卻而不受。下得山來，見有黃教與紅教眾人散行田野中。其後，一操英文之當地人擔任導遊，至一公園遊覽，導遊命園丁以葡萄酒饗客。入山之後，但見風景幽靜，但見一古蘭若（古廟），荒寂至極，不知寺名亦未知其建置年代。另，王韜聽聞佛牙寺裡有一巨大臥佛，然殿宇狹陋不足觀，便未前往。

王韜並言及斯里蘭卡為我佛如來降生之地，自佛教東傳中國，歷代高僧如晉法顯、北魏惠生、唐元（玄）奘等皆身歷其境，今存《佛國記》（法顯）與《大唐西域記》（玄奘）皆可印證之。明永樂年間，鄭和亦曾經以法器寶幡佈施於此。但華人之來斯里蘭卡，自鄭和以後幾乎絕跡。自此以後，則此地與中國幾乎不相往來，想在此得見一華人，幾乎不可能。

此外，斯里蘭卡房屋多半參雜西洋形制，不甚高廣。堅吳想在此造訪「土妓」，為王韜婉辭。商店裡多販賣象牙、玳瑁等器物，然多贗品，索價亦高昂，仍採購一二以為伴手禮。據說有深山野民，居於人跡不到之處，不知是否釋迦牟尼時代已有之？以上諸多現象，在王韜看來俱屬新奇。

〈亞丁夜宴〉

亞丁（Aden），葉門共和國共和國經濟首都，亞丁省省會，重要國際港口。亞丁位於阿拉伯半島南端、亞丁灣北岸，紅海入口曼德海峽即位於亞丁以西一百六十公里處。

亞丁自古為東西方貿易重要港口。歷史上曾被阿克蘇姆、羅馬帝國、波斯帝國等佔領。在波斯帝國薩珊王朝統治時期，此地稱為「三蘭」（Samran）。唐代航海家最遠到達三蘭，即今日亞丁。明代亞丁稱為「阿丹」，航海家鄭和下西洋時曾派正太監李興、內官周滿、翻譯官馬歡等從蘇門答臘駕寶船三艘，帶來明成祖詔敕冠衣賜予阿丹國王，受到國王熱烈歡迎。使團並在阿丹購買貓眼石、大真珠、珊瑚樹、薔薇露、獅子、麒麟、金錢豹、駝雞等珍品回國（見明．馬歡《瀛涯勝覽．天方國》）。一八三九年，英國佔領亞丁，作為其控制紅海的重要支撐港口，為東西往來必經之要道，特設重兵防守。

由於亞丁是典型的熱帶沙漠氣候，全年炎熱，降水稀少。所有牲畜穀蔬皆仰賴進口，物價奇昂。此外，此地阿剌（拉）伯人皆信奉回教，性情剽悍，動輒劫殺。王韜到達時正值十二月，由於地近赤道，天氣炎如盛夏。

亞丁酒樓頗為寬敞，與同船數人一同夜宴，席間有日耳曼樂工男婦十餘人前來奏樂，這一行人打算賣伎至印度而途經亞丁。不知其樂器為何，然此音樂表演頗為吸引人，亦博得不少獎賞。眾婦中有一十四、五歲女子，獨視王韜而微笑不語，旁人告知王韜乃中華文士，能作詩歌，此女乃請王韜高歌一曲。但王韜自稱不能歌，便吟誦明代高啟（青邱）七律一首，此女乃彈琴唱歌並佐以飲酒以酬答王韜，琴韻歌聲盡皆悠揚，使眾賓客均感耳福不淺，興盡而歸。

亞丁土人多以駱駝運水，行走沙漠中，不虞口渴。據聞沙甚細，可以隨手做成大餅，置於陽光下曝曬，也能下嚥。若果真如此，便無斷糧之可能。

最後，王韜提及過去英國人東來中華，以好望角為要道。自咸豐年間，始改由亞丁直抵紅海，陸行一百七十里而至地中海，可謂捷徑。如今好望角雄偉之形勢，乃成陳跡。等到蘇彝士運河一旦開通，東西輪船更可直達，局面又將一變。因此，王韜認為「地勢無常，可勝慨哉」。

〈改羅小駐〉

改羅，即開羅（Cairo），埃及首都。開羅橫跨尼羅河，氣魄雄偉，是中東地區的政治、經濟和商業中心。它由開羅省、吉薩省和蓋勒尤卜省組成，通稱大開羅。大開羅是埃及和阿拉伯世界以及非洲最大的城市，人口約一千多萬，也是世界上最古老的城市之一。開羅的形成可追溯至西元前約三千年的古王國時期，作為首都亦有千年以上歷史。

王韜提及一行人自亞丁行五六日即可抵達「蘇彝士」（蘇伊士），此地為埃及大城。登陸後乃於岸邊旅館聚餐，其時當入地中海，天氣驟寒。晚飯後即辭謝友人出觀夜市之邀，倦極而眠。第二天一早出門遊覽，但見所經村落皆為土室。天氣漸冷，其後車停道旁，眾男女紛紛下車飲酒。

再度啟行後，來到改羅（開羅）。見城中婦人多黃膚，惟以白布蔽面，看來可怖。城裡士兵持槍夾道，乃循西例而來。街市稠密，然屋制卑陋。飲食豐腆，席間亦有日耳曼人進而作樂。

自蘇彝（伊）士至改羅（開羅）約三百七十八里，造訪古王陵遺跡，中有石棺，也有一高踞山巔的禮拜堂，規模宏大；參拜其間，必需脫鞋以表敬意。當地多驢，既強健又能涉遠，且價格低廉。這一趟因等待換船，乃有機會小住三日。於是便乘車至「亞勒散得」（今亞歷山大）港一遊，其街市屋舍皆與首都雷同。

王韜並提及埃及一國，其聲名文物早已遠播西土。因曾為土耳機（其）所轄，故多信奉回教。後由英國人協助，乃脫離土耳其控制，回復古國舊觀。而蘇彝士東南界紅海，西北接地中海，為連結兩海之頸地，英國人特為建築鐵路以便於通郵與旅客往還，東來要道，以此為甚。但自從法國人新開河道之後，鐵路的使用便逐漸減少了。一八五四和一八五六年，法國駐埃及領事里息（Ferdinand Marie de Lesseps，一八〇五—一八九四，今譯雷賽布）子爵獲得埃及總督特許。總督授權成立一家公司按照澳洲工程師制訂的計畫，建造一條向所有國家船隻開放的海運運河，蘇彝（伊）士運河公司乃建立於一八五八年十二月十五日，並於一八六七年開通，該港遂成為重要的國際港口。因此，王韜乃慨嘆時局屢變，人事無常。

最末，王韜還提到埃及文字，西方人一般以埃及文為上古文字，英法等國學者曾仔細研究，推知其以象形為多，也有與中國文字之蝌蚪、篆、籀文雷同的文字。可知原始造字之原則——六書，中外皆然。其後，埃及文字漸趨淺易乃終至衰亡。

【延伸閱讀】

1 王韜著《漫游隨錄圖記》，濟南：山東畫報出版社，二〇〇四年六月。

王韜著；陳尚凡、任光亮校點《扶桑游記》，長沙：岳麓書社，一九八五年三月。

2 張海林《王韜評傳（附容閎評傳）》，南京：南京大學出版社，一九九三年十一月。

文復會；王壽南主編《曾國藩．郭嵩燾．王韜．薛福成．鄭觀應．胡禮垣》，臺北：臺灣商務印書館，一九九九年八月。

3 鍾叔河《走向世界：近代中國知識份子考察西方的歷史》，北京：中華書局，二〇〇〇年七月。

黃寶蓮〈末世女子〉，《未竟之藍》，臺北：圓神出版公司，二〇〇一年五月。

朱天心〈五月的藍色月亮〉，《漫遊者》，聯合文學出版社，二〇〇〇年十一月。

李欣頻《北非疊影：沙漠與可蘭經的迷幻異境》，臺北：東觀出版社，二〇〇六年一月。

4. 黎庶昌《西洋雜志》

〈跳舞會、巴黎水溝、巴黎骨礦、輕汽球〉

黎庶昌《西洋雜志》，長沙：岳麓書社，一九八五年三月（《西洋雜志》，北京：社會科學文獻出版社，二〇〇七年四月）

〈跳舞會〉

跳舞者，其源起於男女相配合。西洋之俗，男女婚嫁，雖亦有父母之命，而其許嫁許娶，則須出於本人之所自擇。女子將及笄，其父母必為之設跳舞會，盛請親友賓客臨觀，或攜赴他人之會，一歲中多者至於數十百起。宮庭舉行者，只三兩次。官紳殷富之家為最多。女服極其豔麗，或袒露胸背，男亦衣履整潔。其法於入門時授以格紙，人各一片，雙疊之長可三四寸，如小書形，上繫絲繩，綴鉛筆於其端。凡男子欲跳舞者，先與素識之婦女，一一請其可否。若人許之，則記其姓名次序。若無素識者，主人或為之進引。依次而舞，多者至一二十次。每次畢，相與點頭為禮而退，皆有音樂節奏之，此跳舞之上者也。

其次，則為一種牟首之舞。每歲之中，若大慶節，或因善舉賣票醵金，國人聚為此會。男女俱戴假面，而露其兩眼，彼此相見，不知為誰氏也者。女子作為男裝，男子效他國之結束，或服古衣冠，或增新式，或為獸首人身，奇形異狀，匪夷所思。直至一兩點鍾，始去假靨，而真面目出。予在伯爾靈，國人為俄土養傷，曾於克漏爾及敷諾納兩花園見之。在巴黎為奧國水災，設會於倭必納大戲館內，亦見之。

其次，則為戲團之跳舞。女子數十百人，皆著一種粉白褌襪，儼若肉色，緊貼腿足，若赤露其兩腿然。腰間用各色輕紗十數層，縫為短衣緊束之。結隊而舞，則紗皆颺起，此又極變幻之致矣。

（附記德國開色茶會跳舞會）

是夜，余入至開色鄰看書之室。四壁皆飾以紅緞，懸大小照像十餘。書案有屏圍之，如籬落形，剪綵為花葉綴於其上。筆硯之屬，率皆鏤金琢玉。室內有一玉碗，徑又一尺八寸。又有白石柱燈二，高可六尺，燃燭其中，若玉蓮花也。

〈巴黎水溝〉

己卯四月某日，予偕聯春卿等往觀水溝，先期由本城知府送致照票。是日一點鐘，管溝者開溝門，從沙得賴戲館前而下，三十餘級至溝底，甚寬。有車四輛，每輛容坐十二人。車軸與溝之寬窄適合，即駕於溝上，前後四人推挽以行，四角有燈懸照。溝寬約四尺，溝兩旁之路約寬三尺，溝面至頂約高一丈，頂如城甕。溝之左有鐵管，徑可三尺，為引清水之總管。右有徑尺許之鐵管，為分清水之別管。洞頂有小鐵管數十，即電線也。

初行不數武，即左轉。諦視溝中之濁水，其流頗急，深可五尺，無甚氣味。路之兩旁，皆標明上面為某街某處。每隔數十步，即有旁溝，微露天光，聞水聲淸淸，即街中濁水流入處也。至舊王宮前，瞥見燈火光明，人聲喧鬧，則遊人之由他道至此者，候吾輩下車後，即坐此車至沙得賴戲館前而出。

余與同遊之數十人換船而行。每船可容二十人，有六人牽之。溝至此約寬五尺，至不拉司得拉媽得濫天主堂邊而出。每夫各予一佛郎，管溝者予以二十佛郎。此巴黎水溝極寬大處，約三里長，他處亦不能容車船也。聞其水引至數十里外，使不與城中之江水相混。予嘗謂倫敦城內之地底火輪車，與巴黎之水溝，可稱兩絕。

〈巴黎骨礦〉

巴黎城西南，有地名加達工布，在不拉司當費爾空罕之旁，古時開石礦處也，後改為藏埋人骨之所。今年夏，有送照票者，請遊焉。至，則男女數百人齊集門首。人各購一白蠟燭，削木為柄，燃而持之。下至八十餘級，始到平地。有窄巷數轉，約里許，始見人骨。其法於石空有泥處，挖使寬平，留石礎承之。將人骨堆置其間，以類相從。外層皆繫兩臂及腳脛骨之大者，作為闌欄，或堆作花紋；另以頭顱橫掛三排，無下數百萬具，可謂天下之至奇矣！石礎皆聯以鐵索，彎環曲折，寬深可二里許。遊人入其中者，往往迷路。後至一處，石頂向上鑿空一二丈如小亭，為遊人舒氣之所。地最潮濕，堆骨處未嘗有氣味。遊畢，從他道而出。

〈輕氣球〉

上年巴黎大會時，有一大氣球，予未及上。會畢後，聞英國買此球，以為探北極之用，價六萬佛郎。議成而錢久未付，復為法人索回，安置於舊王宮內，備禮拜日遊人坐而上升，予亦隨眾一試。

球下懸大圓木筐，護以鐵欄，為站立處，可容五十人。中心正空，有一巨如手臂之麻繩墜繫，長五百買特爾，力能受二十噸。容球之池心，安一大機環以為管約，使可動蕩自如。引其繩於百步外，用螺旋鐵軸收放，三百匹馬力之汽機進退之。軸心徑三尺許，長可三丈，繩軸共重四萬吉羅，三器價值八十萬佛郎。

欲坐者，納十佛郎買票。上升在空中五分時，一人舉紅旗數繞，即徐徐而下。升降時微覺身中發熱，若有風則增頭暈。司球者以表驗其輕氣，若過漲足，則曳小繩泄之，台上作樂為節。既下，則人受一徑寸大之銅錢，面鑄球形，極其精致，用為記念。

球皮用布縫成，塗以印度膠、松香、白油，日曬雨淋，不易敗壞。其大徑三十五買特爾，圍圓一百零五買特爾，容輕氣二萬六千建方買特爾，空中壓力每建方買特爾重一百吉羅。司球者云，若無繩可升至四五千買特爾，再上則人不能呼吸矣。此球因有繩繫，故下降時不用泄氣。間一二日微有走漏，則增氣填實之，晝夜兼放。後二十餘日，余正擬乘夜再升，而其球為外繩磨破，輕氣走出，不能用矣。幸其破時在夜深，未曾傷人。

貫氣之法，球下有一管，徑六七寸，長可二丈。先將球皮置平地，外絡網繩，方目不過一尺。引皮管套於鐵筒上，用繩紮緊，用煤氣貫入，球即漸漸浮起。慮其偏重，四面皆掛沙袋墜之。候其漲足，則去沙袋而聯以大索，然後筐籃而坐以上升。予曾在伯爾靈數敷諸園內見之，並記於此。

【作者】

黎庶昌（一八三七～一八九七），近代散文家、外交家，字蒓齋，貴州遵義人，清道光十七年（一八三七年）生於遵義沙灘一書香人家。光緒元年（一八七五年），山東巡撫丁寶楨等向朝廷力舉黎庶昌，謂其「志節堅毅，抱負甚偉」。一八七六～一八八〇年，黎庶昌以參贊身份先後隨郭嵩燾、陳蘭彬出使英、法、西班牙等國，開始其一生的外交活動。一八八一～一八八四年和一八八七～一八八九年，黎庶昌兩次以道員身份出任中國駐日本國大臣，為促進中日友好往來做出了卓越貢獻。後將駐外所聞見著成《西洋雜志》一書。《西洋雜志》翔實廣泛地介紹西洋諸國經濟發展、生產方式、政治制度、文化教育、科學技術及風俗民情等，供國人了解西洋各國情況。自光緒七年始（一八八一年），黎庶昌兩度擔任駐日公使。歸國後任川東兵備道，後因疾返鄉。光緒二十三年（一八九七年）卒於沙灘。黎庶昌素為曾國藩賞識，與同幕吳汝綸、張裕釗、薛福成合稱「曾門四弟子」。

【賞析】

〈跳舞會〉

黎庶昌於此篇論及法國三種跳舞會。第一種跳舞最屬上等，是富有人家為吾家初長成之女兒所舉辦之舞會。舞會的主要作用為的是男婚女嫁之需要，婚配雖有父母之命，但仍需以個人意願為準，舞會之意義在此。有時也至他人舞會中臨觀，一年多至數十百起；宮庭舉辦者相對較少。男女皆著極正式禮服，其相關禮節皆有一定制度，每人先拿一疊如小書形的紙片，綴鉛筆於紙端。凡男子欲跳舞者，需先詢問熟識之女子意願，若女子答應便記於紙片上。若無熟識女子，則由主人引見。每舞畢，皆點頭為禮而退。這是上層社會裡的跳舞會。

第二種是牟首之舞。牟首乃遮面之意，牟首之舞即面具舞。此舞多於大節慶與慈善義賣會上舉行。男女俱戴假面（面具），只露兩眼，互相不知對方為誰。女子大多作男裝，男子則穿戴他國裝束，或古代衣冠，有的則獸首人身，奇形異狀。大多於一二小時之後，始露真面目。黎庶昌即曾親眼見過兩三次類似舞會。

第三種是戲團之跳舞，女子多著膚色貼身褲襪，及十數層各色輕紗製成的短裙，結隊跳舞，極盡變幻之致。

〈巴黎水溝〉

巴黎地下水溝（Egouts de Paris），堪稱一絕。黎庶昌認為它與倫敦的地下火車，並稱為兩絕。

巴黎地下水溝相當引人好奇，當年黎庶昌即特別參觀這項了不起的建設。巴黎水溝起源於中古時代（約一千二百年），飛利浦・奧基斯坦（Philippe-Auguste）鋪切巴黎路面時，在路中切出地（地面稍凹進去，如今在巴黎仍可看見）。一三七〇年，歐布西鷗（Hugus Aubriot）當市長時，在蒙馬特街道上切築一條水溝聯接美尼爾姆棟（Menilmontant），成為巴黎首座真正（沒有蓋的）水溝。路易十四時，塞納河右岸有一條大水溝，左岸則以比耶于（Bievre）河流當水溝用。在拿破崙一世時，出現三十公里水溝。

而水溝的系統化是在都會現代化時。當時，在奧斯曼公爵（Haussmann）大刀闊斧整頓現代都會，由水利工程師貝爾康特（Eugene Belgrand）精心設計規畫，以整體的全新概念建構廊道式的水溝系統。將自來水及廢水一併處理，每條大街都有水溝互相聯繫，像馬路一般，並在較低窪處設置抽水站。如此一來，至一八七八年止，巴黎已擁有三千六百公里的廊道式水溝系統。廊道之大難以想像，並非一般人能夠進入其中行動及工作的，法國也就因此成為歐洲最先進的國家。一直至今天，巴黎都會擁有一座全球獨一無二的地下系統——共計二千一百公里長的水溝系統。

透過黎庶昌的描述，便可看出此水溝工程的特出之處。地下可行車，車軸與溝之寬度相合，可直接駕於溝上。溝中之濁水，並無氣味。路兩旁，皆標明其上為某街某處。每隔數十步，即有旁溝，乃街中濁水流入處。接著，也可換船而行，水溝至此約寬五尺，至不拉司得拉嗎得濫天主堂（瑪德蓮教堂）旁邊而出溝。而巴黎水溝最寬大處約三里長。就黎庶昌的經驗而論，此地下水溝系統實乃現代化與進步的象徵，著實大開眼界。

〈巴黎骨壙〉

黎庶昌所謂的「骨壙」應指萬人塚（Catacombes）。原為古時開採石礦處，後改為藏埋人骨之所。這座別開生面的地下墳場位於巴黎第十四區地下Denfert Rochereau獅子廣場路肩上。裡頭井然有序的依年代排列六百萬巴黎人的骸骨。在地面二十公尺深度下，共有十七公里長的骸骨隧道，計一萬一千平方尺的面積。

路易十六（一七八五年）時，因幾世紀來巴黎都會到處都是髒亂擁擠的小墳墓，人們逐漸受不了如此沒法規的處理方式，在巴黎人的抱怨聲中，國王決定創立葬儀制度，禁止亂葬且統合遷移至公墓，並接收巴黎所有無名墳墓的骸骨。接著，馬上由石礦監察員Charles-Axel Guillaumot以水泥加強巴黎過去的地下石廊道，建構一座通往地下廊道的樓梯及通風口，隔年四月七日萬人塚成立。經過兩年遷移，工人將大骨頭井然有序的靠牆佈置成一牆面，並細心布置頭顱成為非凡的裝飾，這道骸骨牆厚度近三十公尺，高十餘公尺。這項遷移巴黎墳墓的計畫一直至一八一四年才完成，所有骸骨的來源都明確銘記其日期及地點或事件。萬人塚在拿破崙時代正式開放供人參觀，再經由一八〇九年石礦監察員德泪系（Hericart de Thury）負責規劃組合建構骸骨廊及路線，豎立大理石墓碑文及警世良言、裝飾廊道等，方成如今面貌。

黎庶昌有幸得人送來票券，便一遊此知名的地下骨壙。但見外層皆以兩臂與較大的腳骨作為闌欄，並以頭顱橫掛三排，總計不下數百萬具，令人嘖嘖稱奇。地底彎環曲折，寬深約二里許，遊人往往容易迷路。地雖卑濕，但未有氣味。

〈輕汽球〉

黎庶昌所稱「輕汽球」指的就是熱氣球。最早的熱氣球，即中國所謂的天燈或孔明燈，在西元二或三世紀被發明，多用來傳遞軍事信號。十八世紀時，法國造紙商蒙戈菲爾兄弟重新發明了氣球，因受碎紙屑在火爐中不斷升起的啟發，用紙袋把熱氣聚集起來做實驗，使紙袋能夠隨著氣流不斷上升。一七八三年六月四日，蒙戈菲爾兄弟在里昂安諾內廣場做公開表演，一個圓周一百一十英尺的模擬氣球升起，飄然飛行了一．五英里。同年九月十九日，在巴黎凡爾賽宮前，蒙戈菲爾兄弟為國王、王后、宮庭大臣及十三萬巴黎市民進行了熱氣球的升空表演。同年十一月二十一日下午，蒙戈菲爾兄弟又在巴黎穆埃特堡進行了世界上第一次載人空中航行，熱氣球飛行了二十五分鐘，在飛越半個巴黎之後降落在義大利廣場附近。這次飛行比萊特兄弟的飛機飛行早了整整一百二十年。直到第二次世界大戰以後，高科技才使球皮材料以及致熱燃料得到普及，熱氣球成為不受地點約束、操作簡單而方便的公眾體育項目。

黎庶昌於巴黎所乘之熱氣球，原為英國人擬購以探勘北極之用，但因議成後久未付款，乃被法國人索回，置於舊王宮內，供民眾假日乘坐上升。黎庶昌乃隨眾一試這項新奇的升空器具。其實，晚清許多以科幻或旅行為主題的小說中亦多提及熱氣球這一發明。

【延伸閱讀】

1 鍾叔河《走向世界：近代中國知識份子考察西方的歷史》，北京：中華書局，二〇〇〇年七月。

5. 薛福成《出使英法義比四國日記》

〈光緒十六年正月十九日〉（越南・東埔寨）

薛福成《出使英法義比四國日記》，長沙：岳麓書社，一九八五年八月（《出使四國日記》，北京：社會科學文獻出版社，二〇〇七年一月）

〈越南〉

十九日記　晴。子正進西貢口，舟折而北，西望水面數十里，沙水淺阻不能暢駛，惟順東岸山麓，曲折緩輪而行。入口里許，半山凹處有法國兵房炮臺，頗占形勝。寅初二刻，停泊碼頭。自昨午至進口，共行二百三十二海里。由香港至口，共行九百十五海里，又行十五海里而停泊焉。土人云，此口有七十二灣，與大沽口彷彿。其盤旋極狹處，只容一輪。法人於此睥睨已久，咸豐、同治間，越南殺教士之案起，法兵艦始往攻順化，不克而退，遂入此口。凡啟釁兩次，割地六省，設西貢總督治之。越南有此險而不能守，宜其弱也。西貢出口貨為麻、豆、米、糖、錫、象牙、胡椒、棉花、榆樹、檀香、石油、樹膏、檳榔、玉桂、燕窩。進口洋廣貨、鴉片、茶葉，而洋廣貨為大宗，上年價至洋銀八十萬元。民奉天方教者（即回教）居多。土人男女蓄髮跣足，女子長衣窄袖，頸足飾圈鐲，喜食檳榔。居民二十萬，內有華民五萬，印度人數萬，其餘皆安南土人。法駐防兵三千，炮兵四百，越兵一千二百，法商二三百人。馬路四闢，洋樓毗連。距此十里有巨市曰堤岸，粵人貿易之舊街也。土人憚與洋人往來，必借粵人居其間，故土貨廣貨薈萃於斯，乃開鐵路以火車載客，每一時往返一次。余先乘馬車往遊大花園，地極寬廣，樹木蒼老，多百年物。廣蓄禽獸水族百餘種，有虎、豹、狨、熊、猩猩、象、猿、狸、狼、羊、鹿、田鼠、山貓、箭豬、袋鼠、孔雀、鸚鵡、鷓鴣、鶴、鷹、鵝、鸛、鱷魚、穿山甲之族。其花木，則有木棉、秋海棠、梅、榆、蕉、竹、檳榔之族。

法人自得越南後，以西貢巡撫轄南圻六省，設東京巡撫轄北圻十三省；又設一巡撫名為「保護越南」，轄越南十二省；而柬埔寨一國已服屬於法，亦設一巡撫名為「保護柬埔寨」，轄五十州；其原設之西貢總督，則改為總督，四處往來西貢、東京之間。該總督現往東京，余乃於午後帶那、世兩翻譯，往拜巡撫逮暖（一譯作淡能爾，而法館翻譯則呼之曰達大人）。逮君先遣其武員以馬車來迎，復導遊花園及總督署，然後與逮君相晤。須臾即來答拜，各敘談片時而別。逮君人頗誠慤；惟接任未久，不嫻外務，並未聲炮相迎，為失禮焉，余固諒其非有意慢余也。

戌刻，香山人、道銜、兼辦招商局務張霈霖，以馬車迎余及參隨等赴堤岸美南樓聚宴，述西貢近事頗詳。霈霖字沃生，居西貢三十年，以商致富。有十子，兩子已舉於鄉。沃生為人誠篤，款中國過客尤殷摯云。

西貢在赤道北十度四十六分，北京西九度四十六分，進口港與瀾滄江下游（一名柬埔寨江）平行，相距甚近。其地舊名柴棍，西音譯轉為西貢，而越南土音謂柴曰堤、謂棍曰岸，故其內街又名堤岸。有公所五，曰廣幫、潮幫、瓊幫、嘉應幫、閩幫，凡華民五萬；而分居法屬各省者，尚有二餘萬人。土產以米為大宗，餘則燕窩、魚肚、檳榔、豆蔻等物。法人征稅凡六項，曰進口稅、地基稅、招牌稅、身稅、貿易稅、房稅。華人身稅分三等，上等每年八十五圓，次四十圓，次九圓半。出口貨無稅，惟米有稅，每石洋銀一角半，上年出口米至一千八百萬石之多；而鴉片煙稅每年徵一百二十萬圓，酒稅每年收六十萬圓。

〈柬埔寨〉

柬埔寨有五十州，地約二千里。從前入貢越南、暹羅兩國。在西貢之西，暹羅之東。今法既設官保護，幾已夷為法之屬地，國王坐食廩祿而已。土產多魚、米、棉花、象牙、犀角、豆蔻之屬。柬埔寨國，土音轉為金波乍國，又因金波之音轉為金邊國。

或曰：該國建都金邊埠，因其俗尚佛教，多建高塔，飾之以金，故又名金塔國，亦曰甘孛智國，實即古之真臘國也。又因地產棉花，土名高棉國，而地圖或遂訛寫為高蠻國。由西貢至柬埔寨，輪船二日程，由柬埔寨至暹羅，輪船四日程。

〈光緒十六年春閏二月甲子〉（觀巴黎油畫記）

薛福成《出使英法義比四國日記》，長沙：岳麓書社，1985年8月
（《出使四國日記》，北京：社會科學文獻出版社，2007年1月）

光緒十六年（西元一八九〇年）春閏二月甲子，余遊巴黎蠟人館。見所製蠟人悉仿生人，形體態度，髮膚顏色，長短豐瘠，無不畢肖。自王公卿相以至工藝雜流，凡有名者，往往留像於館。或立或臥，或坐或俯，或笑或哭，或飲或博，驟視之，無不驚為生人者。余亟歎其技之奇妙。

譯者稱西人絕技，尤莫逾油畫，盍馳往油畫院，一觀普法交戰圖乎？（西元一八七〇年，普法戰爭，法國戰敗）其院為一大圓室，以巨幅懸之四壁，由屋頂放光明入室。人在室中，極目四望，則見城堡，岡巒，溪澗，樹林，森然布列，兩軍人馬雜遝（紛亂）：馳者，伏者，奔者，追者，開槍者，燃炮者，搴大旗者，挽炮車者，絡繹相屬。每一巨彈墮地，則火光迸裂，

煙焰迷漫；其被轟擊者，則斷壁危樓，或黔其廬，或赭其垣；而軍士之折臂斷足，血流殷地，偃仰僵仆者，令人目不忍睹。仰視天，則明月斜掛，雲霞掩映；俯視地，則綠草如茵，川原無際。幾自疑身外即戰場，而忘其在一室中者。迨以手捫之，始知其為壁也，畫也，皆幻也。

余聞法人好勝，何以自繪敗狀，令人喪氣若此？譯者曰：「所以昭炯戒，激眾憤，圖報復也。」則其意深長矣。

夫普法之戰，迄今雖為陳跡，而其事信而有征。然者此畫果真邪，幻邪？幻者而同於真邪？真者而同於幻邪？斯二者蓋皆有之。

【作者】

薛福成（一八三八～一八九四），字叔耘，號庸庵，祖籍無錫縣西漳寺頭，後遷城內前西溪。咸豐八年（一八五八年）中秀才。咸豐十年（一八六〇年）撰寫《選舉論》上、中兩篇，揭露科舉制度的種種弊端，同治四年（一八六五年），入曾國藩幕僚。光緒五年（一八七九年）作《籌洋芻議》，提出變法主張。清光緒十年（一八八四年）中法戰爭期間，任浙江寧紹台道，在寧波以電報遙控鎮海之戰擊退法艦。光緒十四年（一八八九年），薛福成被改派為出使英、法、意、比等國大臣。在駐歐使節任內，薛福成走訪歐洲許多國家，考察歐洲的工業發展，詳細地研究了歐洲的政治、軍事、教育、法律及財經等制度，開闊了視野，思想也日益改變。他認為西方富強已百倍於中國，中國應不懈地師法西方，建立私人公司，並具體提出「求新法以致富強」、「選賢能以任庶事」等二十一條「養民最要之新法」。薛福成將他在歐洲四年所聞所思寫下日記，後據以編成《出使四國日記》。使歐期間，薛福成還參與眾多具体外交事務，十八年（一八九二年）與英國就滇緬邊界劃分和通商條約問題進行多次談判，由於薛福成援引國際公約，英國終於同意簽訂《續議滇緬界務商務條款》，中國收回部分領土和權益。此外，薛福成還以國際公法為依據，迫使英國政府同意中國在其屬境內設立領事，在南洋及緬甸等處設立領事，保護當地華僑的權益。二十年（一八九四年），薛福成離任回國。薛福成一生撰述甚豐，著有《庸庵文編》四卷、《庸庵海外文編》、《籌洋芻議》十四卷、《出使四國日記》六卷、《出使奏疏》二卷及《出使公牘》十卷等書。

【賞析】

做為晚清外交人員的知識份子薛福成，於光緒十五年（一八八九）受命出使英、法、意、比四國大臣。

薛福成於光緒十六年（一八九〇年一月三十一日）搭乘輪船前往歐洲履新。一路上，他與自己精心挑選的隨員黃遵憲、許珏、錢恂（單士釐夫婿、錢玄同之兄）等人就旅途見聞進行議論，體認到天外有天的道理，不再固守傳統以中國為世界中心的偏狹地理觀念。同時也體認到中國一向把商列為四民之末，視作賤民是不對的，今日欲使國家富強，一定要學習西方，以商務為本，不能閉關自守。經過一個多月的海上顛簸，以薛福成為首的一行外交使團終於在光緒十六年二月十六日（一八九〇年三月六日）到達法國馬賽港。薛福成使歐期間曾與英國談判訂定滇緬界務、商務，爭回部分主權。更進一步主張效法西方國家，發展機器工業，實行商辦，促進工商業的發展，並在政治上讚賞英國和德國的君主立憲制度。一八九四年束裝返國。

本文即為薛福成奉命出使前往歐洲途中所寫之日記。文中寫道行經中南半島越南與柬埔寨兩國的所見所聞。

〈越南〉

首先，薛福成一行來到越南，舟船駛入西貢，但見半山凹處有法國兵房炮臺。當地人說西貢港口有七十二灣，薛福成認為此與大沽口類似，極狹之處只容得一輪。自古即與中國關係密切的越南，卻遭法國人覬覦已久。咸豐、同治年間（十九世紀中葉後），法國入侵越南後，在西貢設立殖民政府。中國為確保對越南的宗主權導致了中法戰爭，雙方簽訂中法新約，使越南正式成為法國殖民地，是為法屬印度支那的一部份。

西貢的出口物資不少，有麻、錫、象牙、胡椒、棉花、檀香、石油、燕窩……等；進口的則有洋廣貨（外國貨及廣東貨）為最大宗，其次為鴉片、茶葉。一般西貢人多信奉天方教，即回教。當地男女多蓄髮赤足，女子則長衣窄袖，頸足皆飾圈鐲，喜食檳榔。西貢市居民，有華人、印度人與安南土人等；另有法國駐兵與商人。西貢市區不僅馬路大開，尚有許多洋樓。距此十里外有一大城市堤岸，為廣東人貿易之舊街；當地人害怕與洋人往來，必由廣東人居間溝通，因此土貨廣東貨皆薈萃於此，因此西貢與與堤岸之間闢有鐵路以火車載客，每一小時即一班。薛福成到訪西貢後乘坐馬車遊逛大花園，園內不僅廣蓄禽獸水族百餘，也有花樹草木多種。

法國人自從殖民越南之後，便以「西貢」巡撫轄南圻六省，設「東京」巡撫轄北圻十三省，又設一巡撫名為「保護越南」以轄越南十二省，而服屬於法國的柬埔寨則設一巡撫「保護東埔寨」，轄五十州。原設於西貢之總督，則改為往來於西貢與東京之間的總督。所謂「東京」指的是越南北部紅河三角洲地區，越南人稱之為北圻，意為「北部邊境」。東京也是越南首都河內的舊名。法國人控制越南北方以後，便用這個名字稱呼整個越南北方地區。薛福成到訪西貢時，總督正好在東京，乃造訪巡撫「逮暖」（淡能爾，法館翻譯稱呼達大人）。其後亦於堤岸美南樓聚宴，由旅越三十年的張霈霖設宴款待。

最後，薛福成說明西貢舊地名曰柴棍，西音乃轉譯為西貢，而越南土音謂柴曰堤，謂棍曰岸，所以其內街也稱堤岸。其間共有五大華人會館，包括廣幫、潮幫、瓊幫、嘉應幫、閩幫等；而分居法屬各省者也不在少數。法人所徵之稅有六項，計有進口稅、地基蛻、招牌稅、身稅、貿易稅、房稅等。

〈東埔寨〉

而越南之旁的東埔寨，從前曾入貢越南、暹羅（泰國）兩國；地理位置在西貢之西、暹羅之東。晚清時，為法國設官保護，幾乎可說是法國屬地，國王也只是坐領俸祿而已。東埔寨國，土音轉為「金波乍國」，又因金波之音而轉為「金邊國」。也有一說是因為建都金邊，而該國信奉佛教，多建飾金之高塔，乃又名「金塔國」，也有「甘勃智國」，也就是古代所謂

「真臘國」。也因地產棉花，土名「高棉國」，地圖有的訛寫為「高蠻國」。可參考【卷一】周達觀《真臘風土記》。

〈觀巴黎油畫記〉

一八九〇年，首度踏上歐洲大陸的薛福成，實現了觀看世界的夙願。薛福成首先遊逛的是巴黎格雷萬蠟像館（Musee Grevin）。格雷萬蠟像館創立於十八世紀末，當時法國著名《高盧日報》創辦人阿赫蒂赫．梅耶（Arthur Meyer）想讓他的報紙上的頭版人物，從文字的二維平面中走到現實的三維立體空間中，使讀者能夠看到真實立體的人物，有些發想。由於當時攝影技術還沒有被報紙刊物等媒體採用，他便計劃創建一座蠟像館，使人們得以看見那些著名的時事人物。後來，鑒於當時參加這個博物館建設的幽默漫畫家、雕塑師兼舞台服裝設計師阿爾弗雷德・格雷萬（Alfred Grévin）對博物館的傑出貢獻，博物館最終以「格雷萬」命名，並於一八八二年六月五日開館迎賓，當日即轟動各界。果然，薛福成身歷其境，亦大受震撼。見其逼真肖似之狀，幾乎驚為真人，可見該館之成功。

此外，通譯告知薛福成西洋人絕技中最高超的當屬油畫。薛福成因此特地前往油畫院觀賞普法交戰圖。據查油畫院應為知名的羅浮宮博物館（Musée du Louvre），此博物館原為法國王宮，藝術收藏達四十萬件，包括雕塑，繪畫，美術工藝品，以及古代東方、埃及和希臘羅馬等七個門類。薛福成所謂的「一大圓室」即為羅浮宮的圓形大展覽廳；「以巨幅懸之四壁」由屋頂放光明入室」，可能指的是四壁懸掛的主題為描繪普法戰爭的大型油畫。但衡諸事實，應不只一幅畫，而是幾幅相同主題的作品，方有可能「懸之四壁」。又，薛福成謂「普法交戰圖」所繪乃一八七〇年法國與普魯士（德國）交戰以致法國戰敗一事。但事實上，羅浮宮館藏的乃是一八〇七年拿破崙與普魯士交戰一役的油畫，或許薛福成誤記亦未可知。

薛福成觀此（系列）油畫，對於戰爭描繪之逼真肖似，幾乎以為即置身於戰場，忘記身在一室之中。等到用手觸摸，才真正確知實為壁畫，一切都是假的。而聽說法國人好勝，竟自繪此戰敗慘狀，頗令薛福成不解。通譯乃告知為的是激發眾人的憤慨，以昭鑑後人之故。可見其中自有深意。然而，普法戰爭雖已為陳跡，但信而有徵。此畫究竟為真或假，或者兩者兼而有之。

薛福成此篇遊觀巴黎蠟像館與油畫一文，早已收入《古文觀止》，為全民習誦之。可見薛福成的旅行文學早已深植人心，特別是他此文中逼真描繪油畫內容的段落，更見其古文佳妙處。

【延伸閱讀】

1 丁鳳麟《薛福成評傳》，南京：南京大學出版社，一九九八年十二月。

2 王爾敏《薛福成、鄭觀應》，臺北：臺灣商務印書館，一九八七年八月。文復會；王壽南主編《曾國藩‧郭嵩燾‧王韜‧薛福成‧鄭觀應‧胡禮垣》，臺北：臺灣商務印書館，一九九九年八月。

3 鍾叔河《走向世界：近代中國知識份子考察西方的歷史》，北京：中華書局，二〇〇〇年七月。

6. 曾紀澤《出使英法俄國日記》

〈光緒六年庚辰正月初一日—十日〉

曾紀澤；王杰成標點《出使英法俄國日記》，長沙：岳麓書社，一九八五年

光緒六年庚辰正月初一日　陰晴半，日中雨。辰正起，巳初，恭具朝服，偕僚屬在大廳望闕行慶賀禮。更公服，與僚屬相慶。署中武弁傔從，暨巴黎寄寓之華商與肄業學生，咸來慶賀，接見良久。吳子登、陳楚士、張聽帆及荔秋所挈翻譯官呂祥、何慎之來，坐談片刻。內人率兒女等至大廳敬祀祖先，相與慶賀。飯後，葛士奇來，一談。未正，偕內人率兒女至法蘭亭夫人家出行，坐極久。歸，偕春卿出門拜吳子登，久談；拜陳楚士等，不晤。歸，與日意格、師恭賽克、戈諦野久談。蘭亭夫人來謁內人，一談。喀拉多來，談甚久。戌初，陪蘭亭及署中僚友飲宴，戌正二刻散。熱甚，更衣，靜坐良久。蘭亭來，一談。亥正，偕蘭亭、凱生、春卿赴刑部尚書嘎俎茶會，戶部尚書馬尼恩茶會，子正歸，丑初睡。

初二日　陰，日中微雨。巳初起，茶食後，閱上海寄來文牘、《申報》、新報。核函稿二件，極久；核公文稿一件。陪吳子登、陳楚士、張聽帆、日意格、師恭賽克、戈諦野飲宴，春

卿、子興、蘭亭同坐。午正入席，未初三刻散。未正二刻，客去，與蘭亭一談，加寫一函寄王葉亭。至湘浦室一談。查譯署寄來電報。夜飯後，至智卿室坐極久；至逸齋室立談良久；至凱生室、省齋室各久談。寫一稟呈九叔父，一函諭女兒廣璇，一函寄諸妹，一函寄栗弟。丑初睡。

初三日　雨，申刻微見日。辰正二刻起，茶食後，剃頭。核改致譯署總辦函稿；寫一函寄介石、符卿弟，一函寄劉伯固。印存所寫各函。飯後，閱王欽軒取來首飾式樣等件。蘭亭來，一談。寫一函寄王璞堂、湘浦、雁臣三人。偕內人在客廳坐極久。外部尚書佛來西尼夫人，函約申初來謁內人。爽約未至，待至申正，乃復登樓治事。夜飯後，封緘所寫各函，至智卿室坐甚久，將所寄譯署總辦函自繕一過。丑初睡。

初四日　晴。辰正二刻起，茶食後，翻閱《十分家詩鈔》，誦英文。吳子登來辭行，談甚久。午初，偕春卿至子登處送行，一談，午正歸。飯後，誦英文。外部尚書佛來西尼夫人率其女兒來謁內人，陪談良久。女客去後，蘭亭來，談極久。夜飯後，至智卿室久坐，省齋、逸齋同談。翻閱類書。醜初睡。

初五日　陰晴半。巳初起，茶食後，閱中英和約，翻閱類書，誦英文。飯後，作駢體文壽四叔父母，屬草稿數行。蘭亭來，久談。至花園觀水池良久。作壽文數行。波斯駐法公使納薩拉嘎夫婦來，一談。夜飯後，至智欽室一坐。作壽文數行。丑初睡。

初六日　晴陰半，夜微雨。巳初起，茶食後，作壽文；飯後，畢，共一千三百字。蘭亭兄弟暨其友翕爾馬克爾來，談樂極久。將所作壽文修飾一過。夜飯後，至智卿室談極久，至凱生室久坐。丑初睡。

初七日　陰，上午雨。辰正二刻起，茶食後，誦英文，至客廳翻閱粵中所購書良久。飯後，在上房久坐。偕春卿、蘭亭拜教部尚書夫人，一談；拜波斯駐法公使納薩拉嘎夫婦，談極久；拜色爾畢公使馬利娜威奇，不晤，歸。夜飯後，演西洋樂譜良久。至湘浦室談極久。亥正，偕蘭亭、凱生、春卿赴巴黎府尹茶會，子正歸。丑初睡。

初八日　陰晴半，辰正二刻起，茶食後，剃頭，誦英文。飯後，誦英文。至智卿室立談片刻。夜飯後，傔從輩因內人明日四十歲生日，來祝良久。寫樂律二章，甚長。醜初睡。

初九日　陰，下午微雨。辰正二刻起，茶食後，誦英文，閱上海寄來文報、《申報》、新報。至客廳款按僚友來祝內人生日者。更衣後，陪僚友飲宴，未初二刻席散。蘭亭夫婦來，一談。攜鑾兒至街頭散步，遇雨而歸。

日意格來，談極久。論及「蚊子船」之無用，及快船隻可用十餘噸之炮，不必用二十五噸大炮，雖由忌嫉赫德而發茲言，然所論亦不為無見。余嘗函告李相，謂「蚊子船」船小炮大，炮不能左右顧，則命中之權操之於舵工，操練頗不易易，疑其難於得力。然究係臆揣之詞，未嘗樹之准的而試驗之，則亦未可徵信也。惟英人於水師一道，講求多年，深得三昧，而「蚊子船」甚少，亦未聞宿將達官，贊此船為行軍利器者，亦未聞他國有專用此船奏績之事，則大可疑者也。

傍夕，與內人、兒女家宴。至凱生室一談，至介生室一談。核函稿一件。至湘浦室一談。丑初睡。

初十日　陰，微雨。卯初三刻起，飯後，小坐。卯正二刻，偕子興、智卿、並挈武弁汪席臣，自使館啟行。仁山、春卿送至車棧，蘭亭旋亦至棧。辰正二刻，火車展輪。午正二刻，至卡利登舟；申正渡海畢，復乘火車。酉正一刻到倫敦。在舟車屢次偃臥成寐，醒則看小說，或與子興閑談。舟次大風顛簸，同行者皆嘔噦狼籍，余以安臥得不嘔，然亦甚不適也。酉正二刻，入倫敦使館，與松生、仲妹相慶新禧，坐談良久。夔九、莘耕談片刻。夜飯後，至清臣室坐極久，仲妹室一坐。丑初睡。

【作者】

曾紀澤（一八三九～一八九〇），字劼剛，清末外交官。湖南湘鄉（今雙峰）人。曾國藩長子。自幼接受嚴格的傳統家庭教育，成年後又接觸西學，並自學通英文。一八七七年（光緒三年），以承襲爵位入京，與在華西方教士和外交官艾約瑟、丁韙良、梅輝立、璧利南、德微理亞等交遊，進一步瞭解外國情況。一八七八年，派充出使英國、法國大臣，在英辦理訂造船炮事宜。一八八〇年，兼充出使俄國大臣，往聖彼得堡談判改訂沙俄強迫清政府簽訂的《里瓦機亞條約》，次年二月二十四日簽訂《中俄改訂條約》（即中俄《伊犁條約》），在界務和商務方面爭回部分主權。一八八三～一八八四年，在巴黎就法國侵略越南問題與法政府談判，並建議清廷積極備戰，堅決抵抗，反對在天津簽訂的《中法會議簡明條款》。一八八四年四月，被免出使法國大臣兼職。一八八五年六月，交卸出使英、俄大臣職。離英回國前，在倫敦《亞洲季刊》上發表〈China，the Sleep and the Awakening〉一文，闡述對中國內政外交和列強對華政策的觀點。該文後經人譯成中文在國內發表，題作《中國先睡後醒論》。回國後，先後任兵部右侍郎幫辦海軍事務、派管同文館事務、署吏部左侍郎等職，但因朝政腐敗，終未施展其才。其主要著作，身後被輯為《曾惠敏公全集》。其《出使英法俄國日記》，一九八一年湖南人民出版社據《小方壺齋輿地叢鈔》等書彙輯、標點，收入《走向世界叢書》出版。

【賞析】

光緒四年（一八七八）曾紀澤出使英法兩國，光緒六年（一八八〇）兼俄國大使。本文即選自《出使英法俄國日記》，由此段選文可一窺曾紀澤的使外生活與旅行活動。

曾紀澤做為曾國藩的兒子，自有他不凡的表現，精通西學與英文的他，與許多晚清知識份子一樣，以駐外使節的身分羈旅歐洲各國，也同樣以日記體為主要的文學表現形式。日記體的文學作品雖有流水帳之嫌，但曾紀澤畢竟擁有相當的古文涵養，全文讀來並無艱澀繁冗之感。

以正月初一日的日記而言，此記年法為中國的農曆紀年。此日正值中國農曆新年，曾紀澤身在歐陸巴黎，仍不忘按時舉辦慶賀新年之禮，與使館人員同慶中國年。不只官署人員，包括旅居巴黎的中國商人與留學生亦同來慶賀。當日，曾紀澤馬不停蹄的接見或會晤各路人等，足見其外交使節生活之忙碌。

初二日，曾紀澤閱讀上海寄來之文件與《申報》等書刊，並簽核公文數件。如同前一日，曾紀澤亦記載他與不同人士的會晤。並且寫信予諸位家人。

初三日，曾紀澤剃頭。又寫了多份書函，並印存繕寫。與夫人在客廳久坐。原以信函告知將來訪的法國外交部長佛來西尼夫人，並未如約造訪。未果，曾紀澤又登樓辦公。

初四日，曾紀澤翻閱《十分家詩鈔》，讀英文。吳子登前來辭行，曾紀澤與之相談甚久。

佛來西尼夫人與其女一同前來拜謁曾夫人，陪談良久。吳子登的背景在此稍加說明。前此四年的一八七六年，清廷派吳子登出任留美幼童監督。吳子登雖支持洋務運動，自身也通曉英文，但思想不夠開放，官僚習氣嚴重，對於選派留學生一事異議甚夥。他一到任，種種作為引起學童不滿，便只聽容閎一人的話。惱羞成怒的吳子登乃向清廷寫奏折，並給李鴻章寫信，講述留美幼童如何「美國化」之類的負面訊息。清廷上下對吳子登的一面之詞信以為真，竟連時任駐英、法公使的曾紀澤這樣開明的官員，也都認為留美幼童難以成才。遂於一八八一年起，撤回首批留美幼童。對照此日記與前述容閎的留美事蹟，可見容閎之美名與吳子登之惡名，其來有自。

初五日，當日曾紀澤閱讀《中英和約》，並翻閱類書，誦讀英文。並做駢體文為叔父母祝壽。波斯（Pars，伊朗舊稱）駐法公使納薩拉嘎夫婦來訪，與之談。曾紀澤所指中英和約，應泛指一八四一年《中英南京條約》、一八五八年《中英天津條約》、一八六〇年《中英北京條約》、一八七六年《中英烟台條約》等數項清庭與大英帝國所簽訂的和約。

初六日，曾紀澤續作壽文，共得1300餘字，並修飾一過。

初七日，曾紀澤，持續讀英文的習慣，並翻閱由廣東所購圖書。拜訪波斯駐法公使納薩拉嘎夫婦，相談甚久。晚飯後，演西洋樂譜許久。並赴巴黎市長茶會。

初八日，曾紀澤又剃頭，並持續讀英文。使館人員前來慶賀曾夫人明日四十歲生日。曾紀澤寫樂律二章。

初九日，持續讀英文的習慣。閱讀上海寄來的文報與《申報》等。至客廳接待前來祝賀夫人生日者。帶孩子上街散步，遇雨而歸。日意格來訪，相談甚久。並論及「蚊子船」之無用，以及快船可用十餘噸之炮，不需用二十五噸大炮，雖然日意格因忌妒赫德而有此言，但曾紀澤認為所論仍有道理。曾紀澤乃函告李鴻章，說道「蚊子船」船小炮大，炮不能顧左右，則命中之權操之於舵工，操練不易，頗懷疑此船之功效。然而，曾紀澤自認此乃臆揣之詞，若未曾試驗之，也未可徵信。但曾紀澤又認為，英國人深諳水師之道，卻很少看到「蚊子船」，也未曾聽說宿將達官稱讚此船為行軍利器，更未曾聽說其他國家有因此船而打勝仗的消息，因此曾紀澤認為此船之功效大為可疑。

日記中所提法國軍官「日意格」（Prosper Giquel，一八三五—一八八六），於晚清英法聯軍戰役平息後，被派至中國，協助清廷訓練中、法混合組成的常捷軍，並曾協辦福州船政局。一八六七年，船政聘日意格擔任正監督，不僅因為他與左宗棠和首任船政大臣沈葆禎有較好的私交，也不僅因為他「深知中國文字言語，且禮數、工牘亦所熟諳，不須言憑通事，字憑翻譯」，更重要的是看中他是一位「當時願意與中國保持合作，而不是採取敵視態度的法國人」。日意格儘管出身法國海軍，與中國官員交往並未顯露太多殖民主義者色彩，且辦事熱心，很為左、沈賞識。日意格擔任正堅督期間，共造出兵、商輪船十五艘，其中所造一千五百六十噸級的兵船「揚武」號，相當於國外二等巡洋艦水平。合同期滿後，日意格又留在船政工作一段時間，主要辦理帶領船政學堂學生赴歐留學事宜，擔任留學生洋監督。直至一八八六年初病逝，可說他一生中大部分時光都與船政事業結合在一起。

「赫德」（Robert Hart，一八三五—一九一一）則為英國人，字鷺賓。曾擔任晚清海關總稅司整整半世紀（一八六一—一九一一）之久，任內創建了稅收、統計、浚港、檢疫等一整套嚴格的海關管理制度，新建沿海港口的燈塔、氣象站，為北京政府開闢一個穩定的有保障的，並逐漸增長的新的稅收來源，清除舊式衙門普遍存在的腐敗現象。並且創建了中國現代的郵政系統。上海「赫德路」即為紀念他的一種方式。

至於「蚊子船」，即水炮台。這種艦艇，名為炮船GUNBOAT，實則乃是炮台的軍艦，在晚清中國被翻譯為「根駁船」、「根婆子」。又根據其特徵稱之為「蚊子船」，意指這種軍艦雖然體格小巧，但萬一被叮上一口，也不是好受的事。在西方，則根據設計師的名字稱之為倫道爾式炮艇。它一誕生後，很快引起轟動，被認為是用於要港防禦的最新利器。當時，清廷也下訂單，原為南洋水師所訂購，一八七九年十一月三十日各艇駛抵大沽口交貨時，被李鴻章留用於北洋水師，而將北洋早年購買的四艘舊蚊子船撥給南洋水師。該艦原為英國海軍所設計，主要用於近海防禦，充當水炮台使用。對於西方艦船眾多，各型艦船分工明確的大海軍國家而言，該船在配合陸地炮台防守，進行近海防禦具有一定功效。然而，全無海軍基礎的中國想以其作為海軍主力艦，則顯然不適用。但李鴻章因為蚊子船炮大價廉而一再購買，其他各省也跟進。然此型艦在甲午海戰中，並未發揮任何作用；威海衛保衛戰後，更全被日軍擄去，李鴻章因購買此型艦而倍受朝野抨擊。

【延伸閱讀】

1 董叢林《百年家族：曾國藩》，臺北：立緒文化公司，一九九九年五月。

2 鍾叔河《走向世界：近代中國知識份子考察西方的歷史》，北京：中華書局，二〇〇〇年七月。

7. 黃遵憲《日本雜事詩》

〈藝妓、料理屋、櫻花、茶道〉

黃遵憲著；鍾叔河校點《日本雜事詩》（廣注），長沙：岳麓書社，一九八五年三月

〈藝妓〉

彈盡三弦訴可憐，沈沈良夜有情天；樓頭月照人團聚，到老當如雞卵圓。

業歌舞者稱藝妓，甚類唐宋營妓、官妓。士夫聚飲輒呼之，不為怪。德川氏盛時，各藩諸侯寄帑於京，金吾不禁，縱之冶遊。故吉原、深川，皆為銷金之窟。舊有謠曰：「倡家婦，如有情，月尾三十見月明，團團雞卵成方形。」喻無情也。然近日改曆，晦夜竟可見月，冶遊亦不復前此之盛矣。

〈料理屋〉

當壚少女似羅敷，精舍安排莞簟鋪；茶鼎酒鐺親料理，語郎團坐且須臾。

賣酒賣茶，皆以少女當壚。酒樓曰「料理屋」。

【《日本國志・禮俗志》：酒樓隨處而有。每有小園，樹松竹梅樓株，花下建石燈塔一座，以照來客。方丈之室，拂拭莞蕈，金爐燒麝，銅鼎沸笙，時花供瓶，三弦掛壁。架木為閣，不事修飾，光澤堅致，可以鑒人。例以少女當壚，客至則拜迎門外，引之上樓，旋抱蒲團紅褥為客坐。有所需則拍掌喚之，趨走嫻熟。惟多食生冷，苔菹梅脯，蔬筍氣重。最重魚膾，遊鱗棘鬣，聶而切之，具染而已。火食者，飯稻羹魚而外，無他物也。近多仿西法，牛心、羊胛，每以供客矣。茶店以品茶，以茶瓶、茶杯之良者為貴。有曰「瀨戶磁」，以地得名。有曰「樂燒」，其祖宗慶傳，業十餘世，以專家得名。德川氏之季，有石工寶來龍山者，所制風爐、瓦竈，以天然石雕飾；有弟子左六右六得其妙，將軍嘗造觀焉。當時茶店，與酒肆爭多。近日茶屋不復品茶，不過供杯茗糖果，為遊人憩足地而已。然遍市皆是，雖三家村亦必有茶店也。僅支一篷者為館舫；有門有窗、有床有席者為屋舫。館舫多用於觀煙火、納涼；屋舫則於花、於雪、於月、於楓葉、於蟲聲。棹於淩瀨（淩瀨在墨水上游，為遊人聽秋蟲之地），浮於墨河，於本所觀羅漢，於龜戶拜天神，皆載絲竹、攜酒榼而往。每遇佳節，必先期訂約，乃得傭買。別有豬牙船，以形名之，快櫓剪波，其捷如飛，亦遊具也。】

〈櫻花〉

朝曦看到夕陽斜，流水遊龍鬥寶車；宴罷紅雲歌絳雪，東皇第一愛櫻花。

櫻花，五大部洲所無。有深紅，有淺絳，亦有白者，一重至八重，爛熳極矣。種類櫻桃，花遠勝之；疑接以他樹，故色相亦變。三月花時，公卿百官，舊皆給假賞花。今亦香車寶馬，士女徵逐，舉國若狂也。東人稱為花王。墨江左右有數百樹，如雪如霞，如錦如荼。余一夕月明，再遊其地，真如置身蓬萊中矣。

東京以名勝聞者；木下川之松，日暮里之桐，龜井戶之藤，小西湖之柳，堀切之菖蒲，蒲田之梅花，目黑之牡丹，瀧川之丹楓，皆良辰美景遊屐雜沓之所也。

【《日本國志．禮俗志》：自桓武、嵯峨二帝好遊宴，屢幸大臣第賞花。花時公卿百官例許給假，故賞花之遊特盛。德川氏都於江戶，江戶益為繁華淵藪。墨江一水自西北來，截武藏、上總，下達於海，築堤四五里，遍植櫻花。花為五部洲所無，東人名為花王，有深紅，有淺絳，亦有白者。薄者一重，厚者八重，開則爛熳滿樹，如雲如霞，如錦如荼。花時遊人蟻集，自卯至酉，紅塵四合。宮娥結伴，翠袖紫裙，濃抹淡妝，各撚花枝，以為笑樂。書塾女師率童男女分衣色為數隊，咸戴剪花，使丫髻小女擊柝導行，來往遊戲。舊藩華族，或攜婦女，或挾娼妓，各披葵葉藤花，衣杏黃衫，白桑屐，攜榼挈廚，逐隊而行。又有古服儒者，腰佩瓢酒；高品僧官，身掛雨衣；時妝軍士，手搖鞭杖。下至賤商、小豎、村婆、街婦，亦高笠新屐，挈酒行歌，且歌且行，擁塞於道，魚貫蝸旋，莫能展步。偶或高軒橫馳，怒馬直沖，輒傾跌讓道；然車夫亦動色相戒，按轡徐驅，不敢馳驟。別有高人逸士，於朝霞未升，新月既上，避囂而來者，笛聲簫韻，隔江互和，往往徹旦。】

〈茶道〉

棗花潑過翠萍生，沫碎茶沈雪碗輕；矮室打頭人對語，銅瓶雨過悄無聲。

自僧千光遊宋賚茶歸，始栽之背振，後遂蔓衍。北條泰時，初尚之。至豐太閤之臣，有茶博士官，賜祿三千石，子孫世其業。或費千金求其訣，不可得。及德川氏，每春遣使賚甕收茶，曰「御茶壺」，藩屬望塵拜趨道路。烹茶在丈室，劣容一二人，舊名「數奇屋」。時逢戰爭，鼙鼓震天，茶室獨悄然無聲，蓋密謀之所也。而茶博士即藉以竊權賣爵，無所不至。凡室忌華，器忌新。然珍木怪竹，朽株瘿枝，搜求之幽岩邃谷之中，或歷數十年而後得。得其一以獻，貧兒為富翁矣。器必用苦窳缺敝之物，曰某年造、某匠作；乃至一破甌，一折匙，與夏鼎商彝同貴重，積金盈斗不可償。爭是而興大獄者有之，因是而釋戰爭者有之。器有風爐、有筥、有炭撾、有火筴、有鍑、有交床、有紙囊、有碾、有羅合、有則、有水方、有漉水囊、有瓢、有竹夾、有熟盂、有畚、有札、有滌方、有滓方、有巾。其候火、揀泉、吹沫、點花、辨味、侔色之法，微妙不可言傳。蓋碾茶煮之，故費工夫也。然嵇之陸氏《茶經》、蔡氏《茶錄》，正相同，惟不下鹽耳。

【《日本國志．禮俗志》：宏仁中得茶於唐，詔令畿內及諸州植茶。其時煎茶而飲，和鹽、用薑，一同唐人。其後僧榮西歸自宋，植於築前脊振山。將軍源實朝有疾，榮西獻茶及《吃茶養生記》，將軍飲之而愈。榮西又贈茶實於釋明惠，明惠種於相尾山，後分種之宇治，至今宇治實稱茶海。自足利義政始尚點茶，於是茗宴盛行，人無貴賤無不嗜茶。邇年種植益盛，每歲西人購買值銀約四百餘萬圓。】

【《日本國志．禮俗志》：其法碾茶為末，和湯煮之。候火、揀泉、吹沫、點花、辨味、侔色，皆有妙理。凡運筅擊拂，謂之立茶。茶多湯少，運筅旋徹，再添湯擊拂者，為濃茶。茶少湯多，為薄茶。寮之廣狹，壚之位置，柱橑窗櫺之設，各有成規。茶寮謂之「數奇屋」，或謂之「圍居」，招客曰「茗宴」。宴之前後，有謝請、謝會。客日數十人，而茶屋僅容數人，一茶博士、一主人、二三客而已。主人必親自點茗敬客，由貴逮賤，前退後進，俯仰折旋，具有法度。雖平日爾汝之交，亦肅然如對大賓。偶誤禮法，訕誚交集。】

【作者】

黃遵憲（一八四八～一九〇五），字公度，別號人境廬主人，生於廣東嘉應州（今梅州市梅縣東區下市角）。晚清詩人，外交家、政治家、教育家。一八七六年中舉。一八七七年隨何如璋東渡日本，足跡遍日、美、英、新加坡等國。駐外期間，他留心觀察所在國的事物，認為中國要革新自強，必須傚法日本維新變法。撰寫《日本國志》，全書共四十卷，五十餘萬字，詳細論述日本變革的經過及其得失，藉以提出中國改革的主張。一八八二年春天，調任駐舊金山總領事。日本友人稱「是新一代最有風度、最有教養之外交家」。黃遵憲是晚清「詩界革命」的主將，著有《人境廬詩草》、《日本雜事詩》等。

【賞析】

清廷首任駐日參贊——黃遵憲在出使日本期間撰寫《日本雜事詩》，以詩歌詠日本歷史及風俗，以及當時的明治維新。

黃遵憲一生歷經晚清劇烈的政治變局。包括第二次鴉片戰爭、中法戰爭、甲午戰爭、八國聯軍入侵等備極屈辱的歷史，也歷經太平天國起義、捻軍起義、苗民起義、回民起義、義和團運動等。因此，當黃遵憲以外交官身份親身走訪並感受到先進國家的政治文化氣象時，使他對於中國近代化的認識與主張，有了更深刻的瞭解。他在《日本雜事詩・自序》裡寫道「奉使隨槎」，「居東二年」間，「稍與其士大夫游，讀其書，習其事」，專心「網羅舊聞，參考新政」，這部作品便是當時的記錄之一（另一部為《日本國志》）。

因此，黃遵憲這部《日本雜事詩》可與其另一部著作《日本國志》相互印證，包括日本的地理形勢、歷史演進、政治制度、文學淵源與民間風俗等大體皆備，可看作日本歷史文化的百科全書。

《日本雜事詩》二卷，寫成於光緒五年（一八七九）。其體例為每一事誦一詩，每一首詩都有自注，以一段文字說明詩中所詠之事。即使詩句僅二十八字，注文卻可多達二千一百餘字，可見黃遵憲之意重在記事與分析，藉此對剛步入近代化的日本社會做了較完整的介紹。

〈藝妓〉

透過黃遵憲詩後的自注文字可知，藝妓的主業在於歌舞才藝之表演，與中國唐宋時的營妓、官妓類似。德川幕府（Tokugawa Shogunat）時代，各藩諸侯往往在江戶（東京）冶遊。因此吉原、深川兩地皆為著名的銷金窟。傳統歌謠唱道，若倡家婦有情的話，每個月底如有明月在天，必然會由圓變方，比喻藝妓之無情。黃遵憲卻認為，最近改曆之後，暗黑之夜也可見月，冶遊也不比從前盛行了。

文中所指「德川幕府」又稱「江戶幕府」，日本第三個封建軍事政權。德川氏以江戶為政治根據地，開幕府以統治天下。自一六〇三年德川家康受任征夷大將軍在江戶設幕府開始，至一八六七年第十五代將軍慶喜將政治大權奉還朝廷為止，約二五六年。為繼鎌倉、室町幕府之後，最強盛也是最後的武家政治組織。

至於當時黃遵憲所見的藝妓，在東京等關東地區稱為「芸者（げいしゃ，Geisha）」，自明治時代開始也稱「芸妓（げいぎ，Geigi）」；歐美世界則以關東文化為主，皆本於「Geisha」讀法來轉譯。藝妓這項頗具代表性的日本文化，由京都開始向外發展，而京都藝妓的起源可追溯至約十七世紀的京都八坂神社所在的東山。至今，藝妓文化雖已逐漸沒落，但京都仍保留了五條花街。

最初藝妓全為男性，在妓院和娛樂場所表演舞蹈和樂器。十八世紀中葉開始，藝妓職業漸為女性所取代，一直沿襲至今。日語中的藝妓，「妓」字保留了傳統漢語的用法，既是女性藝術表演者，也是女性性工作者。而藝妓指的是前者，原則上是藝術表演者，並不從事性交易。但現代中文，多把「妓」字關聯到性交易方面，因此才有「藝伎」這種避諱式的中文翻譯寫法。而日語中的「伎」字是指男性表演者，如歌舞伎，所以有人主張「藝妓」才是正確的中文翻譯寫法，以示區別。

因此，藝妓並非妓女，而是一種在日本從事表演藝術的女性。除為客人服侍餐飲外，大多時候是在宴席上以舞蹈與樂器表演等助興。通常與她交易的都是上層社會有錢有勢的男性。

但以「侍酒筵業歌舞」為職業的藝妓，在歷史上原本即非日本所特有。所以，黃遵憲才說日本藝妓「甚類唐宋官妓、營妓」。中國唐宋時代，士大夫攜妓吟唱，是當時普遍的習俗，也在浩瀚的詩詞曲賦中留下不少詠唱歌姬的佳句。當時中國的官妓與朝鮮的妓生，都和日本的藝妓有相類之處。但隨著時代變遷，只有日本藝妓一直延續至今，並且成為日本傳統文化的重要代表。

〈料理屋〉

黃遵憲這首詩敘寫的是日本飲食文化的面貌——料理屋，即酒樓、茶店等餐廳。詩云料理屋裡當壚煮酒賣酒的少女似古代美女羅敷般嬌美，茶鼎酒鐺皆親自料理服侍。詩後並以自著《日本國志・禮俗志》的相關文字參酌印證，具兼收並採之效。

在《日本國志・禮俗志》裡，黃遵憲提及此類酒樓處處皆有，大都有一小庭園，栽植樹松竹梅，花下並建石燈塔一座。室內則是金爐熏香，銅頂沸笙，鮮花插瓶，一片潔淨。一律以少女當壚煮酒，客至則下樓迎接，並以蒲團紅縟為座。客人需要服務時，拍掌呼之即可。然而，大多為生冷之食，或海苔醬、梅乾等漬物，「疏筍氣」（東坡評僧詩的用語）重。最重要的是細切的魚肉，如專作壽司的棘鬣，便細切為膾（細切的肉），沾醬食用。火食（熱食）則以飯稻羹魚為主，並無他物。近來亦多仿西式料理，亦以牛心、牛胛待客。

另一種料理屋是茶店。以品茶為主的茶店，其高貴程度與其使用之茶瓶、茶杯精良與否有關，較知名的有「瀨戶磁」（今作「瀨戶燒」）及「樂燒」。德川時代，石工寶來龍山所製作的風爐與瓦竈，以天然石雕飾。當時茶店與酒樓一樣多。近來茶屋則不再品茶，只要以簡單的茶水糖果，提供遊人遊憩之地而已。此類茶店到處都是，即使偏遠小地方也能見到它的蹤影。僅以一蓬支撐者稱為「館舫」，有門窗有床席的稱為「屋舫」。前者多用於觀煙火、納涼之用；後者則多用於花、雪、月、楓葉、蟲聲之觀賞。同時也可於淩瀨划船、墨河放舟；到本所看羅漢（東京本所五百羅漢寺），龜戶拜天神（東京之龜戶天神社），都帶著樂器與燒酒前往。每到佳節，必先預約，才能如願。另有一種豬牙船，以形名之，既輕快又迅捷，是租船旅館的租船。江戶時代的主要交通工具就是豬牙船，與現今之出租計程車一樣普及。

「料理」一詞，在中文語彙裡指的是管理，如料理家務；安排，如料理後事；處理、辦理，如料理生活等意義。料理也是日語的漢字詞，指的是料理菜肴，也借指餚饌。因語言關係，在日本和韓國，菜飯一詞皆以「料理」表示，尤其是日本直接使用如今中文仍在用的漢字詞「料理」來表達菜或飯的意思。然而，在中文語境裡似乎較少說美國料理或法國料理，但在日本只要表示某國風味的菜都會在國家之後加上料理一詞。「料理」一詞乃逐漸成了日本飲食文化的專有名詞。

日本料理的特色是清淡、不油膩、精緻、營養，著重視覺、味覺與器皿之搭配。調味料以味噌、醋與醬油為主。日本料理有三大種類，其一為「本膳料理」，即傳統的正式日本料理，源於室町時代（約十四世紀），是日本理法制度下的產物。目前較少見，大多只出現在少數正式場合，如婚喪喜慶、成年儀式及祭典宴會上，菜色由五菜二湯到七菜三湯不等。二是「懷石料理」，即高級料理。「懷石」源於禮師們在修行與斷食中，強忍飢餓，而懷抱溫熱的石頭取暖得名。懷石料理原為搭配茶道，將茶的美味發揮出來的料理，如今已儼然成為高級料理的代名詞。三是「會席料理」，即宴會料理。會席料理不像本膳及懷石料理那麼嚴謹，吃法較自由，除注重美味外，也以較輕鬆的方式享用宴會料理。

「瀨戶磁」也作「瀨戶燒」，與備前、信樂、常滑等並稱，為日本現存最古陶窯之一。瀨戶燒仿效中國青瓷及天目燒，生產使用灰釉（黃瀨戶釉）及黑飴釉（天目釉）的貴重工藝品，自鎌倉時代（一一八五—一三三三）起便開始製作。日本愛知縣瀨戶市為屈指可數的陶瓷出產地。其中，瀨戶市的「赤津燒」被譽為日本六大代表性陶瓷之一。它的特色是釉料色彩相當豐富。具有代表性的品種有「黃瀨戶」、「志野」、「織部」等等，它們的製造歷史已達數百年之久。一九七七年，「瀨戶燒」陶瓷被指定為國家傳統工藝品。

「樂燒」則可稱得上是桃山時代（又稱「織豐時代」，一五七三—一六〇三）最具代表性的茶陶。最初由千利休定型，京都陶工長次郎燒製而成。長次郎的父親是來自中國或朝鮮（當時中國與朝鮮陶瓷工藝都遠較日本先進）的陶瓦工，父子俱為豐臣秀吉的「聚樂第工程」燒瓦。後來豐臣秀吉稱同窯的宗慶（長次郎助手，樂家第二代常慶的父親）所燒之器「天下第一」，並賜予「聚樂」的「樂」字金印與銀印（在茶碗底部蓋印自此而起，而長次郎作的所有茶碗皆無印），故後世稱長次郎開創的這一茶陶流派為「樂燒」。樂燒茶碗根據釉色分為赤樂與黑樂兩種。赤樂施紅釉，是天正十四年前試燒成功的品種；黑樂施黑釉，黑中泛褐，富於變幻，給人以溫厚的感覺。樂燒放棄轆轤拉坯的製作方法，完全以手揑製，加以刀削成形，因而器形都不完全規整，正符合茶道中不對稱之審美觀。無論赤樂或黑樂，都在素燒後多次上釉，再入窯燒成，工序非常複雜而講究。因此，樂燒看似粗樸，實則精心製作。尤其黑樂茶碗，兼有天目茶碗釉色之雅與高麗茶碗造型之柔，又與深綠抹茶在色調上極為協調，甚受千利休喜愛（豐臣秀吉則否），並很快在茶人中普及。樂燒的出現，可能也和豐臣秀吉暴發戶式的黃金茶風、盲目追求「唐物」（由中國傳入的茶具）、「名物」（古代傳下的名器）的偏執傾向有一定程度的關聯。

〈櫻花〉

黃遵憲所詠櫻花詩裡，可以看到日本人甚愛賞櫻，尤其是皇室。詩後有自注，並附《日本國志・禮俗志》互相印證。

自注裡說道，櫻花為五大部洲所無，有深紅、淺紅與白色三種不同顏色，有一重至八重瓣的品種。種類櫻桃，但花朵較之更美。三月花時一到，公卿百官以往皆有賞花假。如今雖無，也是香車寶馬，士女徵逐，舉國若狂。日本人稱櫻花為花王，墨江附近約有數百株，如雲霞如錦繡般美不勝收。黃遵憲曾於夜月時再遊此地，頓覺如同置身仙境般。而東京名勝，如木下川之松、日暮里之桐、龜井戶之藤、小西湖之柳、堀切之菖蒲、蒲田之梅花、目黑之牡丹、瀧川之丹楓，都是良辰美景遊客眾多之所。

黃遵憲另於《日本國志・禮俗志》裡寫道，自桓武、嵯峨二帝開始，屢次前往大臣宅第賞花，此後花時一到，便給予例假，因此自古以來賞花之遊特甚。究其源起，賞櫻歡宴的儀式，據說自平安時代（約中國唐朝）的嵯峨天皇（西元七八六—八四二）開始。嵯峨天皇的父親桓武天皇將皇都從奈良遷到京都，輝煌的平安時代便在京都展開。嵯峨天皇是日本歷代天皇中傑出的書法家，自幼即好學並擅長詩文，對唐朝文化尤其喜愛，經常浸淫於漢詩世界。他在京都宮中以詩與櫻花擺設酒席與大臣歡宴，從此以後「櫻花」便成為日本文化的要角，成為文人雅宴的代言者；並且取代平安朝之前奈良朝時代「梅花」的地位。一直要到都於江戶的德川朝時（一六〇三），日本皇室賞櫻歡宴的文化才開始變成庶民共享的文化活動。江戶一帶賞櫻之風尤盛。如今春天一到，公園名所櫻花時，大眾參與「花會」的盛況依舊。

墨江一帶遍植櫻花，花時一到，遊人如織，大致有以下幾種人：宮娥結伴、各捻花枝；書塾女師率男女學童頭戴剪花，使丫髻小女擊柝導行；舊藩華族有攜婦女的，也有帶娼妓的，逐隊而行；也有古服儒者，腰間佩酒的；高品僧官，身掛雨衣的；時妝軍士則手搖鞭杖。尚有賤商、小豎、村婆、街婦也都高笠新屐，攜酒而歌。總之人潮雜沓，有時也見到馬車橫衝直撞，但車夫也只能慢慢前行。但另有高人別士，專選擇於深夜時前來以避開塵囂，以笛聲蕭韻，隔江唱和以至通宵達旦。

〈茶道〉

茶道更可謂日本文化的重頭戲。黃遵憲詠茶道詩裡，描繪了日本的茶道之美。雪白的碗搭配綠沫抹茶，茶室低矮極易碰頭，但一派詳和寧靜。

黃遵憲除了詩後的自注之外，還引述兩段《日本國志・禮俗志》的文字加以說明。從唐代（日本安平時代）開始，中國的飲茶習俗便傳入日本。平安時代初期，遣唐使中的日本高僧最澄和尚，便將中國的茶樹帶回日本，並開始在近畿坂本一帶種植，這是日本栽培茶樹的開始。到了宋代（日本鎌倉時代），神僧「千光法師」（即日人榮西禪師，曾兩次到中國，到過天台、四明、天童等地，宋孝宗贈他「千光法師」稱號）。千光法師不僅對佛學造詣頗深，對中國茶葉也很有研究，著有《吃茶養生記》一書，日本人尊之為茶祖。千光在中國學到到茶的加工法，並將優質茶種帶回日本傳播，剛開始種在背振（今九州佐賀縣背振山地），以後乃逐漸蔓衍。至鎌倉幕府第三代執權者北條泰時（一一八三—一二四二），開始重視茶道。至豐太閣（即豐臣秀吉。所謂太閤，是指退位的關白攝政，日本歷史上靠自己努力而非靠出身高貴爬上高位的，只豐臣秀吉一人，通稱豐太閤）時，有「茶博士」官，俸祿三千石，子孫並承襲世業。有人花費重金想求得種茶秘方，不可得之。等到德川朝時，每到春天便遣使攜甕採茶，稱「御茶壺」，諸藩屬皆守在道旁恭迎。烹茶之室多僅容一二人，舊名「數奇屋」。以往日本住宅是以夏天為主旨而開放的空間，但以土壁圍成的茶室卻是閉鎖的空間，甚至令人有異國文化之感。遇到戰爭時，儘管鼓聲震天，茶室內也悄然無聲，可說是密謀場所。而當時茶博士即藉此竊權賣爵，無所不至。

因此，這種與傳統相異且珍奇的茶室，除日常飲茶之外，也具有社交、禮儀、宗教、藝術等四種要素，進而創造出「茶之湯」（茶道）這項非日常境界的茶室建築。茶室建築也影響到一般住宅的建築，也就是「數奇屋建築」（茶室式的典雅建築），其中京都桂離宮的書院群是它的代表。一般而言，茶室多忌華美，器物亦忌新。珍木怪竹，朽株瘿枝，多往深山幽谷中搜求，雖往往歷數十年而難得，但只要能搜得一件，便能使貧兒致富。器具必用缺損殘破者，並且能夠指得出「某年造、某匠作」的最好。即使一隻破碗，一根折斷的湯匙，都與夏鼎商彝同樣貴重，積金盈斗也買不起。因爭奪茶室之器具而大興獄訟者有之，但也有因此而停戰的。各式器具種類繁多，而烹茶之候火、揀泉、吹沫、點花、辨味、侔色之法，皆微妙不可言傳。碾茶煮之，著實耗費工夫。而對照陸羽《茶經》與蔡襄《茶錄》的煮茶法大致相同，只是不加鹽而已。

接著，黃遵憲自引《日本國志．禮俗志》二段文字以相互印證。第一段文字裡補充說明，平安時代自唐得茶後，即詔令畿內及諸州植茶，當時乃煎茶而飲，並和鹽用薑，與唐人飲法完全相同。之後，千光法師（榮西）自宋帶茶歸，源實朝將軍生病，千光便獻茶與《吃茶養生記》，使之痊癒。又贈茶實予釋明惠，明惠種之於相尾山，並分種於宇治（京都府宇治市），至今宇治一帶仍稱茶海。自從足利義政開始崇尚「點茶」，於是「茗宴」盛行，不分貴賤皆嗜茶飲。

文中引述的第二段《日本國志．禮俗志》裡，則補充說明煮茶之法，碾茶為末，和湯煮之。凡是用筅（洗滌茶具的刷帚）擊拂的稱為「立茶」。茶多湯少，以筅徹底旋轉，再添湯擊拂者為「濃茶」。茶少湯多的為「薄茶」。茶寮之廣狹，壚之位置，梁柱窗櫺之設也都各有成規。茶寮謂之「數奇屋」，也稱作「圍居」，招客曰「茗宴」。茶宴前後有謝請、謝會。一天多有數十位客人，但茶屋僅容數人，一茶博士、一主人以及二三位客人而已。主人必親自點茶敬客，由貴至賤，前退後進，俯仰折旋，皆具有法度。即使十分親近的朋友，也視如大賓對待。偶誤禮法，即訕誚交加。可見茶道禮法之嚴謹。

【延伸閱讀】

1. 黃遵憲《日本國志》，上海：上海古籍書店，二〇〇一年。
2. 李長聲《浮世物語——日本雜事詩新注》，上海書店，二〇〇七年七月。
   鍾叔河《走向世界：近代中國知識份子考察西方的歷史》，北京：中華書局，二〇〇〇年七月。
3. 曾根俊虎《北中國紀行》、《清國漫游志》，北京：中華書局，二〇〇七年一月。
4. 舒國治《門外漢的京都》，臺北：遠流出版公司，二〇〇六年二月。
   林文月《京都一年》，臺北：三民書局，一九九六年五月（修訂二版，二〇〇七年五月）。

8. 單士釐《癸卯旅行記》

〈光緒二十九日二月十七日—十九日〉（大阪博覽會參觀記）

單士釐《癸卯旅行記》（與《歸潛記》合刊），長沙：岳麓書社，一九八五年九月

光緒二十九年二月十七日（陰三月十五日） 黎明，發自日本東京寓廬。是行也，留兩子一婦一女婿三外孫於東京，遠別能無黯然？然兩子一婦一婿，分隸四校留學，漸漸進步。外子自經歷英法德俄而後，知道德教育、精神教育、科學教育均無如日本之利實可法者，毅然命稚弱留學此邦，正是諸稚弱幸福，何惜別之有？且予得一覽歐洲情狀，以與日本相比較，亦一樂事。時大阪正開第五回內國博覽會，尤喜一觀。遂命長子婦侍往在大阪觀會，俾於工藝上、教育上增多少知識。午前七時餘，汽車發新橋驛。家人之外，同國人、日本人送行者數十。汽笛一聲，春雨溟濛，遂就長途。新橋、神戶間，所謂東海道者，予已三度經過，均晚發曉達，未得領略風景。此次雖雨窗模糊，究比宵中明亮，自北驛至御殿場驛，穿過隧道不少。急湍峻嶺，翠柏蒼松，彷彿廿餘年前遊括蒼道上。過琵琶湖南，入西京近多，夾道田疇，正事耕作，現一種農家樂境。午後九時半，抵大阪，寓環龍旅館。自新橋至大阪，凡日本三百五十六里半

（日本一里當中國六里）。

十八日（陰三月十六） 觀博覽會。外子承日本外務省招待，為赴會之賓，有優待券。予相偕而往。外子云，雖不如昔年法國巴黎之盛，而局面已不小。況既云內國博覽會，自不能與萬國博覽會相比擬，而其喚起國民爭競之心則一也。會場地凡十萬餘坪。其中萬二千餘坪為建築之館舍。會中凡分十館，滙記如左：

曰工藝館，為此會主中之主。棟宇連亙，品物充牣，較他館為盛，無一非本國人工所成。此會每五年一回，以與其前次之會相較，驗工作進步之程度，故精製固所共珍，即粗製亦在所不棄。更助以圖畫、模型、解說書等，務使覽者了然於其發達狀況，用意全在工商。館中執役人、尚女少於男；竊度第六回之會，必女多於男矣。華人向譯此種會曰「賽珍」，曰「賽奇」，皆與會意相剌謬。

曰教育館。日本之所以立於今日世界，由免亡而躋於列強者，惟有教育故。即所以能設此第五回之博覽會，亦以有教育故。館中陳列文部及各公立私立學校之種種教育用品與各種新學術需用器械，於醫學一門尤夥。更列種種比較品，俾覽者得考見其卅年來進步程度。年來外子於教育界極有心得，故指示加詳。始信國所由立在人，人所由立在教育。有教必有育，育亦即出於教，所謂德育、智育、體育者盡之矣。教之道，貴基之於十歲內外之數年中所謂小學校者，尤貴養之於小學校後五年中所謂中學校者。不過尚精深，不過勞腦力，而於人生需用科學，又無門不備。日本誠善教哉！

中國向以古學教人，近悟其不切用而翻然改圖，官私學堂，大率必有英文或東文一門之功課。試思本國文尚未教授，何能遽授外國文？無論其不成也，即成，亦安用此無數之通外國文者為哉？要之教育之意，乃是為本國培育國民，並非為政府儲備人材，故男女並重，且孩童無不先本母教。故論教育根本，女尤倍重於男。中國近今亦論教育矣，但多從人材一邊著想，而尚未注重國民，故談女子教育者猶少；即男子教育，亦不過令多材多藝，大之備政府指使，小之為自謀生計，可歎！中國前途，晨雞未唱，觀彼教育館，不勝感慨。

曰農業館，凡植物及畜牧皆隸焉。即如米之一種，每匣僅裝合許，凡數千百匣，蓋別其為何地所產與何種肥料所培。賣約開始甫一日，此千百匣為一人盡購而得。（會例：凡買會中物品，留俟會散始取去。）可見彼中人留心實業。

曰林業館。聞此業各國均以為巨額之收入。日本亦仿各國例，分帝室產（即御料林）、國有產、民有產三種。國有產最多，民有產次之，帝室產獨少，有比較圖懸示。或不知帝有與國有之迥別，故特揭之。

曰水產館，陳列魚鮓海苔等類。魚本日本所獨富，漁又日本所擅長。觀其漁法、漁具、隨時隨地隨魚而異，分示極細。聞寧波漁具，為歐美所豔稱，惜無會以表顯之。

曰機械館者。此館所陳，亦日本所自造；而其式其用，皆學自西方者。

曰通運館，汽車、汽船、電線等屬焉。亦取法西國，而無一西國品。

曰美術館，繪綉、雕刻、摶塑之屬，而繪綉尤多。各館賣約品不少，而此館賣濟者獨不多，豈價值較昂歟？抑風俗尚樸歟？有一綉虎踞草石間，初無彩色，不過白黑青三種渲染濃淡而已。然陳其所綉之線，多至一百六十餘種，知繪影繪聲之絕技，不外分析淺深，淺深烘托而光出，光出而影聲均現矣。東京工業學校，昔曾一觀。其染織一科，先從光化著手，故彩色奪目，而在綉尤難。

曰台灣館，凡台灣物產、工作皆列焉。觀其六七年來工作，與夫十年前之工作相較，其進步之速，今人驚訝不已。昔何拙，今何巧，夫亦事在人為耳。草席、樟腦、蔗糖、海鹽，尤今勝於昔。且新發明之有用物品，多為十年前人所不及知者。再越二三十年，必為日本一大富源。

曰參考館。日本此會，雖為內國工藝而設，而其意未嘗不欲為他年萬國博覽會之基礎。乃設此參考館，為陳列外國物品之所。然在西方工商程度已高之國，罕願送物品於幼稚之日本，故所列西品，不過日商之販自西方，與西商之販售橫濱者而已。中國則由日本領事向政府及各督撫敦勸，故勉出物品，以應其請。湖北居首，四川隨之，各有一小區，列物數十種。雖人工物與天然物並陳，然意在勸工商，不在競珍奇，已與會旨相合。山東物、兩江物遲至，無地可陳（欲預會，必先向彼政府定地若干。湖北以預定，故有地，他省則否），尚未啟篋。福建物列於台灣館之隅，大起學生之慼情，現正談判中。此次各省派遣候補道一二人，各總其省事，且別有多數之遊覽官。北京政府，更派勛貴預會。他日諸巨公歸國，不知有何報告，能闡明會意否？

曰畜牧場，備牛馬等家畜之欄，然畜物尚未進會。

曰體育會，為研究各種體操及自轉車等事。

曰植物場，蒔花果及園庭栽樹之模範，標明種植之法，何等培養？得何種結果？其理淺易，頗便民用。習見之品為多，珍卉不概見。

各館中所有各肆各會，其裝飾點綴，千百無一同者，各因其所列物品，以生情致。如列金工物者，其裝飾多金類。列綉物者，其裝飾即綉屏、彩幛。若林業館各門，多用木材嵌合。農業館各門，多狀疏籬瓜蔓，作一種村樸景象。有糖品室，即列丈餘巨蔗十數，以當門垣。此其餘事，亦頗足見即物即景之趣。外子云：彼一切庋置配合，悉符西法，可徵其辦事之不苟。其他休憩所、遊戲所等，凡以便客娛客者數十處。並有醫療所，蓋日聚一二萬人於一地，安必無猝遭傷病者乎？有一飲食所，名牛乳模範店者，其待客食品，則牛肉、雞肉、羊肉外無他肴（羊為日本所最珍），牛乳、麥酒外無他飲料，而選材烹飪，與器皿几椅，無不清潔。一客至，則以牛乳一觥、肴三品進，糖及乳脂佐焉，價僅三十五錢。其解說書所載，欲以廉價精美之品，示國人以衛生之法。一飲食之微，用意周摯如此。

別院曰赤十字會，所列品皆治療所用，如刀圭、護傷衣布等類，無物不潔益求潔，便益救便。此會尤重在軍用，故急治法與搬運傷病人法更為注意。當明治十年時，入會者僅三十餘人，今年已增至十七萬五千餘人。此為萬國合會，故救護傷病無分彼我，兩軍相對，雖敵人亦一體救護。外子云，昔在俄國克雷木地方觀俄英法戰爭遺迹，尚存俄後親手治療傷病用品，如葯瓶葯布等。蓋各國君後無非此會中人，日本皇后亦此會領袖，甲午之役，親駐廣島，治療病兵。此會多婦女，緣女子心細而慈祥，故於治療尤宜。

十九日（陰三月十七）仍遊博覽會。

【作者】

單士釐（一八五六—一九四三），號受茲，浙江蕭山人。自幼接受良好教育，聰穎過人，博學能文。後隨夫出國，足迹遍及日本與歐洲各國，為晚清第一位執筆記遊並有文本傳世的閨閣女子。其夫錢恂，維新派人士、知名外交家，先後受任派日及歐洲各國使節。單士釐以外交使節夫人身份，隨夫出國長達十年之久，遍遊日本和歐洲各國，並將所見所聞撰成《癸卯旅行記》和《歸潛記》。《癸卯旅行記》記述日本及俄國遊歷，是迄今所知最早的一部近代中國女子出國游記。自一八九九年開始，單士釐首次隨同丈夫東渡扶桑，醉心於異國風情的同時，她也下苦功夫學會日語，可直接與日本知識界婦女聯絡感情，並結交日本女性友人。《歸潛記》記述單士釐的旅歐見聞，遍歷英、法、德、荷、意等地。她不只介紹西方近代文明，也推介異域的風土人情和古代神話故事。此外，晚年編輯《閨秀正始再續集》，有追續惲珠（一七七一～一八三三）《國朝閨秀正始集》及《續集》之意，對於女性文學的傳播與接受有所貢獻。

【賞析】

光緒二十五年（一八九九）單士釐與其外交官夫婿錢恂首度出國，旅居日本。光緒二十九年（一九〇三），單士釐與錢恂離開日本赴歐洲履新。他們將經過俄國到達歐洲大陸，其後歷任法、義、荷等國外交使節，單士釐因此隨夫婿周遊數國總計十餘載。

一九〇三年二月，單士釐一行即將離開東京，前往歐洲。行前，遇大阪主辦一九〇三年第五回內國勸業（產業）博覽會，便動身前往參訪。這趟遠行，兩子一媳一婿三外孫一大家子人皆留在東京並未隨行。主因是子、媳、婿皆留學於此，漸有進步。同時，錢恂自歷經英、法、德、俄等國之後，知道歐洲諸國的道德、精神、科學教育皆未有日本利實可法，遂毅然命令幾位子女留學日本，因此並無太濃厚的離情。此外，單士釐因得以一遊歐洲大陸，以與日本相較，更引為一大樂事。同時，大阪正召開的第五回內國勸業博覽會，單士釐也要長子夫婦陪同前往觀賞，希望他們能在工藝上、教育上，增加知識。

這天午前七時餘，便自新橋站出發，徐家人外，尚有國人與日本人送行者數十人。從此展開長途，新橋到神戶間所謂東海道之地，單士釐已走過三遍，但以前總是連夜在路途上，未曾好好欣賞風景。其後，過琵琶湖，入西京，顯現一片農家景象。至午後九時許才到達大阪。

第二天，即至大阪博覽會場。夫婿錢恂說道雖不如昔年法國巴黎之盛（一八八九年巴黎萬國博覽會），然局面已是不小。何況既稱「內國」博覽會，自然無法與「萬國」相比，但「喚醒國民之競爭心」的目的是一樣的。

大阪博覽會場分為十館，計工藝、教育、農業、林業、水產、機械、通運、美術、台灣、參考館等。另有畜牧場、體育會、植物場，以及赤（紅）十字會等舍。

第一是工藝館，為此博覽會中最主要的館舍。品物眾多，較他館為多，皆為本國人所做。此會每五年一次，與前次相較，可以檢驗出工作進步之程度。並有圖畫、模型、解說書等做為輔助，務使觀賞者瞭解其工商業之發達狀況。館中服務人員尚男多於女，單士釐認為第六回必將女多於男。晚清華人向來稱此類博覽會為「賽珍」或「賽奇」，但與此會之意旨有所不同。

第二是教育館，日本之所以能夠躋於列強之因，便是教育發達的緣故，能設此第五回博覽會也由於教育之故。館中陳列各級學校之教育用品與新學術需用器械，以醫學類最多。並列出各種比較品，以使參觀者得以考見三十年來進步之程度。單士釐認為，教育宜紮根於基礎與中等教育，尤其是培育國民素質這一部分尤其有賴於母教，因此論教育根本，宜以女子優先。但向來善教育的中國，今日之教育卻以為政府培育人才為主，較少著重國民教育及女子教育的，反而一味於各學堂教授英文或東文，然而國民教育必須用本國語文以培育優質國民為要。因此，看到日本之重視國民初等與中等教育，不勝感慨。

第三是農業館，舉凡動植物皆在列。即使一種米也分裝於數千百匣中，以分其門類、產地與所施肥料等。開賣首日便有人全數購之，可見日人之重實業。

第四是林業館，聽說此業均為各國收益最大者，日本亦仿外國，把森林分為「地室產」、「國有產」與「民有產」三種。國有產最多，民有產較少，帝室產最少，有比例圖可見之。

第五是水產館，陳列各種魚類海苔等。日本的魚種向來豐富，漁業也是他們擅長的。觀其漁法、漁具隨魚而異，分類極細。聽說寧波漁具極受歐美讚譽，可惜此會並未展出。

第六是機械館，其中所陳列的皆為日本所造，但式樣與用法皆學自西方。

第七是通運館，汽車、汽船與電線都是，也都是取法西方，但無一為外國貨。

第八是美術館，繪繡、雕刻、摶塑為主，而繪繡尤其多。此館購買者較少，不知是否與價格較昂有關？其中一幅繡虎踞草石間的繡畫，光采奪目，繪聲繪影。

第九是台灣館，凡台灣物產與工作皆在列。觀其六七年來工作與十年前相較，進步神速，令人驚訝。昔拙今巧，皆事在人為。舉凡草蓆、樟腦、蔗糖與海鹽都有很大進步。還有很多新發明的有用物品，更是過去十年人們所不知的。單士釐認為再過二、三十年，臺灣必然成為日本一大富源。

第十是參考館，此次大阪博覽會雖為內國所設，但未嘗不也是為了他年舉辦萬國博覽會而作準備的，因此設置參考館，專門陳列外國的物品。然而西方程度較高之國，很少願意送物品給發展中的日本，因此所列西品，不過是一般日本商人向西方買來的，或是西方商人賣到橫濱的貨品。中國則由日本領事向政府及各督撫敦勸，乃勉出物品，以回應要求。湖北居首，四川隨之，各有一小區以陳列物品數種。雖人工物與天然物並陳，但意在勸業（工商），不在競珍奇，與會旨相合。山東與兩江（清朝時對江蘇、安徽和江西的統稱，名稱由江南省和江西省合併而成。治所設在南京，並設有兩江總督和兩江提督）則無地可陳，尚未啟篋。福建物則列於台灣館之邊角，大起學生之感情，正談判中。此次中國各省皆有官員前來，不知回國後的報告是否能闡明此大會意旨？

除此十館舍之外，尚有畜牧館、體育會與植物場等。

各館舍之裝潢皆能彰顯其特色，如列金工物者，則裝飾多以金類；列繡物的，則以繡屏、彩帳為主；林業各館，則以木材裝飾。夫婿錢恂即說道，一切布置皆依西法，可見其辦事之不苟。其他休憩所、遊戲所等方便遊客的處所約有數十處。並且有醫療所，以備不時之需。還有飲食所的設置。

別院則為「赤十字會」即紅十字會。所列品皆治療所用，此會重在軍用，特重急救法與搬運傷病人法。此為萬國合會，故救護傷病無分你我，兩軍相對，雖敵人也一樣救護。錢恂說道當年曾在俄國克雷木地方看到俄英法戰爭遺跡，尚存俄後親手治療之傷病用品。各國君後多為此會中人，日皇后亦為此會領袖，甲午戰役，曾經親駐廣島以治療傷兵。此會之所以多婦女，以女子多心細而慈祥，故適於治療。

十九日仍遊博覽會。

【延伸閱讀】

1. 單士釐《歸潛記》（與《癸卯旅行記》合刊），長沙：岳麓書社，一九八五年九月。
2. 單士釐著；陳鴻祥校點《受茲室詩稿》，長沙：湖南文藝出版社，一九八六年。
3. 鍾叔河《走向世界：近代中國知識份子考察西方的歷史》，北京：中華書局，二〇〇〇年七月。
4. 蔣勳〈緣起〉，《今宵酒醒何處》，臺北：爾雅出版社，一九九〇年七月。
林文月《京都一年》，臺北：三民書局，一九九六年五月（修訂二版，二〇〇七年五月）。
舒國治《門外漢的京都》，臺北：遠流出版公司，二〇〇六年二月。
朱天心〈古都〉，《古都》，臺北：麥田出版公司，一九九七年五月；印刻，二〇〇二年六月。

9. 康有為《歐洲十一國游記》

〈法蘭西游記〉

康有為《歐洲十一國游記二種》，長沙：岳麓書社，一九八五年九月（《歐洲十一國游記》，北京：社會科學文獻出版社，二〇〇七年一月）

（一）巴黎觀感

光緒三十一年七月二十二夜，自德之克虜伯炮廠往法國。八時，汽車行，頻渡河，汽車入船中而渡岸上。晛燈火樓閣，閃煜輝煌，經大城市無數。十一時到奧斯鹿林州，自此易法國車，車場闊大甚，關吏驗行李訖而行。此州為普勝法時所割，城郭人民無恙，而主者易人。三十年前讀《普法戰紀》，至此見之，愴懷割據。自此入法境，皆普國用兵之地；惜深宵高臥，不克一一親見之。二十三早六時，到巴黎矣。

往聞巴黎繁麗冠天下，頃親履之，乃無所睹。宮室未見瑰詭，道路未見奇麗，河水未見清潔。比倫敦之湫隘，則略過之。遍遊全城，亦不過與奧大利之灣納相類耳。歐洲城市，莫不如此。且不及柏林之廣潔，更不及紐約之瑰麗遠甚。其最佳處僅有二衢。其一自拿破侖紀功坊至杯的巴論公囿十餘里，道廣近廿丈，中為馬車，左道為人行，右道為人馬行。此外左右二丈許雜植花木處，碧蔭綠草，與紅花白几相映。花木外左右又為馬車道。馬車道內近人家處，鋪石丈許為人行道，又植花木蔭之。全道凡花樹二行，道路七行。道用木填，塗之以油，潔淨光滑。其廣潔妙麗，誠足誇炫諸國矣。

今美國諸大城市，勝處皆用此法。惟夾馬道以樹，樹外左右以煉化石為人行道，仍蔭以樹，則為三條道。或樹外再用馬路二條，則為五條。柏林至大之衢名「嗹」者，僅中列花樹一林，旁馬行路又車行路，近人家處為人行路，僅六條，花林又少其一，皆不如巴黎也。

今美、墨各新闢道，皆仿巴黎。道路之政，既壯國體，且關衛生。吾國路政不修，久為人輕笑。方當萬國競爭，非止平治而已，乃復競華麗、較廣大、鬥精潔以相誇尚；則我國古者至精美之路，如秦之馳道，隱以金椎，樹以青松，唐京道廣百步，夾以綠槐，中為沙堤，亦不足以與於茲。他日吾國變法，必當比德、美、法之道，盡收其勝，而增美釋回，乃可以勝。竊意以此道為式，而林中加以漢堡之花，時堆太湖之石，或為噴水之池；一里必有短亭，二里必有長亭，如一公園然；人行夾道，用美國大煉化石，加以羅馬之摩色異下園林路之砌小石為花樣，妙選嘉木如桐如柳者蔭之；則吾國道路，可以冠絕天下矣。

巴黎此道旁之第宅，皆世爵富商，頗有園林；亦有壯麗者，然不及紐約之十一矣。近園處則百戲並陳，傍晚時則車馬如織。蓋巴黎馬車六萬，電車二萬。夕陽漸下，多會於是。士女如雲，風馳雷驟。而電車疾速，馬車少不及避，輒撞翻。綠鬢紅裳，衣香人影。憶昔在上海大馬路大同譯書局倚欄而望，自泥城橋至愚園、西園等處，頗相彷彿，但遜其闊大耳。他時更築豐鎬，別營新京，以吾國力之大，人民之多，苟刻意講求，必可過之也。

大約法之有繁麗盛名，乃自路易十四以來，世為歐雄。而路易十四欲以隱銷封建，乃特盛聲色之觀、園囿之美、歌舞之樂，俾十萬諸侯，樂而忘反，皆沈醉於巴黎，奔走於前後，而不欲還其荒山之宮壘以煉兵治民。所謂此間樂不思蜀，柔肌脆骨，非復能以雄武抗叛。而路易十四不折一矢，得以統一王國；因益以矜誇諸歐，成為風俗。至今遊其市肆，女子衣裳之新麗，冠佩之精妙，几榻之詭異，香澤之芬芳，花色之新妙，凡一切精工，誠為獨冠歐美。然此徒為行樂之具，而非強國主謀。路易十四以收諸侯，則誠妙術也；今沿其故俗，欲以與天下爭，則適相反矣。人豔稱之，法人亦以自多，則大謬矣。

自埃及華表至百丈鐵塔處，樓館夾臨先河，為故賽會地。賽會故宇宮館十數所猶在，皆瑰偉詭異。長橋橫河，金人，金鳳十對，夾佇於橋，殆如漢承露臺之金銅仙人掌，瑰麗極矣。過武庫、拿破侖陵塔而至鐵塔。鐵塔高九百餘尺，上侵雲表，冠絕宇內。樓塔四腳相距百十丈，下為公園，士女掎裳遊坐其間。埃及華表左右亦為公園，花木交蔭，而戲園遊場多列其旁。至夕電燈萬億，雜懸道路；林木中馬車千百，馳驟過之，若列星照耀，蕩炫心目。然電燈之繁麗，不如紐約之歡娛；杯論馬車林木燈火連亙十餘里，尚不如印度之加拉吉打焉。新藟賽會場，采法國之勝，而奇偉過之，然皆毀去。則宮館樓觀橋道之瑰猶存者，此地仍可稱焉。此亦非妄有名者耶！

自紀功坊至盧華故宮，則大戲院、酒樓、大肆咸在，道皆夾樹，士女遊者晝夜不息。全都公園大者十五，小者十，戲班十五。巴黎所稱號繁麗者，盡在此矣。以吾見其百戲之園，萬獸之囿，不如德甚。或謂巴黎之以繁麗聞於大地者，在其淫坊妓館，鏡台綉闥，其淫樂竟日徹夜。已領牌之妓凡十五萬，未領牌者不可勝數。若其女衣詭麗，百色鮮新，為歐土冠，雖紐約猶仿效之。果若此，則誠可稱。此則若吾國之上海耶？非旅人所能深識也。以吾居遊巴黎之市十餘日，日在車中，無所不遊，窮極其勝，若渺無所睹聞而可生於我心、觸於吾懷者，厭極而去。乃嘆夙昔所聞之大謬，而相思之太殷。意者告我之人，有若鄉曲之夫，驟至城市，而駭其日日為墟者耶？

要而論之，巴黎博物院之宏偉繁夥，鐵塔之高壯宏大，實甲天下；除此二事，無可驚美焉。巴黎市人行步徐緩，俗多狡詐；不若倫敦人行之捷疾，目力之回顧，而語言較篤實，亦少勝於法焉。吾自上海至蘇百餘里中，若營新都市，以吾人民之多，變法後之富，不數十年必過巴黎，無可羨無可愛焉！

法自道光五年始開機器，晚矣；學問、技藝，皆遠不如德、英。彼所最勝者，製女服女冠之日日變一式，香水之獨有新制，首飾，油粉、色衣之講求精美，此則英、美且不能解其侔色揣稱之工，然吾何取焉！未遠遊者，多震於巴黎之盛名，豈知其無甚可觀若此耶？若夫覽其革命之故事，睹其流血之遺迹，八十三年中，傷心慘目，隨在多有。而今議院黨派之繁多，世爵官吏之貪橫，治化污下，遜於各國。不少受益，徒遭慘戮。坐睹德、英、美之日盛，而振作無由。士人挾其哲學空論，清談高蹈，而不肯屈身以考工藝。人民樂其葡萄酒之富，絲織之美，擁女之樂，而不願遠遊，窮夜歌舞，惰窳侈佚，非興國者也。

法人雖立民主，而極不平等，與美國異。其世家名士，詡詡自喜，持一國之論，而執一國之政，超然不與平民齊，挾其夙昔之雄風，故多發狂之論。行事不貼貼，而又黨多，相持不下，無熊實行久遠者，故多背繩越軌，不適時勢人性之宜。經百年之數變，至今變亂略定，終不得堅美妥貼之治，徒流無數人血。今英德各國，有所借鑒而善取之。則法國乎，為人則太多，自為則非也，其奈俗化已成，無有能匡正何？聞法人質性，輕喜易怒，語不合意，從君萬曲梁塵飛。夫輕喜易怒者，野人之性也，法人猶未離之耶？德、英皆沈鷙，不輕喜怒，故強能久。二族之性，可以觀其治矣。

自埃及華表至鐵塔，中間數里，臨先河處，皆故賽會地。樓館橋道，皆至華麗。華表前敞場千步，電燈林立，車馬如雲，賽珍遺館，今猶存有二處。一必地宮，前臨草池，四角崇穹，中為圓穹。一為忌連宮，以玻為瓦，周以花木，後臨先河，皆最壯麗者也。長橋數四，一皆偉觀。一直通拿破侖陵前之鐵橋。其第三橋為亞力山大橋，尤當孔道，而奇麗甲天下焉。其廣數丈，電燈繁多，夾橋兩邊。其兩橋頭之四角皆有華表，上立金人一、金馬一、面為金鳳，大丈餘，光采照耀，十餘年常新，想糜金無算焉。

（二）登鐵塔

天下之大觀偉制，莫若巴黎之錢塔矣！當首登之，以望巴黎焉。

吾遊觀，必先擇高處以四望，可攬勝概。吾少從先祖述之公登五層樓，於連州登畫不如樓，昔遊江南登雨花臺，遊揚州吾登瓊花樓，蕃釐觀，遊西湖先登吳山，遊武昌吾登望江門巡城而至黃鶴樓，遊桂林吾登獨秀山，所至各國皆是。以吾所登之塔，若吾粵梁時之花塔、鎮江金山之雷峰塔，北京則西苑內之白塔、城外之天寧寺塔、西山之碧雲寺後魏氏白塔，而手捫西湖之淨慈塔，多數千百年古物。而上海若龍華寺塔，則不足數。若遊日本江戶，登其淺草之凌雲塔；至頃甸登其王宮之木塔；遊錫蘭登其古寺之千年舊塔；遊印度所登塔尤多，而舍衛城中鷲嶺頂之塔，及佛祇樹給孤獨園前七百年前之回王所築塔，而加拉吉打公園中之英人紀功塔，尤高峻矣。歐美高塔尤夥。其德則議院前之紀功塔，若瑞典之思間慎公園頂塔，英水晶宮之塔，若美則華盛頓之方塔，波士頓之紀功塔，若是者皆宏工巨構，四十餘層，高數百尺，並有名於宇內。若印度之阿育大王築八萬四千塔，吾手捫其數塔焉。而宏規大起，傑構千尺，未有若巴黎鐵塔之博大恢奇者。蓋有意作奇，冠絕宇內，真可謂觀止而蔑以加者也。

鐵塔築於光緒十五年，當西一千八百八十九年。蓋見敗於德後，民力甫復，因賽會作此塔，以著民物之豐享光復也。全塔體方。此鐵枝凡分三層構成。其下層四腳斜撐於地，而嵌空玲瓏，高三百尺。四腳相距亦數百尺。每腳奇大，立於四隅。每隅以四柱上矗，成四大室，方廣十餘丈，內有機房、辦事房及上下機亭，成一座落。由其塔之四腳下插地處望塔之最下層，已如雲表，巍峨無際。蓋已在三百尺之上，中國樓塔已無有其高度者，即大地各塔，至高者亦不過爾爾；然置於此塔，乃在其至下耳。

四隅皆有上下機亭，可引機而漸升。每至一層而歇，又待人而上下焉。每小時上下一次。自七時開機亭，至夕十一時止。夕七時後，上中層皆不復升矣。此下層每面柱二十，圓拱八，每柱距丈餘。下層中樓分上下二層，皆有回廊，低數尺。此層中戲院、酒樓、茶館、球房、樂室無數，女子占地賣物者甚多，遊人如蟻。其戲院在餐館正中，憑欄把酒，可望遠。其酒樓五層，置其中尚渺然卑小。則但其一層之內容與其繁鬧，已如一鬧市。自遠望之，如天際雲中，玲瓏樓閣。幾疑蜃樓海市焉。其得未曾有之瑰制巨工矣！周步回廊，俯瞰巴黎。全城三百萬人家，樓塔宮殿，高高數層者，皆在腳底。車馳馬驟，皆如寸許。杯論公遠池島丘垤，若指於掌。其俯視城郭人民，已覺渺然，蓋已高如天上矣。

自下層至中層，亦復四隅，各有四柱；共十六柱，斜插而上，又二百尺。至中層，四面周以回廊，皆賃於婦女，陳設售物，中有酒樓，廣十餘丈。四方四大柱，餘柱各距丈餘，中有十字交柱。此層去地五百尺，俯視城郭人民，如垤如蟻矣。漢時神明台、井幹樓高五十丈，正與相比。而井幹之制，亦與此塔制相類也。

自此層以上，柱皆直上。四周用四（三？）大柱，合凡十二柱。其中皆有十字鐵板，斜交貫之。每十字斜架約二丈，直上二十一架，凡為四十餘丈。將至上層，塔漸狹，改作六柱為六角，以至於顛。塔中央有一大柱，置上下機於柱中。有小層置機器，有房，但不設酒樓雜肆矣。大柱外夾以兩小柱。又一柱作旋梯，人可步行至頂—此中央柱，自二層起也。乃登塔上層，高九百尺，廣百尺，八角式，回廊四望。頂作平臺，有一八角亭。再上一大柱，上有寶相，高二、三十尺，以驗風。此層俯視雲氣，憑虛御風，魯河縈帶，遠山堆垤，杯論園青綠如掌，巴黎全城如縮型之泥木室矣。

計大地古今之塔，皆狹僅盈丈。安有三十丈之上作闤市，九十丈之上陳雜肆賣酒者乎？社工部登慈恩塔，至詡為「高標跨蒼穹，七星在北戶」；若登此塔，不知更能以何語形容之。天下事往往所見不逮所聞。昔早聞此塔，而見拓影，絕未驚奇。今親登之，乃驚其奇偉冠大地，覺所聞遠不逮所見也，惟此塔而已。近夕輒登。凡登塔前後三次。

登鐵塔頂，與羅文昌、周國賢飲酒於下層酒樓高三百尺處，憑欄四顧巴黎放歌：

浩浩淩天風，高標卓碧落。邈邈虛空中，華嚴現樓閣。神仙蕊珠殿，人間誤貶托。高高跨蒼穹，仍擀塵中腳。霓裳羽衣舞，夜夜月裡樂。玉女紫霞杯，一飲成大藥。回頭憑紫闌，忽爾生玄覺。俯視下界人，城市何莫莫。河水縈若帶，遠山綠一角。閭閻何撲地，殿塔數歷落。岡陵抗園館，有若蟻垤作。問此何都市，巴黎稱霸國。千年大都會，繁華此窟宅。人戶三百萬，煙樹交迷錯。時有英雄人，揚旗震天幕。下指紀功坊。石馬欲騰躍。卻憐八十年，革命頻血薄。去去上青霄，更登上層閣。寰瀛我踏遍，名塔登無數。只許繞膝下，阿育見應作。摩天九百尺，雲構巍岳嶽。呼吸通帝座，碧霞仰斑駁。深碧地中海，渴攬同一勺。湯湯太平洋，橫海誰拿欆？我手攜地球，問天天驚愕。

鐵塔前，度橋，有圓殿。萬戶圓周，上下左右，聳二小塔，乃故賽會地正堂，今為博物院。據鋼營構，前斜城皆植花木，莊嚴偉麗甚矣。下為學堂，上置古物。皆各國殿塔柱礎殘石或整室，自印度、埃及、波斯、突厥、希臘、羅馬古物莫不備，皆數千年之珍物，雕刻奇詭，宏巨嵯峨。全屋移來，費力無數，蓋非拿破侖不能得此。歐土各博物院皆有，而莫此院之多矣。有巴西人屍，以手抱足而繩纏之。其畫極樸拙。有掘地馬拉刻石。馬達加斯加物甚多。摩洛哥物亦多，其王衣白衣。墨西哥文及像尤多，蓋法曾得墨，故移來也。

過一石像，圓崇屹屹，上立女像天神，手持花枝。下坐三神，蓋自由、平等、同胞三神也，以示教焉，此則法之特色也。法人今躁進躐等，而召亂禍，他日大同世必行之。

（三）遊盧華博物院

盧華博物院，此院以故王宮為之。宮皆石築，雖二層，然體制瑰偉，雕刻甚精。歐洲各國王宮，皆遠無其比。蓋各王宮皆一小方院在市中，惟此宮居巴黎之中，橫排數百丈，正中深入三四十丈，而兩旁朝拱之，若吾午門之制。前後左右，門闕觀莊嚴高數丈，可容有樓之大馬車往來。正面敞地數百丈，若吾天安門外。而外為公園，橫臨先河，前無少障。雖方正宏偉不若吾禁城，而莊嚴亦類之。若其雕琢之精，則固非吾國所有，不待言矣。即此宮推之，法國君權之尊，亦可推想。既非一統天下，而尊嚴若此，宜其召民變哉！

萬國之博物院，以法國為最。法國七博物院，以此宮為最。夫天下之好奇異者，法國為最。法既久為霸國，文學既極盛，而又有拿破侖四征不庭，斂各國之瑰寶異物，而實之於此院。歐洲既無第二拿破侖，則自無第二之博物院矣。故此院在今世界上，無與爭鋒。必待復有拿破侖，又斂各國之瑰寶異物以集於其國之一院，或能勝之，今也則無。故欲觀博物院者，不可不遊巴黎，亦不可不遊盧華故宮之天下第一博物院。

此院之物，瑰寶異器，不可勝原；繁頤夥頤，過絕各國。其名畫、名石刻，埃及、希臘、羅馬之古物，堆積駢比，直與意國爭長，而遠非他國所能得其一二也。珍異填湊，應接不暇。既太多矣，雖極精美，在他處為希世之珍，在此院亦了不覺。若欲按圖細觀，非一月不能得其梗概也。

埃及文似吾鐘鼎，希臘文似吾古文；乃至筆意頓挫，何其酷肖。時相近者，製作亦近矣。希臘紙似布，文亦似印度之山士詰烈文。有作σ者，似緬甸文。

埃及古器凡數室。其玉石器，精工滑澤，已如今日。但太久，多變綠色。其石器上多刻人形，亦多刻文字，故體裁易別。其石瓦器，有如中國神牌者，亦可推進化之理。

其羅馬時之畫亦甚多，蓋出於邦渒也。雖比今稍拙，然著色甚厚。蓋羅馬人極明秀，故發達甚早也。

有大寶石瓶二，高五六尺許，一淡紅，一灰色，光可照人。纏以金繩，以二小兒作耳。盤盂如此甚多。寶色精光，並刻鳥獸花果，皆迫真，不暇一二記之。若欲考工，非博見此物，豈能致精而入古乎？

拿破侖既滅羅馬，移其寶器來巴黎。雖二千年之大石與磚，亦皆移入。以其故石作尼羅宮之縮型於院中，亦可謂異構矣。

波斯、突厥之壁，以五色磚叢疊為之，彩色斑斕，古雅奪目。亦立壁於是，刻花刻人及虎，怪偉甚，凡數壁焉。

小亞西亞文字，末處多尖，疑刀刻也，頗類吳時天發神讖碑筆意。其刻像亦佳。

中國物甚少。畫凡十幀，皆下品。惟傳雯指畫及陳洪綬一畫，尚為雅品。餘皆觀音、關帝、羅漢像，然羅漢像著色尚深。有吳道士墨刻觀音。其三大士像，曹秦所畫者。

（四）遊歆規味博物院

歆規味博物院，此院一千七百年路易十四所開，來遊此乎，則傷心處矣。郜鼎入於魯廟，大呂移於齊台；中國內府圖器珍物在此無數，而玉璽甚多，則庚子之禍也。嗚呼！觀內府玉印晶印無數，其屬於臣下者不可勝錄，今但摘御璽錄於下：

太上皇帝
歸政

太上皇帝
歸政仍訓政

得遂初心

「太上皇帝歸政仍訓政」玉印一盒，凡三印。其一文曰：「得遂初心」，蓋高宗授位睿皇后之印也。吾睹此傷痛。歸政仍訓政之事，在當日為創制古今未有之盛事；不意今日取法，為篡廢之奸謀。以此之故，數千年之珍寶，乃至祖宗之傳授玉璽，皆不保而流於敵國。此物之在此，為此故也。中國幾亡，黃種幾滅絕，為此故也。籲！

乾隆
御筆

八徵
耄念
之寶

嗚呼！高廟雄才大略，每日必作四千言。想下此印時，鞭笞一世，君權之尊，專制之威，於是為極，並世無同尊者，遂以結中國一統帝者之局。豈意不及百年，此璽流落於此。昔在北京睹御書無數，皆蓋此璽文，而未得見，又豈意今日摩挲之！豈止金銅仙人辭漢之歌而已耶！

高廟有詩曰：「八旬天子古六帝，四代曾孫予一人。」福壽至隆，結大地大帝之局。此後地球合一，亦必羌此尊崇。此時中國閉關熙熙，自樂自大；豈知爾時法革命大起，華盛頓忽興，華忒之機器大行，大地大通，而大變在日用此寶時耶！禍福無端，消息盈虛，與時偕行，豈可以目前定之哉？故君子不自滿假，居安思危，處常思變也。

保合太和

聽平視察

此二璽玉皆最美，他璽不及，非盛時安得有此耶？觚哉觚哉！

自強不息

猶日孜孜

圓明春山

烟火長春

圓明園毀於庚申之役，是役法國與焉，此璽或庚申流落。嗟乎！京邑兩失，淋鈴再聽，而不之戒，豈非安其危而利其災耶？苟不若此，國安得亡，睹璽淒然。記十年前曾遊圓明園，雖蔓草斷礫，荒涼滿目，而壽山福海，尚有無數殿亭，有白頭宮監守之，竟日僅能遊其一角。有白石樓一座三層，玲瓏門戶，刻劃花卉，並是歐式。蓋聖祖所創，當時南懷仁、湯若望之流所日侍處也。聖祖疏通知遠，早創此式，以廣魯於天下。孔子之為明堂制也，上圓下方，三十六牖，七十二戶，皆為今歐美之先河。借後世不善讀書，誤守屋卑污方之舊，而今為歐人所輕也。

巴黎睹圓明春山玉璽思舊遊感賦：

宮宛深深老柳臥，荷花開盡先人過。葦橋渡入福海中，白石台殿倚白松；白頭宮監猶守護，淒然僵柏起長風。蔓草荒煙堆瓦礫，玲瓏白閣猶奕奕；門戶萬千盡歐式，聖祖手作著象曆。憶昔霓旌幸苑時，疇人南湯米侍值；壽山春日饒物華，輦路繁華好顏色；羅剎遠遺圖理琛，荷蘭貢入量天尺。當時威廉始入英，人民不及五十億；歐土文明未開化，惟我威靈照八極。百年之間新世變，汽船鐵軌通重譯；惜哉閉關守長夜，竟爾絕海召強敵；阿房一炬光亙天，熱河三年淚沾臆；小臣步 傷懷抱，手撫銅駝嘆荊棘；豈意京邑兩邱墟，玉璽落此無人識。雨夜淋鈴幾度聞，追思故苑滿春雲，春宮鶯囀春花落，玉泉飛落閑池閣；晉陽已敗獵一圍，燕子重箋恨十錯；五鳳樓頭故馬來，秦晉酉行日色薄；
素衣敝盡豆粥無，歸來歌舞又重作。逋臣萬里遊巴黎，摩挲遺璽心淒淒；尚想承平春苑
道，千官擁從豹尾麾；黃屋龍旗繞朝暉，八校無嘩萬馬啼。

懋勤殿

殿在乾清宮側，上日讀書閱奏疏於是。戊戌七月，上銳意變法，欲召新政諸臣入懋勤殿行走，以備顧向，議大政，蓋用聖祖用高江村、徐東海人南書房之例也。咸豐之時，用何秋濤、郭嵩燾入直，當時號稱「二鳳齊飛」。故李苾園尚書以為請，議以此殿為樞密之內議院，議選海內名士咸集於是，吾弟幼博亦被薦預焉。上發十朝聖訓。與譚復生檢閱故事而後發詔，將大渙汗，改元維新。事未定而難作，吾既遠亡異國，而此殿玉印，亦流落絕域。睹此淒痛，得詩：

憶昨維新變法時，延英選士贊黃扉。
明堂大啟咨群議，草澤旁求助萬機。
豈料群龍成血戰，當年二風話齊飛。
淒涼回首懋勤殿，玉璽遷流國事非。

其如意甚多。有翡翠全枝者極美，磁者極清雅。其銅鐵如意不可數。有綿恩所寫佛經甚精。綿恩，仁宗皇子也，封定郡王，好事，頗有名。

見覓屍尸那國女服，長衣全白，而束闊帶繳繞，極似印度。食盤甚大，二尺許，亦似印度。食時以布蔽鬚，亦良若矣。須發皆無用物而害人事，何不薙之，而勞以布障之耶？佛法原是髮鬚並薙，一絲不掛，乃為清淨也。此國近黑海，乃有印度熱帶服，大奇，更當考之。

【作者】

康有為（一八五八年～一九二七），又名祖詒，字廣廈，號長素，廣東南海縣丹灶蘇村人，人稱康南海。中國政治家、思想家、教育家。祖父康贊修是道光年間的舉人，父親康達初做過江西補用知縣。他致力於將儒家學說改造為可以適應現代社會的國教，曾擔任孔教會會長。一八七九年開始接觸西方文化。一八八二年，康有為到北京參加順天鄉試，沒有考取。南歸時途經上海，購買了大量西方書籍，吸取了西方傳來的進化論和政治觀點，初步形成了維新變法的思想體系。一八九一年後，他在廣州設立萬木草堂，收徒講學，弟子有梁啟超、陳千秋等人。一八九五年，他到北京參加會試，得知《馬關條約》簽訂，聯合一千三百多名舉人上萬言書，即「公車上書」，又未上達。當年七月，他和梁啟超創辦《中外紀聞》，不久又在北京組織強學會。一八九八年一月，光緒皇帝下令康有為條陳變法意見，四月他和梁啟超組織保國會，號召救國圖強。六月十六日，光緒帝在頤和園勤政殿召見康有為，任命他為總理衙門章京，準其專摺奏事，籌備變法事宜，史稱戊戌變法。變法失敗後，光緒皇帝被軟禁，康有為之弟康廣仁被殺，康有為得李提摩太牧師協助，坐重慶號到上海海面，再由英國領事館職員協助在上海海面轉船到香港，再由香港逃往日本，自稱持有皇帝的衣帶詔，組織保皇會，鼓吹開明專制，反對革命。為獲得國際支持，他曾遊歷列國，會見歐洲各國君主。辛亥革命後，康有為於一九一三年回國，主編《不忍》雜誌，宣揚尊孔復辟。著有《康子篇》、《新學偽經考》、《春秋董氏學》、《孔子改制考》、《日本變政考》、《大同書》、《歐洲十一國游記》等。

【賞析】

（一）巴黎觀感

光緒三十一年（一九〇五）七月，康有為周遊列國之旅，來到法國。由德國入境法國，剛好經過普法戰爭之後法國所割之地。得見三十年前所讀《普法戰紀》之地，不免感慨。

康有為以往聽聞巴黎繁麗冠天下，親履巴黎，卻未得見。宮室與道路未見奇麗，河水亦未見清潔。較諸倫敦更加湫隘，不過與奧大利之灣納相類。歐洲城市大都如此，且不及柏林之廣，更不及紐約之瑰麗。

康有為認為巴黎最佳之處只有二條大馬路可觀，其一自拿破侖紀功坊（凱旋門）至杯的巴論公囿十餘里路，廣植行道樹，足以誇示世界各國。今美、墨諸國新闢馬路，皆仿巴黎。道路之政，既壯國體，且關衛生。康有為認為中國路政不修，久為人輕笑。若能將德、美、法諸國的優點加以調和，必能使中國之路政冠絕天下。

巴黎此道旁的住宅皆為世爵富商所居，但其壯麗仍不及紐約之十分一。一到傍晚，車馬如織，夜色綺豔。康有為想到過去在上海大馬路的情景，頗覺相仿。若中國也刻意經營如此大馬路，他日必可超越巴黎。

法國之有繁麗盛名，大約自路易十四以來。路易十四為收服諸侯，乃特壯聲色、園囿、歌舞等享樂之美，使十萬諸侯樂而忘蜀，沉醉於巴黎。路易十四不費一兵一卒便統一王國。此後，矜誇歐洲乃成為風俗。至今仍可見巴黎之新麗冠絕歐美。但康有為認為以聲色享樂收服諸侯可也，但以此治國則適得其反。

自埃及華表（協和廣場的方尖碑，是埃及於一八三三年贈與的，取自埃及中部路克索神廟前的一支。華表是中國傳統的建築形式，多置於宮殿、陵墓外的道路旁，也稱為神道柱、石望柱、表、標、碣）至艾菲爾鐵塔處，留下許多於一九〇〇萬國博覽會期間所興建的十數所故宇宮館，包括長橋在內，即亞歷山大三世橋也是為博覽會而建的，金碧輝煌，被譽為世界上最美的一座橋。鐵塔上侵雲表，為當時世上最高之建築物。鐵塔下為公園，埃及華表（方尖碑）左右亦為公園。

另一條可觀的大馬路，即自凱旋門至盧華故宮（羅浮宮）一帶，則為戲院、酒樓、商家聚集之地，極為熱鬧。整個巴黎市大公園十五處，小者十處；戲班（劇院）十五所，巴黎之繁麗以此為尚。但以康有為當時所見，不如德國為甚。也有的說法是巴黎之繁麗於世者，因其淫坊妓館之業。紐約亦仿之。就此而言，頗似上海。

總而言之，巴黎最盛者乃博物院與鐵塔，此外無可驚人者。法國自道光五年（一八二五）開始使用機械，已晚矣；學問與技藝皆不如德、英。法國最勝的是女服女冠、香水、首飾、油粉之精美。未曾造訪巴黎時，懾於其盛名，豈知無足觀也。較諸德、英、美之日盛，相對不夠振作。士人多高論清談，人民享樂度日，非興國也。此外，法國人性多自誇、且輕喜易怒，不若德、英兩國的沉穩。

而從埃及方尖碑至鐵塔一帶，中間數里皆為故賽會地，「賽珍」（博覽會）遺館猶存二處，一為「必地宮」，一為「忌連宮」，前者即小皇宮美術館（Le Petit Palais），後者為大皇宮美術館（Le Grand Palais），兩者皆為一九〇〇年世界博覽會展館。此外，最美之大橋即如前述，為亞力山大橋（亞歷山大三世橋），奇麗甲天下。

（二）登鐵塔

天下之大觀偉製，沒有比巴黎鐵塔更了不起的。遊巴黎，必首先登臨此地。康有為自謂每到一處必先擇高處以極目四望，以瞭解一地之大概。所舉之例自中國至日本、錫蘭、印度、德國、瑞典、英國、美國等諸國之塔，皆宏工巨構，但仍比不上巴黎鐵塔之博大恢奇，可說是十九世紀末的建築奇蹟。

鐵塔建於一八八九年，為一九〇〇年於巴黎所召開的萬國博覽會而建。普法戰役後大敗於德的法國人，為標舉物阜民豐而興建此一龐然大物，以壯國威。全塔以鋼鐵架成，內有戲院、酒樓、茶館、球房、樂室無數，女性賣物者多，遊人如織。遠眺巴黎，全城盡收眼底。

古今大地之塔，從未見有陳雜肆賣酒的；而當年杜甫登慈恩寺塔，已覺高至雲霄，不知登臨此塔要做何感想？百聞不如一見，今既登之，康有為乃大為嘆服，短時間內連續登塔三次之多。並憑欄寫歌一曲。

鐵塔附近的故賽會地正堂，如今已為博物院，即前述所謂大、小皇宮美術館。館內所收藏之古物，多為印度、埃及、波斯、突厥、希臘、羅馬等國之物，皆數千年之珍寶。其中尚有巴西人屍等奇特之物。

外，尚可見自由女神像，此像之建築師與鐵塔同為一人。蓋象徵自由、平等、博愛的法國親神。

（三）遊盧華博物院

康有為所遊之「盧華博物院」，今譯「羅浮宮」（Musée du Louvre）博物館。原為法王王宮，規模宏偉，藏品豐富。康有為認為羅浮宮之建築體制，橫排數百丈，正中深入三四十丈，而兩旁朝拱之狀，似北京午門之制。又，前後左右，門闕莊嚴高數丈，可容有樓之大馬車往來，正面敞地數百丈，頗類北京天安門外。雖正方宏偉不若中國之紫禁城，其莊嚴類似。而羅浮宮最了不起的便是雕琢極精美，絕非中國所能有之成就。

康有為以為萬國博物院裡以此宮為最佳，而法國七大博物館則以此宮為最。法國久為霸國，不只文學極盛，又有拿破侖「四征不庭」（不庭，不直之意。《書經・周官》：「四征弗庭，綏厥兆民」。孔安國《傳》：「四面征討諸侯之不直者，所以安其兆民。」，亦作不亭、不庭），斂聚各國瑰寶異物，以充實羅浮宮。歐洲既無第二個拿破侖，則無第二間博物館了。因此，身為世界第一的羅浮宮，為到巴黎必遊之地。

羅浮宮裡的藏品極豐，尤其是埃及、希臘與羅馬古物，遠非他國所能得其一二，若非花上一整個月無法觀其大概。

大體言之，康有為較有興趣的部分為埃及文與玉石器、希臘紙與希臘文、羅馬邦渒（龐貝）繪畫、波斯（伊朗）與突厥之壁（畫）、小亞西亞文字等。相較之下，中國藏品較少。畫作大約十幀，皆下品，僅極少數為佳。大多為觀音、關帝、羅漢像等。

法國自拿破侖時代開始向各處搜羅珍貴藏品，並送至羅浮宮。直到法國大革命期間的一七九三年，共和政府終於決定將收歸國有的王室收藏集中於羅浮宮，設立博物館對公眾開放。但隨著一八一五年拿破崙第二次退位和終生放逐，羅浮宮藏品中約有五千多件藝術品歸還給原來所屬各國。此後一百多年裡，羅浮宮的收藏範圍不斷擴大。一九八一年，法國政府決定將羅浮宮的全部建築劃歸為博物館，並對羅浮宮進行大規模整修。此擴建工程是因應一九八九年法國大革命二百周年紀念的巴黎十大工程之一，也是唯一一項未經過投標而由法國總統密特朗親自委託的工程，此工程由美籍華裔建築師貝聿銘設計，並在羅浮宮中央廣場「拿破崙庭院」上豎立貝聿銘所設計的透明金字塔，後來也成為羅浮宮的入口處。整修後的羅浮宮於一九八九年重新開放。其展區規劃為三大部分，一是黎塞留庭院（Richelieu Wing），包括遠東、近東與伊斯蘭文物與雕塑；十四至十七世紀法國油畫；德國油畫等。二是蘇利庭院（Sully Wing），包括古埃及、近東、古希臘、古羅馬文物及雕塑。三是德農庭院（Denon Wing），包括古希臘、古羅馬雕塑；十七至十九世紀法國油畫；義大利與西班牙油畫等。較知名的藏品為希臘米洛島的維納斯、勝利女神像、達文西的蒙娜麗莎像、垂死的奴隸（古希臘雕塑）、古巴比倫的漢謨拉比法典等。

（四）遊欹規味博物院

康有為於所遊「欹規味博物院」，係路易十四（與康熙同時，對中國文物極熱愛）於一七〇〇年所設立。來此遊覽，誠「傷心處」也，康有為深感中國珍貴圖冊器物大量流落於此。其中，尤以玉璽為多，他認為這都是庚子之禍所造成的。傷心之餘，又感嘆眾多玉印、晶印，不可勝錄。

康有為摘錄其所見御璽錄之，較重要的有「乾隆御筆」白玉方璽，高、廣二寸，篆文；二龍爭珠紐，雕刻極精緻。二是「保合太和」碧玉璽，方二寸半，龜紐，篆文。三是「烟火長春」漢玉印，壺蘆樣，長二寸，篆文。四是「圓明春山」綠白玉璽，方廣寸半，篆文。

康有為看到這些珍貴玉璽流落法國，自是不勝感慨。想及圓明園毀於庚申之役，是役法國也參與，因此玉璽或於此時流落至法。想起十年前（康有為遊法當時為一九〇五年）遊圓明園時，雖荒煙蔓草，但仍有無數殿亭派有宮監守之。當日所見一白石樓即為歐式，蓋為清康熙年間所建，當年南懷仁與湯若望皆曾造訪。文後，康有為以兩首詩賦，抒發胸中感慨。

其實，圓明園毀於戰火應為二回一是一八六〇年十月六日-十月二十五日，一是一九〇〇年十月十八、十九日。一九〇五年遊法的康有為所言十年前所見，應為第一次戰火後的景況。第一次火燒圓明園乃清咸豐十年（一八六〇），英法聯軍入侵北京之際，英法聯軍燒殺擄掠，焚毀舉世聞名的圓明園，園內寺廟建築也大多被毀。第二次火燒圓明園則是清光緒二十六年（一九〇〇），八國聯軍入侵北京之際，再次放火燒毀圓明園，並使殘存的十三處皇家宮殿建築又遭掠奪焚毀。這次，圓明園這座曾經輝煌過的皇家園林真的徹底和世人告別了。

【延伸閱讀】

1　康有為（馬悅然主編）《瑞典遊記》，香港：商務印書館，二〇〇七年十月。

2 湯志鈞《康有為傳》，臺北：臺灣商務印書館，一九九八年十月。

王明德《百年家族——康有為》，臺北：立緒文化公司，二〇〇二年二月。

3 鍾叔河《走向世界：近代中國知識份子考察西方的歷史》，北京：中華書局，二〇〇〇年七月。

4 簡媜〈停泊在不知名的國度——法國紀遊〉，《胭脂盆地》，臺北：洪範書店，一九九四年十月。

蔣勳〈復活巴黎〉，《今宵酒醒何處》，臺北：爾雅出版社，一九九〇年七月。

鍾文音《情人的城市——我和莒哈絲、卡蜜兒、西蒙波娃的巴黎對話》，臺北：玉山社，二〇〇三年八月。

林達《帶一本書去巴黎》，臺北：時報文化公司，二〇〇二年十二月（三聯書店授權）。

鹿島茂著、吳怡文譯《巴黎時間旅行》，臺北：果實文化公司，二〇〇五年十月。

大衛・哈維著；國立編譯館、黃煜文譯《巴黎，現代性之都》，臺北：群學出版社，二〇〇七年五月。

10. 梁啟超《新大陸遊記》

〈由紐約至哈佛、波士頓〉

梁啟超《新大陸遊記及其他》，長沙：岳麓書社，一九八五年九月
（《新大陸游記》，北京：社會科學文獻出版社，二〇〇七年一月）

（十七）

四月晦，由紐約至哈佛。哈佛者，幹涅狄吉省之都會，而東部著名之市府也。

居紐約將匝月，日為電車、汽車、馬車之所轔轢，神氣昏濁，腦筋瞀亂。一到哈佛，如入桃源，一種靜穆之氣，使人翛然意遠。全市貫以一淺川，兩岸嘉木競萌，芳草如簀。居此一日，心目為之開爽，志氣為之清明。

全市華人不過百餘，而愛國熱心不讓他埠，舉皆維新會中人也。時容純甫先生閎隱居此市，余至後一入旅館，即往謁焉。先生今年七十六，而矍鑠猶昔，舍憂國外無他思想、無他事業也。余造謁兩時許，先生所以教督之勸勉之者良厚，策國家之將來，示黨論之方針，條理秩然，使人欽佩。

翌日鄉人請余演說，容先先亦至。

哈佛者，中國初次所派出洋學生留學地也，於吾國亦一小小紀念。容先生導余遊其高等學校，實全美國最良之高等學校云。（余行後三月，康同璧女士來留學斯校。）其校長出二十年前校中記事錄言及中國學生者見示，余為欷歔久之。

中國初次出洋學生，除歸國者外，其餘尚留美者約十人，餘皆盡見之。舍嘆息之外，更無他言。內惟一鄭蘭生者，於工學心得甚多，有名於紐約。真成就者，此一人矣，然不復能為中國用，以美國數百萬學者中，多此一人，何補於美國？其次則容騤，現在我公使為頭等翻譯，篤誠君子，文學甚優，亦一才也，吾深望其將來有所效於祖國。自余或在領事署為譯員，或在銀行為買辦，等諸自鄶矣。人人皆有一西婦，此亦與愛國心不相容之一原因也，一嘆！

市中有一室，昔為留學生寄宿舍者，中國政府所購置也，數年前始售去。其一匾額落雜貨肆中，鄉人以數金易歸，免將來入博物院增一國恥而已。

由紐約在哈佛，道經紐海文，實耶路大學所在地也。耶路為美國最著名之大學，吾國學生亦有三人在焉，曰陳君錦濤，曰王君寵佑，曰張君煜全，皆北洋大學堂官費生也。吾自初即發心往參觀此校，然迫於時日，所至各地，皆有期約，竟不能下車，以為遺憾。

今年夏季卒業，其法律科，王君裒然為舉首。受卒業証書時，王君代表全校四千餘人致答詞，實祖國一名譽也。是次法律科第一名為黃種人，第二名為黑種人，第三名乃為白種人。各報紙競紀之，謂從來未有之異數云。

聞耶路大學近擬開一分校於我上海，已有成議，或以明年秋冬間可開校云。果爾則為吾國學者求學計，便益多矣。

雖然，我輩當思彼美人者果何愛於我，而汲汲焉乃不遠千里而來教我子弟耶？人才未始不可以養成，特不知能為祖國用否耳？教育者何？國民教育之謂也，天下固未有甲國民而能教育乙國民者。不然，香港之皇仁書院，上海之聖約翰書院，其學科程度，雖不及耶路之高，然在中國固罕見矣，問其於我祖國前途作何影響耶？吾聞耶路開學之舉，喜與懼俱矣。

余在哈佛二宿即行，五月二日至波士頓。

（十八）

波士頓者，馬沙諸些省之首都，現今美國第五位之大都會，而自獨立以前素著名譽之市府也。人口五十六萬餘，華人約三千。美國東部中國維新會之開，以斯市為最早。會成於己亥秋，至壬寅冬而大擴張，故吾黨與該市華人關係頗切密。既至，諸同志迎於車站，留學生徐君建侯偕焉，歡迎一如紐約。是夕，余為中國國旗演說，及波士頓歷史之演說，聽者頗感動。

波士頓者，美國歷史上最有關係之地，而共和政治之發光點也。初英人之殖民於美洲，在千六百二年，初有新英蘭勿爾吉尼諸地之公司。而其實行共和政體者，為自今馬沙省所屬苦利摩士一支之殖民始。余於五年前所為《飲冰室自由書》，有一條題為「自由祖國之祖」者，其文云：

「北亞美利加洲有一族之人民焉。距今二百七十餘年前，其族之先人百有一人，苦英苛政，相率辭本國，去而自竄於北美洲篷艾藜蒿之地，櫛風沐雨，千辛萬苦，自立之端緒稍萌芽焉。其初至之地曰菩利摩士，遺迹至今猶有存者。爾後有志之是士接踵而來，避秦而覓桃源者所在皆是。積百有餘年，戶口漸繁，財政漸增。至千七百七十五年，既彌漫於十三州之地，遂建義旗，脫英羈軛。八年苦戰，幸獲勝利，遂為地上一大獨立國，即今之美國是也。回憶此一百有一之先人，於千六百二十年十二月二十二日冽風陰雪中，舍舟登陸，足而立於大西洋岸石上之時，其胸中無限塊壘抑塞，其身體無限自由自在，其襟懷無限光明俊偉，殆所謂本來無一物者。而其一片獨立之精神，遂以胚胎孕育今日之新世界。天下事固有種因在在千百年以前，而結果在千百年以後者。今之人有欲頂禮華盛頓者乎？吾欲率之以膜拜此百有一人也。」

吾夢想此境者有年，吾今乃得親履其地，撫其遺迹，余欣慰可知矣。菩利摩士距波士頓僅汽車五點餘鐘，余淩晨而往，觀所謂「新世界石」者，即彼百有一人初至時登岸所立之地也。二百年來，美之愛國家及外來遊客至者，每斬鑿少許懷之而歸，以作紀念，原石損壞殆半。至是以鐵柵圍之，禁采折云。徐君建侯錫其名曰「新世界石」。

初，十七世記之初元，英民以謀利目的渡航美洲者漸夥。至其真為自由主義堅苦刻厲以行其志者，實始自此百有一人。百一人之首領為勃黎福，實清教徒中之急進派也。當英王占士第一即位，嚴壓新教。勃黎福及其黨人，乃決計出奔異國，自行其是。千六百八年，率其徒赴荷蘭，寄居數年，困甚。又慮其子弟久居異邦，失其國粹。時聞勿爾吉尼省之殖民公司，為清教會中所主持，始謀來美托庇同道。乃貸資於倫敦富商，期以七年償還，約定買巨艇盡族而行。千六百二十年，抵菩利摩士，見其地饒沃，宜種植，遂定居焉，不逮於勿爾吉尼。其始定制，通力合作，種植所得，悉存為公積，而同人亦衣食於公家，無有私財，實行柏拉圖之共產主義。未幾，故國人聞之，深相慕羨，來者日眾。見共產之制不可以久，乃議每夫劃田一畝為私有，建築村邑，公議管理之法。首建議會，舉勃黎福為伯里璽天德，小事由伯理璽處分，大事則公議公斷，凡成年者皆有會議權。至一六三八年，以居民分拓殖於各地，散處不能悉赴會，乃行代議制度，是菩利摩士開闢之略史也。（菩利摩士初時自為一省，後乃合併於馬沙。）故美國共和政團，實托始於是。

美國人合眾自立之端緒，殆無一不發源於波士頓。當一六四三年紅印度土人屢與殖民諸白人為難，而英廷亦與清教會相持，於是始聯合馬沙諸些、菩利摩士、干捏底吉、紐海文四省，立一殖民總會（後菩利合於馬沙，紐海文合於干涅，實今之二省，而當時分四政府也），實為聯邦之濫觴。而其總會所在，波士頓也。一六六四年，英廷頒發航海條例，欲以限制殖民，遣使至新英蘭及馬沙諸省，而廷折其公使，拒不納者，波士頓人也。一六八四年，英廷廢馬沙省之証書（美國諸殖民地皆受自治証書於英廷，或先得証書而後來，或殖民漸就緒而後求得証書），特派一總督統轄新英蘭諸省。及一六八八年，馬沙人首立共和政府，復要求自治證書於英廷，其政府所在，則波士頓也（是年英王維廉第三遂給回證書於馬沙）。當英法七年戰爭之役，法人大聯紅印度土人與英屬諸殖民省為難，故諸省不能不會同拒敵。於是有亞爾拔尼（紐約省之首都也）大會議，實為聯邦進步之第二著。而其時之軍事會議，則在波士頓也。（時華盛頓為勿爾吉尼省之副將，參與軍事會議於波士頓，自是華盛頓始著名。）一七六五年，英廷創行印花稅，諸殖民地大憤。其首發難相抵抗，使稅員懼而辭職，而印花稅得以暫廢者，則亦波士頓市民之為之也。一七六七年，英國戶部大臣湯欣歷行苛稅，設法六章，而特由英廷設一美洲總稅務司於波士頓。其首倡臨時公議抗此新法，令各稅務司皆懼而逃匿於炮臺者，亦波士頓人也。一七七二年，居民與駐防兵首交哄，為軍事之先聲者，又波士頓人也。其後湯氏新稅雖廢，而仍留茶稅一項。印度茶必經由英國，由英廷抽稅乃許入美。一七七三年，英茶至波士頓，起岸候驗。居民聞之大嘩，群起奪取茶箱，盡投諸海港，此實為美國人對於英廷宣戰之第一著，則亦波士頓之倡也。其年，英廷遣兵一小隊，以軍政治其地。而馬沙亦自設政府，募民兵。一七七五年，遂有奔勾丘之戰。其最初交綏之地，則波士頓也。其年五月，復開國會於費爾特費，舉華盛頓為統帥。其第一次戰捷，挫英兵之銳氣者，則首圍波士頓而奪據之也，由此論之，謂波士頓為美國合眾自立之母，誰曰不宜？

余在波士頓九日，每以半日與國人演說談論，以半日訪尋其歷史上遺迹。手美國史一部、波士頓名勝記一部、地圖一紙，按圖而索之。初四日，往觀拋棄英茶之港口，則今為一大街最繁盛之區矣。街角墻上嵌一銅碑，銘曰：「一七七四年拋棄英茶處，下復紀其事略。蓋當時有市民七人，塗面易服，為紅印度人之裝束，夜襲英船，取其茶數十箱，投諸海云。斯事與林文忠在廣東焚毀英人鴉片絕相類。而美國以此役得十三省之獨立，而吾中國以彼役啟五口之通商，則豈事之有幸有不幸耶？毋亦國民實力強弱懸絕之為之也。余徘徊久之，得一絕句：

雀舌入海鷹起陸，銅表摩挲一美談。

猛憶故鄉百年恨，鴉煙煙滿白鵝潭。

同日，遊奔勾山，至則僅一小丘耳。一七七五年四月，馬沙民兵圍波士頓，與英駐防兵初交綏，即在此地。今有一華表一民兵首領戰死者之銅像。華表之守護人導余遍遊全丘，逐一指點曰：某處者，某兵官所立廢令之地也。某處者，某兵官戰死之區也。是役也，英兵死傷千五百，美人僅四百云。

余憑弔感慨，不能自禁，成一詩云：

昔遊東台岡，今上奔勾丘。
渺茲一簣土，長留萬人謳。
生命固所愛，不以易自由。
國殤鬼亦雄，奴顏生逾羞。
當其奮起時，磊落寧他求？
公義之所在，赴之無夷猶。
一射百决拾，往折來軫遒。

大業指揮定，噴噴凝萬眸。
謂是實天幸，人謀與鬼謀。
謂是某英雄，只手回横流。
豈識潛勢力，乃在丘民丘。
千里河出伏，奔海不能休。
三年隼不鳴，一擊天地秋。
獲實雖今日，不足語大猷。
即今百年後，兵銷日月浮。
鋪錦作山河，琢玉為層樓。
周文與殷質，國粹兩不仇。
入市觀市民，道力尚無儔。
清明嚴肅氣，凜凜凌五洲。
益信樹人學，收效遠且道。
仰首嘯鴻濛，回首睨神州。
先民不可見，懷古信悠悠。

翌日遊公園，有一樹為華盛頓初次點兵處。原樹已槁，今所見，其補植者也。隨遊道前斯達嶺，前此英兵所屯，華盛頓奪據之，以臨波士頓，遂獲全勝者也。有石碑示華盛頓所立處。

同日，遊一禮拜堂，乃獨立前清教會之所建者。規模甚局小，體制甚古樸，實獨立時民黨屢次集議之地云。今不復在此講道，惟以當一博物院而已。其中所陳歷史上紀念物甚多，不能備述。

（十九）

初六日，往觀市立圖書館。設圖書館以保存古籍者，自十六世紀時日耳曼人已行之。至以此為公共教育之機關，實自茲館始云。千八百四十七年，波士頓市長乾士氏議徵市稅，以設市立圖書館，議會許之，即為此館之嚆矢。越二年，英國仿其例，由議會提款以充茲事之用。千八百五十四年，英之門治斯達、利物浦二市始有圖書館，實波士頓以後第一次繼起者也。以千八百九十六年之調查，則全美國中藏書三千卷以上之圖書館，凡六百二十六處云。本館所藏書凡八萬冊，其前後建築費合計美金二百六十五萬元。除總館之外，其分佈於市中者，尚有分館十所、借書處十七所云。此皆館長為余所言者。彼斷斷然以此為波士頓市對於全世界之名譽也。

同日往觀《波士頓報》館，史家或亦以此為世界最古之報館云。考新聞紙之起源，或云當中世之末，義大利之俾尼士已有之，由政府發行，每月一冊，用手寫，非印刷也。其在英國，則千五百八十年，額里查白女皇與西班牙交戰之時，政府亦曾發一新聞紙，出版無定期。至占士第一時，始有禮拜報。實則英國每日新聞，實自千七百九年始。而此《波士頓報》，則濫觴於千七百四年。然則謂此報為報界之祖，殆無不可。距今適二百年，已不知幾易主；而其規模之宏大，亦不可思議。余往觀經三點鐘乃畢，內容繁賾，倦於筆記矣。觀畢後館主請留一相。余每至一市，諸報館訪事皆來照相，此次又特別留記者也。

報館愈古者則愈有價值。蓋泰西之報館，一史局也。其編輯文庫所藏記事稿，無慮百千萬億通。所藏名人像及名勝圖畫，無慮百千萬億襲。分年排比，分類排比。吾嘗遊大新聞報館數家，其最足令吾起驚者，則文庫是也。故無論何國，有一名人或出現或移動或死亡，今夕電報到，而明晨之新聞紙即登其像，地方形勝亦然。彼何以得此？皆其文庫所儲者也。

美國當千八百五十年，全國報館僅二百五十四種，讀者僅七十五萬八千人。至千九百年，報數增至萬一千二百五十四種，讀者增至千五百十萬人。全國印出報紙，總數凡八十一萬萬零六千八百五十萬部。統計全國報館，平均支出費用總額一萬萬零九千二百四十四萬元（美金），收入總額二萬萬零二千三百萬元。於戲，盛哉！而倡之者實自《波士頓報》，此亦波士頓之一榮譽哉。

美國之大報館，皆一館而出報至數種或十數種之多，有晨報焉，有午報焉，有晚報焉，有夜報焉，有來復報焉，有月報焉，有季報焉，有年報焉，皆以一館備之。其最大者如紐約之《太陽報》、《世界報》、《時報》，每日出至十數次以上，大抵隔一點或兩點鐘即出一次。午間向街上賣新聞者而求其早間所出之報，則已不可復得矣。凡大都會之大新聞，大率類是。以視吾東方之每日出一張，銷數數千乃至數萬，即龐然共目為大報館者，其度量相越，豈不遠耶？

初七日，往觀博物院。其中陳設之璀璨瑰瑋，吾固數見不鮮，不復縷述。所最令余不能忘者，則內藏吾中國宮內器物最多是也。大率得自圓明園之役者半，得自義和團之役者半。內有文宗所用之表，云是俄羅斯皇室所贈者，其雕鏤之精巧，殆無倫比。表大不過徑寸，其外殼槧兩裸體美人倚肩於瀑布之上，兩鳥浴於瀑布之下。表機動，則瀑布飛沫，誠奇工也。其餘雕玉物品、雕金物品、古近磁器凡數百事，並庋一龕，不遑枚舉。余觀其標籤，汗顏而已。

初八日，觀哈佛大學。美國東部大學以哈佛、耶路、哥侖比亞三者最著名，其程度莫能軒輊。至科學，則仍以哈佛為最高云。吾中國始終未有一人卒業於此校。

初九日，往紐巴弗。其地華人不過數十，徐建侯留學於其地實業學校，招往焉，演說一次，往觀學校而還。

初十日，由波士頓復返紐約，道經科利華。其地有華人百餘，強留一宵演說。

十一日，乘船歸紐約，其船稱世界汽船中最美麗者云。

【作者】

梁啟超（一八七三～一九二九），字卓如，號任公、飲冰子，別署飲冰室主人，廣東新會人。近代思想家、政治活動家、學者、報人，戊戌變法領袖之一。一八八四年中秀才，一八八九年中舉人，被譽為「嶺南奇才」。一八九〇年入京會試，不中，回粵路經上海，購得《瀛寰志略》，始知世界有五大洲各國。同年拜南海康有為為師。一八九一年入讀康有為萬木草堂，自稱「生平知有學自茲始」。一八九五年與康有為聯合各省舉人發起「公車上書」。後主筆《萬國公報》宣傳變法維新，並擔任廣學會總幹事李提摩太的中文秘書。一八九六年抵滬與黃遵憲等籌辦《時務報》，撰寫《變法通義》等書，並在《時務報》上連續發表，影響甚大。一八九八年戊戌政變後，梁啟超逃亡日本，在橫濱創辦《清議報》，撰寫《戊戌政變記》。一九〇二年，梁啟超創辦《新民叢報》，發表《新民說》；創辦《新小說》，發表《新中國未來記》。居留日本期間學習日語，並通過明治維新的日本吸收西歐思想。一九〇三年，梁啟超應美洲保皇會邀請赴美洲游歷，先後抵達溫哥華、紐約、波士頓、華盛頓、費城、匹茲堡、聖路易、芝加哥、西雅圖、舊金山、洛杉磯，此次游歷長達八個月，返日後撰成《新大陸游記》。一九一二年梁啟超結束流亡生活，離開日本返回中國。一九一八年梁啟超赴歐，了解第一次世界大戰後的西方社會，思想有所轉變。一九二〇年後集中精力從事傳統國學與文學的研究。著作由後人編成《飲冰室合集》。

【賞析】

《新大陸遊記》是梁啟超於一九〇三年赴美洲遊歷考察美國政治、社會情況的文字記錄。由其目錄所載，可知其履跡之處：〈由橫濱至加拿大〉、〈由加拿大至紐約〉、〈由紐約至哈佛、波士頓〉、〈由紐約至華盛頓〉、〈由紐約至費城〉、〈由紐約至波地摩、必珠萵〉、〈由必珠萵至先絲拿打、紐柯連〉、〈由紐柯連至聖路易〉、〈由聖路易至芝加高〉、〈由芝加高至汶天拿省〉、〈由汶天拿省至舍路、缽侖〉、〈由缽侖至舊金山〉、〈由舊金山至羅省技利〉與〈歸途〉等。

在梁啟超應美洲維新會之邀到新大陸遊歷時，正值美國城市化進程最日新月異的轉變期。他在美國的諸多大城之間旅行，對現代化的城市景觀與城市文明特別感受良深。梁啟超的感觸也是當時身處中西文化碰撞下的晚清知識份子的共同心態。

本書所選篇章即為其中〈由紐約至哈佛、波士頓〉一篇之（十七）（十八）（十九）三小節。

（十七）由紐約至哈佛

梁啟超來到幹浬狄吉省（康乃狄克州）名城「哈佛」，應為「哈特福」（Hartford）。由繁忙的紐約城至此，頓感「如入桃源」，令人為之神清氣爽。此哈佛，非位於麻州Cambridge的哈佛大學，而是康州首府。

此處華人不多，但多數為維新會之人。當時，容純甫（容閎）即隱居於此，梁啟超自然也前往拜謁。一九〇三年，容閎已七十六高齡，猶關懷國事。第二日並請容先生演說。哈特福此地，正是中國第一次派送留學生之地，因此特別有意義。一八七二年七月，容閎組織的第一批留學生由廣東人陳蘭彬監督率領赴美，容閎自己則先到美國準備。三十名學童，長袍馬褂、瓜皮帽，儀態端莊。當他們到達美國康州哈特福市時，轟動一時。中國近代留學生史由此開啟。這些年紀十五左右的學童很快便適應了新環境，學習成績優良。其中較知名的中國留學生，滯美發展有成的學工程的鄭蘭生與擔任外館翻譯的容騤兩人。

由紐約至哈特福途中所經之紐海文，正是耶路（耶魯）大學所在地，當時在耶魯的中國留學生有三人，皆為原北洋大學堂之官費生。雖有心前往參觀，卻因期約過多而無法成行。而耶魯今夏畢業生之法律系學生中，以中國王君為首，第二名為黑人，第三名方為白種人，各報爭相報導。

此行聽聞耶魯大學將至中國上海開辦分校，梁啟超一則以喜一則以懼。此分校應指其後設立於中國之「雅禮補校」。

（十八）波士頓

波士頓為馬沙諸些省（麻州）首都，美國獨立前即為知名大城。華人較多，約三千。美國東部之開維新會即以此城為最早，因此該市華人之同黨同志甚多。

波士頓於梁啟超而言，在於其為「共和政治」之發光點。梁啟超曾於《飲冰室自由書》裡寫道「自由祖國之祖」一條，已概述美國獨立歷史與波士頓之關係。夢想多年，終於有緣親至波士頓，乃特前往「菩利摩士」（Plymouth，今譯普利茅斯）一遊「新世界石」（當地華人徐建侯戲名之）。當年美國人之祖先一百餘人便是由英國駕著「五月花號」（May Flower）橫跨大西洋而來，在波士頓南方不遠的普利茅斯登岸，開始在此落地生根，因而此地亦為觀光客必到之處。

十七世紀時，英國以謀利而航海之人甚多。但為追求自由民主而航海者僅此一百餘人。當時，英國嚴壓新教，以黎勃福為首的一群人，為了爭取自由乃出奔異地，來到美國。一六〇八年，前往荷蘭，但未久即轉往美國。一六二〇年，邸達普利茅斯港，見其土地饒沃，遂定居於此。初始實行共產主義，風聞來此者日多，乃開始有土地劃歸私有之構想，並首設議會之制。至一六三八年，以居民分散，乃行代議制度，此即普利茅斯開發略史；而美國共和政體亦托始於此。

美國人合眾自立之開端，無一不發源於波士頓。當一六四三年，紅印度土人（印第安紅人）屢次與殖民白人相為難。而英政府與清教會則相扶持，於是始聯合普利茅斯、紐海文等諸省，立一殖民總會，這也就是聯邦政府之濫觴，總會即在波士頓。一六四四年，英廷特派一總督統轄新英格蘭諸省……，一七七二年，印度茶必經英國，由英廷抽稅乃許入美。一七七三年，英茶至波士頓起岸候驗，居民聞之大嘩，群起奪取茶箱，盡投海港。這就是美國對英廷宣戰之始。當年英國派兵以軍政治理該地，麻省居民亦自設政府，遂有一七七五年的奔勾丘之戰（Battle of Bunker Hill，今譯邦克山戰役），兩軍交接之處即為波士頓。同年五月則於費城召開國會，推舉華盛頓為統帥。

梁啟超對美國獨立歷史如數家珍，在波士頓九日，更是每日以半天時間對華人演說這段歷史，另以半日時間尋訪其歷史遺跡。一部美國史、一部波士頓名勝記、一紙地圖每日按圖索驥。初四日，前往當年抛棄英茶之港口，如今為一繁忙大街，上有銘文記載這段歷史。又前往奔勾山（Bunker Hill，今譯邦克山），參觀有一華表（碑柱）一民兵戰死者之銅像。第二天遊公園，有一樹為華盛頓初次點兵處。又遊道前斯達嶺，為當年英兵屯區，華盛頓奪據之。又遊一禮拜堂，為獨立前清教會所建，如今為一博物院。

（十九）波士頓

初六日，梁啟超前往波士頓市立圖書館。以圖書館保存古籍，自十六世紀日耳曼人已行之。至於以圖書館為公共教育之機構，此館為第一間。一八四七年設立波士頓圖書館，一八五四年英國始有二間圖書館之設立，乃波士頓圖書館以後所興起的第一次迴響。當時該館藏書已達八萬冊之多。

同日又遊《波士頓報》館，史家也有認為此館為世界最古之報館者。考新聞紙之來源有一說為中世紀之義大利，或一五八〇年的英國。實則英國之有每日新聞，實自一七〇九年開始，而《波士頓報》則自一七〇四年開始。因此說此報為報界之祖，亦無不可。報館已有二百年歷史，規模之宏大不可思議。

報館愈老古的愈有價值，一般歐美之報館也可說是一間史料館。其編輯之文稿與名人像與名勝圖畫，多不勝數，皆分年排比。梁啟超對於各大新聞報館，最感驚訝的則是其「文庫」，也就是說一般報館多將名人的資料妥善收存，一旦該名人身故，第二日報紙便能馬上刊出其照像或相關背景新聞，之所以如此，便是倚賴平日的文庫收藏之功了。

每國一般報館皆出版數種至數十種報紙，有晨報、午報、晚報、夜報，有來復報、月報、季報、年報等。美國最大報如《太陽報》、《世界報》、《時報》，每日出十數次以上。對照之下，中國之報館每日僅出一張，銷量僅數千乃至數萬，即謂大報館，可說相差甚遠。

初七日，又遊波士頓博物館。其中最令梁啟超不能忘懷的是，其中所藏之中國宮內器物，得自圓明園者約一半，另一半則為得自義和團之役者。其中並有文宗所使用之錶，據云為俄羅斯皇室所贈。其餘雕玉物品、古近磁器數百件，不遑枚舉。

初八日，遊觀哈佛大學，美東大學以哈佛、耶魯、哥倫比亞大學最知名，以科學而論三校之成就，則以哈佛為最高。而中國尚未有人畢業於此。

初九日前往紐巴弗，當地華人不過數十人。初十日由波士頓復返紐約，道經科利華，當地華人百餘，臨時演講一場。初十一日，乘船歸紐約。

【延伸閱讀】

1 梁啟超《飲冰室文集精選》，臺北：正中書局，二〇〇三年八月。

2 李喜所、胡志剛《百年家族——梁啟超》，臺北：立緒文化公司，二〇〇一年九月。

3 鍾叔河《走向世界：近代中國知識份子考察西方的歷史》，北京：中華書局，二〇〇〇年七月。

4 德富蘇峰《中國漫游記》、《七十八日游記》，北京：中華書局，二〇〇七年一月。

5 吳詠慧（黃進興）《哈佛瑣記》，臺北：允晨文化公司，一九八六年十月（北京：三聯書店，一九九七；陝西：陝西師範大學出版社，一九九八年）。
李歐梵《我的哈佛歲月》，臺北：二魚文化公司，二〇〇五年二月。
童元方《一樣花開——哈佛十年散記》，臺北：爾雅出版社，一九九六年六月。
張鳳《哈佛哈佛》，臺北：九歌出版社，一九九八年八月。
張鳳《哈佛心影錄》，臺北：麥田出版公司，一九九五年十二月。
張鳳《一頭栽進哈佛》，臺北：九歌出版社，二〇〇六年一月。
孫康宜《耶魯潛學集》，臺北：允晨文化公司，一九九四年十一月。
孫康宜《耶魯・性別與文化》，臺北：爾雅出版社，二〇〇〇年一月。
陳平原〈租借來的風景〉，《老北大的故事》，臺北：立緒文化公司，二〇〇一年十月。
王海龍《哥大與現代中國》，臺北：立緒文化公司，二〇〇二年十二月。

附錄一【延伸閱讀書目】

選本／讀本

■立緒文化編選、林語堂等著《百年遊記》，臺北：立緒，二〇〇三年一月

■孟樊主編《旅行文學讀本》，臺北：揚智，二〇〇四年三月

■林志豪等著《在夢想的地圖上——第三屆華航旅行文學獎作品集》，臺北：天培，二〇〇〇年十一月

■胡錦媛編《臺灣當代旅行文選》，臺北：二魚文化，二〇〇四年六月

■舒國治等著《國境在遠方——第一屆華航旅行文學獎精選作品文集》，臺北：元尊文化，一九九七年十二月

■舒國治等著《縱橫天下——長榮環宇文學獎》，臺北：聯合文學，一九九八年十二月

■ 江春慧編《2006旅行，在台北——第一屆台北旅行文學獎》，臺北：臺北市政府新聞處，二〇〇六年七月

論述

■ 陳室如《近代域外遊記研究（1840—1945）》，臺北：文津出版社，二〇〇八年一月
■ 東海大學中文系編《旅遊文學論文集》，臺北：文津，二〇〇〇年一月
■ Mike Crang著、王志弘等譯《文化地理學》，臺北：二〇〇三年三月
■ 克里斯多福・武德爾德著、張讓譯《人在廢墟》，臺北：邊城出版，二〇〇六年一月
■ 海野一隆著、王妙發譯《地圖的文化史》，香港：中華書局，二〇〇二年五月
■ 諾伯特・歐勒（Norbert Ohler）著、謝沁霓譯《中世紀的旅人》，臺北：麥田，二〇〇五年一月

文人故居與文學地景

■ Jean-Paul CLEBERT《在巴黎，文學家帶路》，臺北：山岳出版社，二〇〇八年四月

■ Sabine Scholl著、楊夢茹譯《沒有記憶的城市——閱讀作家在曼哈頓的足跡》，臺北：立緒文化，二〇〇五年三月

■ 成寒《方塔迴旋梯：推開文學家的門》，臺北：時報出版，二〇〇四年一月

■ 成寒《推開文學家的門——漫遊全世界作家的屋子》，臺北：天培，二〇〇〇年一月

■ 克勞士・提勒多曼著，劉興華譯《作家們的威尼斯》，臺北：邊城出版，二〇〇六年八月

■ 周國偉、柳尚彭《尋訪魯迅在上海的足跡》，上海書店，二〇〇三年七月

■ 幸佳慧《掉進兔子洞——英倫童書地圖》，臺北：時報文化，二〇〇五年七月

■ 林禹銘《敲敲門，探訪風流人物》，臺北：聯合文學，二〇〇二年五月

■ 邱陽《胡同面孔：古都北京的人文旅行地圖》，臺北：大旗出版社，二〇〇五年七月

■ 章光和《住在巴特、桑塔格、本雅明的照片裡》，桂林：廣西師範大學出版社，二〇〇四年十一月

■ 鹿島茂《巴黎文學散步：發現未曾真正認識的新巴黎》，臺北：山岳出版社，二〇〇八年三月

■ 愛亞《湖口相片簿：新竹湖口的清雅之旅》，臺北：紅樹林，二〇〇三年十二月

■趙莒玲《美濃——鍾理和原鄉風景》，臺北：貓頭鷹，二〇〇一年七月
■劉克襄等著《作家的城市地圖》，臺北：木馬文化，二〇〇四年七月
■嚴愛群、廖培蓉《背起文學行囊——造訪英倫名家》，臺北：書林，二〇〇三年十一月

附錄二【旅行文學相關學位論文一覽】

（至九十六學年度第二學期，二〇〇八年七月止）

【中國文學／臺灣文學】

（一）明代以前（依論文主題之年代排序）

鄭雪花《非常的行旅──〈逍遙遊〉在變世情境中的詮釋景觀》，國立成功大學中國文學系九十三學年度博士論文（指導教授：林朝成）

陳怡芬《《山海經》的旅行記錄》，國立臺灣師範大學國文研究所就十二學年度碩士論文（指導教授：潘麗珠）

陳玉真《魏晉遊覽賦研究》，國立成功大學中國文學系九十一學年度碩士論文（指導教授：廖國棟）

陳晉卿《六朝行旅詩之研究》，淡江大學中國文學系八十四學年度碩士論文（指導教授：王文進）

黃以潔《柳宗元遊記觀物方式研究》，佛光人文社會學院文學系九十四學年度碩士論

文（指導教授：龔鵬程）

朴井圭《柳宗元的遊記研究》，國立高雄師範大學中國文學研究所七十四學年度碩士論文（指導教授：何淑貞）

高碧雲《范成大紀遊詩研究》，國立臺灣師範大學國文學系在職進修碩士班九十三學年度碩士論文（指導教授：李清筠）

陳素貞《宋代山水遊記研究》，國立臺灣師範大學國文學系七十四學年度碩士論文（指導教授：邱燮友）

許靖卿《南宋日記體遊記研究——以入蜀記與吳船錄為中心》，臺灣大學中國文學研究所九十六學年度碩士論文（指導教授：何寄澎）

（二）明清時代（依論文主題之年代排序）

洪正君《袁中郎山水遊記研究》，南華大學文學研究所九十五學年度碩士論文（指導教授：釋依空（張滿足））

陳千代《晚明袁宏道山水遊記小品語言藝術探究》，國立彰化師範大學/國文學系九十六學年度碩士論文（指導教授：耿志堅）

曾淑娟《張岱小品中的旅遊休閒》，國立彰化師範大學國文學系九十三學年度碩士論文（指導教授：蔣美華）

黃雅雯《袁中道溪遊生活研究——以《遊居柿錄》為例》，淡江大學中國文學系九十二學年度碩士論文（指導教授：黃明理、曾守正）

蘇美璇《晚明文人旅遊生活研究》，南華大學文學研究所九十三學年度碩士論文（指導教授：李正治）

吳芳真《裨海紀遊之文學研究——以柳宗元遊記文學為對照》，國立臺灣師範大學國文學系九十六學年度碩士論文（指導教授：黃明理）

劉麗卿《清代臺灣八景與八景詩》，國立中興大學中國文學系八十八學年度碩士論文（指導教授：吳福助）

（三）近現代（依論文主題之年代排序）

尤靜嫻《帝國之眼：晚清旅美遊記研究（一八四〇—一九一一）》，臺灣大學中國文學研究所九十四學年度碩士論文（指導教授：梅家玲）

陳室如《中國近代域外遊記研究（一八四〇—一九四五）》，國立彰化師範大學國文

學九十五學年度博士論文（指導教授：李威熊、王年双）

莊燕玉《康南海《列國遊記》研究》，國立中正大學中國文學系八十六學年度碩士論文（指導教授：李立信）

顏麗珠《單士釐及其旅遊文學——兼論女性遊歷書寫》，國立中央大學中國文學研究所九十二學年度碩士論文（指導教授：姚振黎）

徐千惠《日治時期台人旅外遊記析論——以李春生、連橫、林獻堂、吳濁流遊記為分析場域》，國立臺灣師範大學國文研究所九十學年度碩士論文（指導教授：莊萬壽）

耿秋芳《郁達夫遊記散文創作之研究》，國立臺灣師範大學國文學系九十五學年度碩士論文（指導教授：潘麗珠）

（四）當代文學（依論文作者姓名筆劃排序）

王小莉《當代台灣旅行文學研究（一九九〇—二〇〇四年）》，銘傳大學應用中國文學系碩士在職專班九十四學年度碩士論文（指導教授：江惜美）

李雅情《徐鍾珮、鍾梅音遊記散文研究》，東海大學中國文學系九十六學年度碩士論

文（指導教授：李金星）

林大鈞《心遊於物：席慕蓉、舒國治、鍾文音的旅行書寫》，國立政治大學中國文學研究所九十四學年度碩士論文（指導教授：張雙英）

林玄淞《臺灣當代「自然／旅行」書寫研究——兼論劉克襄「自然／旅行」的書寫與成就》，國立臺南大學語文教育學系教學碩士班九十三學年度碩士論文（指導教授：李漢偉）

林佑儒《穿過時空的隧道─少年小說中的時間旅行》，國立臺東大學兒童文學研究所九十二學年度碩士論文（指導教授：張子樟）

林唯莉《女遊與女性自傳式書寫中的家國語藝——以《逆旅》、《漫遊者》、《海神家族》為分析對象》，國立成功大學台灣文學研究所九十四學年度碩士論文（指導教授：楊翠）

施養慧《渴望與不安的牽引——《騎鵝旅行記》探究》，國立臺東大學兒童文學研究所九十二學年度碩士論文（指導教授：杜明城）

郭伊貞《影像繪畫書寫的幾種化身─鍾文音及其作品》，國立中山大學中國語文學系研究所九十四學年度碩士論文（指導教授：蔡振念）

陳室如《出發與回歸的辯證——台灣現代旅行書寫(一九四九—二〇〇二)研究》，彰化師範大學國文學系九十一學年度碩士論文（指導教授：王年雙）

陳郁汝《兒童遊記及其教學研究》，國立臺南大學國民教育研究所九十學年度碩士論文（指導教授：李漢偉）

陳琳琪《徐仁修散文研究》，臺北市立教育大學中國語文學系九十六學年度碩士論文（指導教授：余崇生）

黃子芸《桂文亞兒童旅行文學研究》，臺北市立教育大學中國語文學系九十六學年度碩士論文（指導教授：余崇生）

黃孟慧《台灣九〇年代以來旅行文學研究（一九九〇—二〇〇二）》，臺北市立師範學院應用語言文學研究所九十二學年度碩士論文（指導教授：陳光憲）

黃恩慈《女子有行——論施叔青、鍾文音女遊書寫中的旅行結構》，國立成功大學台灣文學研究所九十五學年度碩士論文（指導教授：應鳳凰）

楊宗穎《余光中遊記研究》，雲林科技大學漢學資料整理研究所九十四學年度碩士論文（指導教授：鍾怡雯、柯萬成）

葉連鵬《台灣當代海洋文學之研究》，國立中央大學中國文學研究所九十四學年度博

士論文（指導教授：李瑞騰）

廖瑋琳《漂泊與釘根——論鍾文音的旅行與家族書寫》，國立中正大學中國文學所九十三學年度碩士論文（指導教授：江寶釵）

鄭雅馨《旅行的啟程與回歸——現代幻想中的女遊記實》，國立臺東大學兒童文學研究所九十三學年度碩士論文（指導教授：張子樟）

譚惠文《台灣當代女性旅行散文研究》，東吳大學中國文學系九十六學年度博士論文（指導教授：何寄澎）

（五）《徐霞客遊記》研究（依論文作者姓名筆劃排序）

張百裕《徐霞客遊記山水美學及其敘事表現研究》，南華大學文學研究所九十五學年度碩士論文（指導教授：陳章錫）

張志帆《論張岱遊記中人文精神之體現》，中國文化大學中國文學研究所九十五學年度碩士論文（指導教授：嚴紀華）

梁秀鴻《徐霞客遊記之文學研究》，國立政治大學中國文學研究所七十四學年度碩士論文（指導教授：喬衍琯）

陳淑卿《徐霞客游記研究——以文獻觀察為重點》，東吳大學中國文學系九十二學年度碩士論文（指導教授：丁原基）

（六）《老殘遊記》研究（依論文作者姓名筆劃排序）

尹和重《老殘遊記研究》，文化大學中國文學研究所五十八學年度碩士論文（指導教授：林尹）

方哲桓《老殘遊記析論》，國立台灣大學中國文學研究所七十五學年度碩士論文（指導教授：葉慶炳）

王瑞雪《劉鶚及其老殘遊記研究》，東吳大學中國文學研究所七十四學年度碩士論文（指導教授：吳宏一）

朴貞愛《《老殘遊記》的語言藝術研究》，中國文化大學中國文學研究所九十四學年度碩士論文（指導教授：邱燮友）

吳昭雲《老殘遊記研究》，國立臺灣師範大學國文系在職進修碩士學位班九十二學年度碩士論文（指導教授：楊昌年）

李基承《老殘遊記研究》，東海大學中國文學研究所七十四學年度碩士論文（指導教

授：鄭明娳）

陳姿礽《《老殘遊記》女性人物的社會角色研究》，臺北市立師範學院應用語言文學研究所九十二學年度碩士論文（指導教授：浦忠成）

蔡文賓《劉鶚《老殘遊記》的敘事研究》，國立政治大學中國文學研究所九十四學年度碩士論文（指導教授：陳錦釗）

（七）《西遊記》（依論文作者姓名筆劃排序）

王姵棻《《西遊記》宇宙建構及人物探源》，東海大學中國文學系九十學年度碩士論文（指導教授：許建崑）

朱可鑫《西遊記修辭現象研究》，南華大學文學研究所九十三學年度碩士論文（指導教授：沈謙）

余遠炫《少年小說創作與改寫技巧探索——以西遊記為例》，國立臺灣師範大學國文學系在職進修碩士班九十四學年度碩士論文（指導教授：潘麗珠）

吳璧雍《西遊記研究》，國立臺灣師範大學國文學系六十八學年度碩士論文（指導教授：葉慶炳）

呂素端《《西遊記》敘事研究》，國立臺灣大學中國文學研究所九十學年度博士論文（指導教授：柯慶明）

周芬伶《西遊記與鏡花緣之比較研究》，東海大學中國文學研究所六十九學年度碩士論文（指導教授：趙滋蕃）

林美惠《《西遊記》的另類閱讀——以皮影戲為例》，國立新竹師範學院臺灣語言與語文教育研究所九十二學年度碩士論文（指導教授：簡翠貞）

林景隆《西遊記續書審美敘事藝術研究》，國立中山大學中國語文學系八十八學年度碩士論文（指導教授：龔顯宗）

林雅玲《清三家《西遊》評點寓意詮釋研究》，東海大學中國文學系九十學年度博士論文（指導教授：胡萬川）

林榮淑《《西遊記》與兒童文學》，國立臺東大學兒童文學研究所九十四學年度碩士論文（指導教授：林文寶）

胡玉珍《《西遊記》中的精怪與神仙研究》，南華大學文學研究所九十一學年度碩士論文（指導教授：鄭志明）

徐貞姬《西遊記八十一難研究》，輔仁大學中國文學研究所六十九學年度碩士論文

（指導教授：葉慶炳）

張家仁《《西遊記》與三種續書之比較研究》，中國文化大學中國文學研究所八十九學年度碩士論文（指導教授：皮述民）

張慧驊《《西遊記》中的唐三藏形象研究》，玄奘人文社會學院中國語文研究所八十九學年度碩士論文（指導教授：邱燮友）

張蘭貞《《西遊記》的童話性研究》，國立臺南大學國民教育研究所九十學年度碩士論文（指導教授：張清榮）

莊淑華《《西遊記》續書論——人物主題轉變與新類型之建立》，淡江大學中國文學系九十四學年度碩士論文（指導教授：林保淳）

陳玉君《《西遊記》兒童文學改寫本研究》，國立臺北教育大學語文教育學系九十五學年度碩士論文（指導教授：廖卓成）

陳俊宏《《西遊記》主題接受史研究》，國立政治大學中國文學系九十學年度碩士論文（指導教授：高桂惠）

彭錦華《《西遊記》人物的文字與繡像造形-李卓吾批評《西遊記》為主》，輔仁大學中國文學研究所八十學年度碩士論文（指導教授：王三慶）

曾國瑩《《西遊記》接受史研究》，東海大學中國文學系九十三學年度碩士論文（指導教授：許建崑）

鄭明娳《西遊記探源》，國立臺灣師範大學國文學研究所六十九學年度博士論文（指導教授：高明、羅宗濤）

謝文華《金陵世德堂本《西遊記》成書考》，國立東華大學中國語文學系九十四學年度碩士論文（指導教授：謝明勳）

謝玉冰《《西遊記》在泰國的研究》，文化大學中國文學研究所八十四學年度碩士論文（指導教授：金榮華）

謝玉娟《西遊記中的孫悟空形象研究》，國立彰化師範大學國文學系九十六學年度碩士論文（指導教授：王年双）

【外國文學／中西比較文學】（依論文作者姓名筆劃排序）

陳英琪《有趣的閱讀與辯證的省思：格列佛遊記與鏡花緣中的遊記、幻想以及寓言形式之運用》，靜宜大學英國語文學系八十七學年度碩士論文（指導教授：海柏）

鍾貝金《「抗拒反抗之意志」：林玉玲跨國成長作品之比較研究》，東吳大學英國語

文學系比較文學碩士班九十二學年度碩士論文（指導教授：張瓊惠）

張乃翠《「中國之旅」路程紀實》，輔仁大學西班牙語文學研究所八十三學年度碩士論文（指導教授：鮑曉鷗）

陳明哲《凡爾納科幻小說中文譯本研究——以《地底旅行》為例》，國立臺灣師範大學翻譯研究所九十四學年度碩士論文（指導教授：賴慈芸）

王鈺婷《閱讀旅行：愛蜜莉・荻董蓀的地理知識》，國立東華大學創作與英語文學研究所九十三學年度碩士論文（指導教授：曾珍珍）

江鴻英《從「哈滋山遊記」看海湟思想輪廓》，文化大學外國語文學系六十五學年度碩士論文（指導教授：王家鴻）

何瑞蓮《芮斯貞著《黑暗中的旅行》：中譯與評介》，國立中山大學外國語文學系八十五學年度碩士論文（指導教授：余光中）

林志瑋《論伊塔羅卡爾維諾《看不見的城市》中的記憶，身分認同，與旅行：掘墓者手推車的回想》，國立清華大學外國語文學系九十一學年度碩士論文（指導教授：廖炳惠）

林靜鶯《康拉德《黑暗之心》中的旅行敘述》，國立政治大學英國語文學研究所

八十三學年度碩士論文（指導教授：陳長房）

洪偉庭《閱讀與旅「圖」：析論聘瓊的《番號四十九的拍賣》》，國立政治大學英國語文學研究所八十三學年度碩士論文（指導教授：劉建基）

洪敦信《漂泊離散的身份認同：蜜雪兒・克莉芙《天堂無路可通》的後殖民研究》，國立政治大學英國語文學系八十九學年度碩士論文（指導教授：田維新）

孫英哲《漂泊中的清明：奈波爾小說中對後殖民身分認同的再定位》，國立臺灣師範大學英語研究所九十學年度碩士論文（指導教授：莊坤良）

張婉蓉《與他者相遇：佛斯特[印度之旅]的殖民旅行》，國立政治大學英國語文學系八十六學年度碩士論文（指導教授：胡錦媛）

張曉萍《旅遊女性：伊莎貝拉・露西・博德與《日本冒險之旅》》，國立成功大學外國語文學系九十四學年度碩士論文（指導教授：劉開鈴）

張麗萍《鄉關何處：奈波爾及其文學世界》，淡江大學英文學系九十二學年度博士論文（指導教授：林耀福、蔡振興）

陳世哲《「咽峽的中間地帶」：格列佛遊記中史威夫特的人性觀》，國立台灣大學外國語文研究所七十六學年度碩士論文（指導教授：宋美樺）

陳怡如《遭遇他者：伊莉莎白．畢夏詩文中自我與他者間之疆界》，輔仁大學英國語文學系八十九學年度碩士論文（指導教授：蕭笛雷）

陶漢威《「純粹詩情」之體驗：以容格及後容格觀點閱讀波特萊爾之「行旅之邀約」》，國立臺灣大學外國語文研究所八十三學年度碩士論文（指導教授：廖咸浩）

黃千芳《維吉妮亞．吳爾芙《出航》與《奧蘭朵》中的女性旅行》，國立高雄師範大學英語學系九十一學年度碩士論文（指導教授：廖本瑞）

黃維楨《「什麼／誰是歐蘭朵？」：奇幻為其逾越政治》，國立清華大學外國語文學系九十二學年度碩士論文（指導教授：王雪美）

鄧宜菁《重繪美國：布希亞《美國》之研究》，國立台灣大學外國語文學系八十四學年度碩士論文（指導教授：廖朝陽）

賴維菁《放眼皆無土：帝國論述與三部維多利亞時期旅行書寫》，國立臺灣大學外國語文學系研究所八十八學年度博士論文（指導教授：李有成）

闕帝丰《遠離家園：《格烈佛遊記》與《魯賓遜漂流記》中旅行、國家意識與身份認同危機的交互糾葛》，國立中山大學外國語文學系研究所九十三學年度碩士論文

（指導教授：田偉文）

羅亦婷《潔西卡·海格苳《吃狗肉的人》中的文化帝國主義與身體政治》，國立中興大學外國語文學系九十二學年度碩士論文（指導教授：陳淑卿）

嚴珮瑜《再現牙買加·金潔德：旅行理論與翻譯政治》，國立東華大學創作與英語文學研究所九十三學年度碩士論文（指導教授：楊芳枝）

【歷史、文化與生活】（依論文作者姓名筆劃排序）

李甫薇《19、20世紀之交西南中國的東西方逢遇——兼論當代的國家回應》，國立臺灣大學人類學研究所八十九學年度碩士論文（指導教授：謝世忠）

李淑宏《因為旅行，所以存在——旅行世紀的台灣新世代》，國立臺灣大學新聞研究所八十八學年度碩士論文（指導教授：林鶴玲:徐淑卿）

胡玉梅《社教類「新西遊記」——走進現代的唐三藏》，銘傳管理學院大眾傳播研究所八十三學年度碩士論文（指導教授：劉小梅）

徐圓貞《李白詩作之旅遊心理析論——以揚州系列的傳記論述為例》，南華大學旅遊事業管理研究所九十學年度碩士論文（指導教授：葉源鎰）

翁淑姿《繪本下的空間書寫——以淡水多向文本的地誌重構為例》，淡江大學建築學系九十學年度碩士論文（指導教授：吳光庭）

張崇哲《荷蘭旅遊業與運輸業關係之研究》，淡江大學歐洲研究所八十一學年度碩士論文（指導教授：許仟）

張嘉昕《明人的旅遊生活》，中國文化大學史學研究所八十八學年度碩士論文（指導教授：吳智和）

張慧真《近代中國避暑地的形成與發展》，國立臺灣師範大學歷史研究所九十二學年度碩士論文（指導教授：張瑞德）

莊麗薇《自助旅行、觀光與文化想像：以台灣的自助旅行論述為例》，東海大學社會學系九十五學年度碩士論文（指導教授：鄭斐文）

許茹菁《掙扎輿圖——女性／旅行／書寫》，國立花蓮師範學院多元文化研究所八十九學年度碩士論文（指導教授：卯靜儒教授）

陳衍秀《日治時期〈台灣鐵道旅行案內〉的風景論述：一個考古學的閱讀》，國立交通大學語言與文化研究所九十三學年度碩士論文（指導教授：林志明）

陳蕙慈《遊憩利用對中國式庭園特質感受之影響》，國立臺灣大學園藝學研究所

八十四學年度碩士論文（指導教授：林晏州）

彭盛裕《閱讀潛意識——旅人記憶痕跡中的主體研究》，靜宜大學觀光事業學系研究所九十三學年度碩士論文（指導教授：李君如）

黃明莉《明代江南的遊觀文化與社會心態》，國立臺灣師範大學歷史研究所九十一學年度碩士論文（指導教授：林麗月）

黃郁珺《十八世紀英國紳士的大旅遊》，輔仁大學歷史研究所九十四學年度碩士論文（指導教授：王芝芝）

黃振富《自助旅行者的真實建構——以台灣旅歐女性自助旅行者為例》，東海大學社會學系八十四學年度碩士論文（指導教授：朱元鴻）

黃蕙嵐《由敘事角度切入看旅遊指南的景點再現與景點製造》，國立政治大學新聞研究所九十二學年度碩士論文（指導教授：鍾蔚文）

楊國鑫《論生態旅遊的商業倫理》，國立中央大學哲學研究所碩士在職專班九十一學年度碩士論文（指導教授：葉保強）

詹怡娜《明代的旅館事業》，中國文化大學史學研究所九十二學年度碩士論文（指導教授：吳智和）

劉慧璇《觀光凝視下的古村落空間——徽州宏村旅遊的空間生產與文化抵抗》，國立臺灣大學建築與城鄉研究所九十二學年度碩士論文（指導教授：夏鑄九）

劉曉芸《秦漢時期地方官吏公務旅行之研究》，臺灣大學歷史學研究所94學年度碩士論文（指導教授：黃俊傑）

賴俊宇《淡水遊記——重建街計畫》，淡江大學建築學系九十一學年度碩士論文（指導教授：黃瑞茂）

賴雅慧《女性空間旅行經驗研究——以1949-2000年臺灣女作家的旅行文學為例》，中原大學室內設計研究所九十三學年度碩士論文（指導教授：陳其澎）

駱貞穎《空間的流動與符號的消費——走向旅遊的社會》，東吳大學社會學系九十學年度碩士論文（指導教授：劉維公）

戴華芬《西湖的美麗與哀愁——南宋時期西湖旅遊的各式風貌》，國立清華大學歷史研究所八十九學年度碩士論文（指導教授：黃敏枝）

【圖像、影音與藝術】（依論文作者姓名筆劃排序）

王柏舒《英倫旅遊繪本創作》，輔仁大學應用美術學系九十四學年度碩士論文（指導

教授：呂清夫）

李兆康《拉夫・馮威廉斯（Ralph Vaughan Williams）《旅行之歌》（Songs of Travel）之作品研究及詮釋探討》，東吳大學音樂學系九十三學年度碩士論文（指導教授：呂鈺秀）

李俊延《走來・走去》，臺南藝術學院應用藝術研究所九十三學年度碩士論文（指導教授：徐玫瑩）

周欣穎《網路多媒體應用於旅遊書籍之設計與開發》，國立臺灣藝術大學多媒體動畫藝術研究所九十三學年度碩士論文（指導教授：趙貞怡、王年燦）

康立穎《行旅、圖、誌》，臺南藝術學院應用藝術研究所九十學年度碩士論文（指導教授：徐玫瑩）

康雅筑《履程》，國立臺南藝術大學應用藝術研究所九十三學年度碩士論文（指導教授：黃文英）

張文誠《曼陀羅的生命旅行：賴聲川《如夢之夢》裡的集體重覆、創傷記憶、與歷史再現》，國立清華大學外國語文學系九十學年度碩士論文（指導教授：楊莉莉）

陳伯嫚《一起旅行吧？》，國立臺北藝術大學戲劇學系九十四學年碩士論文（指導教

授：洪祖玲）

陳斌全《旅行》，臺南藝術學院音像紀錄研究所九十學年度碩士論文（指導教授：黃玉珊）

趙于萱《《魚的旅行手記》旅行文學書籍及網站藝術創作與研究》，國立臺灣藝術大學多媒體動畫藝術學系九十六學年度碩士論文（指導教授：林珮淳）

附錄三【旅行文學相關單篇論文一覽】

（至二〇〇八年一月止）

一、中國文學／台灣文學

丁敏〈當代臺灣旅遊文學中的僧侶記遊：以聖嚴法師「寰遊自傳系列」為探討〉，《佛學研究中心學報》七期，二〇〇二年七月，頁三四一—三七八

毛文芳〈閱讀與夢憶——晚明旅遊小品試論〉，《中正大學中文學術年刊》第3期，二〇〇〇年九月，頁一—四四

王玉豐〈遊記文本之時空再現——以李約瑟與抗戰時中國的科學紀念展之「李約瑟遊記」單元為例〉，《高雄市立歷史博物館館刊》三期，二〇〇五年八月，頁二一—二五

王學玲〈是地即成土——清初流放東北文士之「絕域」紀游〉，《漢學研究》24:2=49期，二〇〇六年十二月，頁二五五—二八八

王瓊馨〈林琴南山水遊記研究〉，《建國學報》二〇期，二〇〇一年六月，頁七三—七九

吳婉茹採訪整理〈相約天涯——羅智成談旅行與文學〉，《聯合文學》16:7=187期，二〇〇〇年五月，頁六八—七三

吳惠珍〈論萬曆佛風盛行對公安三袁遊記的影響〉，《國立臺中技術學院學報》一期，二〇〇〇年六月，頁一—十六

吳翔逸〈臺灣旅行文學的先行流浪者——論三毛流浪地圖的展演〉，《文學臺灣》六十六期，二〇〇八年四月，頁二二三—二五〇

呂文翠〈晚清上海的跨文化行旅：談王韜與袁祖志的泰西遊記〉，《中外文學》34:9=405期，二〇〇六年二月，頁五—四七

巫仁恕〈清代士大夫的旅遊活動與論述——以江南為討論中心〉，《中央研究院近代史研究所集刊》五十期，二〇〇五年十二月，頁二三五—二八五

李君如、彭盛裕〈境外之鏡：自旅行文本中探索主體的心理投射〉，《國立臺灣科技大學人文社會學報》二期，二〇〇六年三月，頁九一—一一三

李依倩〈在地的遊子／歸鄉的旅人：「臺灣文學旅行系列」中時空交錯的地方幻影〉，《東華漢學》五期，二〇〇七年六月，頁二一三—二五五

李梁淑〈從「全球化」看劉克襄的本土旅行寫作〉，《明道文藝》三六六期，二〇〇

六年九月，頁六五—七三

沈松僑〈江山如此多嬌——1930年代的西北旅行書寫與國族想像〉，《臺大歷史學報》三七期，二〇〇六年六月，頁一四五—二一六

周慧玲〈田野書寫、觀光行為與傳統再造：印尼峇里與臺灣臺東「布農部落」的文化表演比較研究〉，《臺灣社會學刊》二八期，二〇〇二年九月，頁七七—一五一

林秀蘭〈創作者的孤獨之旅——論鍾文音的旅行書寫（以My Journal系列為討論主軸）〉，《中國現代文學》八期，二〇〇五年十二月，頁七五—一〇〇

林明珠〈論柳宗元永柳山水遊記「無中生有」的結構及其意義〉，《花蓮師院學報》16期(綜合類)，二〇〇三年六月，頁五三—七四

林明珠〈論劉禹錫兩首虛擬遊記詩的藝術表現〉，《花蓮師院學報》一四期，二〇〇二年四月，頁九七—一二一

林建發〈空間與差異的敘事：當代臺灣旅行書寫的一個現象〉，《醒吾學報》31期，二〇〇六年六月，頁五一—六三

林淑慧〈臺灣清治前期旅遊書寫的文化義蘊〉，《中國學術年刊》二七（春）期，二〇〇五年三月，頁二四五—二七九+二九二

林淑慧〈臺灣清治時期遊記的異地記憶與文化意涵〉，《空大人文學報》13期，二〇〇四年十二月，頁五三—八一

邱雅芳〈殖民地的隱喻：以佐藤春夫的臺灣旅行書寫為中心〉，《中外文學》34:11=407期，二〇〇六年四月，頁一〇三—一三一

紀心怡〈出走是為了返家：論《老鷹，再見》中旅行書寫的意涵〉，《文學臺灣》63，二〇〇七年七月，頁二四四—二六九

胡曉真〈旅行、獵奇與考古——《滇黔土司婚禮記》中的禮學世界〉，《中國文哲研究集刊》二九期，二〇〇六年九月，頁四七—八三

孫淑芳〈袁中郎遊記文學析論〉，《僑光學報》一九期，二〇〇一年十月，頁一六三—一九一

馬亞娟〈空靈化・空洞化與重返歷史現場——關於桂文亞旅行文學創作提供的三個問題〉，《兒童文學家》三五期，二〇〇五年十二月，頁二七—二九

康維訓〈山水文學的特質及其對性情之陶冶〉，《正修通識教育學報》1期，二〇〇四年六月，頁三七—五三

張忠良〈袁宏道遊記中的雅俗觀〉，《臺南女院學報＝臺南女子技術學院學報》24:2

期，二〇〇五年十月，頁四四三—四六五

張惠珍〈他者之域的文化想像與國族論述——林獻堂《環球遊記》析論〉，《臺灣文學學報》六期，二〇〇五年二月，頁八九—一二〇

張錦忠〈文化回歸、離散臺灣與旅行跨國性：「在臺馬華文學」的案例〉，《中外文學》33:7=391期，二〇〇四年十二月，頁一五三—一六六

許雪姬〈「灌園先生日記」[林獻堂著]中的澎湖遊記〉，《硓石》一〇期，一九九八年三月，頁三四—五〇

許雪姬〈林獻堂著「環球遊記」研究〉，《臺灣文獻》49:26期，一九九八年六月，頁一—三三

陳忠和〈晚明山水小品中「遊貴有言」的審美表現理念〉，《興大人文學報》三五期，二〇〇五年六月，頁二九七—三三二

陳室如〈日治時期臺人大陸遊記之認同困境：以連橫《大陸遊記》與吳濁流《南京雜感》為例〉，《人文研究學報》41:1期（臺南大學），二〇〇七年四月，頁三三—五〇

陳室如〈游移與曖昧——王韜《漫遊隨錄》的策略書寫與觀看之道〉，《逢甲人文社會學報》一三期，二〇〇六年十二月，頁一〇七—一二九

陳室如〈想像與紀實的建構——王錫祺《小方壺齋輿地叢鈔》與晚清域外遊記〉，《屏東教育大學學報》二六期，二〇〇七年三月，頁四七二—五〇二
陳室如〈閨閣與世界的碰撞——單士釐旅行書寫的性別意識與帝國凝視〉，《國文學誌》一三期（彰化師範大學國文系），二〇〇六年十二月，頁二五七—二八二
鹿憶鹿〈走看九〇年代的女性旅行文學〉，《中央月刊：文訊別冊》一四九期，一九九八年三月，頁二九—三二
焦桐〈饕山餮水的魔術師：管窺余光中的遊記〉，《幼獅文藝》五三八期，一九九八年十月，頁四四—四八
黃雅歆〈從三毛「撒哈拉傳奇」看「女遊」的潛能開發與假想〉，《臺北師院語文集刊》八期，二〇〇三年九月，頁二七—五四
楊佳嫻〈離／返鄉旅行：以李渝、朱天文、朱天心和駱以軍描寫臺北的小說為例〉，《中外文學》34:2=398期，二〇〇五年七月，頁一三三—一五五
廖炳惠〈旅行與異樣現代性：試探吳濁流的「南京雜感」〉，《中外文學》29:2=338期，二〇〇〇年七月，頁二八八—三一二
廖祥荏〈天涯踏雪記——愁予旅行詩評析〉，《中國語文》88:6=528期，二〇〇一年

六月，頁五六—六一

劉苑如〈廬山慧遠的兩個面向——從〈廬山略記〉與〈遊石門詩序〉談起〉，《漢學研究》24:1=48期，二〇〇六年六月，頁七一—一〇六

劉學銚〈從《長春真人西遊記》看蒙元時期之中亞〉，《中國邊政》一六五期，二〇〇六年三月，頁一七—二八

蔡雅霓〈文字的凝練與心境的幽邃——柳宗元「至小丘西小石潭記」〉，《中國語文》89:6=534期，二〇〇一年十二月，頁八五—八七

鍾怡雯〈風景裡的中國——余光中遊記的一種讀法〉，《中國現代文學理論》一六期，一九九九年十二月，頁四八四—四九六

簡培如〈論三毛旅行散文中的浪漫召喚〉，《國文天地》20:8=236期，二〇〇五年一月，頁八一—八八

簡婉姿〈重新認識臺灣——論劉克襄的自然旅記〉，《國文天地》19:5=221期，二〇〇三年十月，頁七五—八二

羅秀美〈在離散漂泊的藝術行旅中招魂—談施叔青的遊記／小說《兩個芙烈達・卡蘿》的身分認同〉，蔡振念編《近五十年台灣現代小說論文集》，中山大學文學

院暨社會人文中心，二〇〇七年八月，頁二五一—二九二

羅秀美〈流動的風景與凝視的文本——談單士釐（1856-1943）的旅行散文以及她對女性文學的傳播與接受〉，《淡江中文學報》第一五期，淡江大學中文系，二〇〇六年十二月，頁四一—九四

羅敬之〈壯遊中的巨獻——從[羅香林]《大地勝遊記》讀起〉，《中國文化大學中文學報》七期，二〇〇二年三月，頁六三—八九

二、西洋文學

Koss,Nicholas（康士林）著，謝惠英（Hsieh, Huey-ying）譯〈論「約翰・曼德威爾爵士遊記」第一章　十六章：聖地、朝聖之旅：作者、敘述者、資料來源和讀者的互動關係〉（並列篇名：Chapters 1-16 of The Travels of Sir John Mandeville: Pilgrimages to the Holy Land: The Interaction of Authors, Narrators, Sources and Readers），《中外文學》29:9=345期，二〇〇一年二月，頁三六—八一

Wolff,Janet作，黃筱茵（Huang, Shiao-yin）譯〈重新上路：文化批評中的旅行隱喻〉（並列篇名：On the Road Agin:Metaphors of Travel in Cultural Criticism），《中外

文學》27:12=324期，一九九九年五月，頁二九—四九

王美玲〈德國旅行文學論述〉，《臺德學刊》一期，一九九九年六月，頁二〇—二七

王儀君〈空間、旅行與文化異質——論英國文藝復興時期戲劇《海之旅》及《英格爾三兄弟之旅》〉，《中外文學》31:4=364期，二〇〇二年九月，頁九一—一〇九

王儀君〈旅行、地理與性別：彌爾頓宮廷舞劇《可慕思》中的邊境論述〉，《中外文學》34:12=408期，二〇〇六年五月，頁八三—一〇八

余君偉〈都市意象、空間與現代性：試論浪漫時期至維多利亞前期幾位作家的倫敦遊記〉，《中外文學》34:2=398期，二〇〇五年七月，頁十一—三〇

宋國誠〈後殖民理論在中國——理論旅行及其中國化〉，《中國大陸研究》43:10期，二〇〇〇年十月，頁一—三八

李秀娟〈航向帝國邊境：女性旅行與吳爾芙「出航」中的慾望版圖〉，《中外文學》27:12=324期，一九九九年五月，頁五〇—七八

李鴻瓊〈空間，旅行，後現代：波西亞與海德格〉，《中外文學》26:4=304期，一九九七年九月，頁八三—一一七

林怡君〈愛麗絲的旅行：兒童文學中的女遊典範〉，《中外文學》27:12=324期，

一九九九年五月，頁七九—九六

邱樹森〈從馬可波羅所見的中國穆斯林看「遊記」的真實性〉，《歷史月刊》154期，二〇〇〇年十一月，頁五七—六三

胡錦媛〈遠離非洲，遠離女性：「黑暗之心」中的旅行敘事〉，《中外文學》27:12=324期，一九九九年五月，頁九七—一一五

陳正芳〈旅行・閱讀・看電影——「湯姆・瓊斯」、「金銀島」、「魯賓遜漂流記」〉，《電影欣賞》16:2=92期，一九九八年三月，頁四五—四八

陳長房〈建構東方與追尋主體：論當代英美旅行文學〉，《中外文學》26:4=304期，一九九七年九月，頁二九—六九

陳長房〈疆域越界：論後現代英文旅行文學〉，《中外文學》27:5=317期，一九九八年十月，頁六—三九

陳音頤（Chen, Eva Yin-I）譯〈原始主義，帝國，個人之教義——D. H.勞倫斯描述美國西南部印地安人的遊記〉（並列篇名：Primitivism, Empire and a Personal Ideology: D. H. Lawrence's Travel Writings on the American Indians），《中外文學》29:3=339期，二〇〇〇年八月，頁一五八—一八七

單德興〈理論之旅行／翻譯：以中文再現Edward W. Said——以Orientalism的四種中譯為例〉，《中外文學》29:5=341期，二〇〇〇年十月，頁三九—七二

葉向陽〈英國遊記中的北京形象：歷時的勾勒及流變〉，《中西文化研究》三期，二〇〇三年六月，頁四五—六〇

廖炳惠〈打開帝國藏書：文化記憶、殖民現代、感性知識〉，《中外文學》33:7=391期，二〇〇四年十二月，頁五七—七五

廖炳惠〈旅行、記憶與認同〉，《當代》57=175期，二〇〇二年三月，頁八四—一〇五

趙彥寧〈戴著草帽到處旅行——試論中國流亡、女性主體、與記憶間的建構關係〉，《臺灣社會研究》四一期，二〇〇一年三月，頁五三—九七

賴維菁〈不列顛之外的粉紅色世界——試讀安東尼・崔珞普的「澳洲行」〉，《中外文學》27:5=317期，一九九八年十月，頁一三六—一五九

賴維菁〈觀景・景觀：檢視三部維多利亞時期遊記如何書寫「番邦」的自然景物〉，《中外文學》29:6=342期，二〇〇〇年十一月，頁一〇〇—一一九

附錄四【《四庫全書總目提要》著錄之「地理」類圖書一覽】

一、《四庫全書總目》卷六十八・史部二十四・地理類一

三輔黃圖	不著撰人名氏	
禁扁	元・王士點	
元和郡縣志	唐・李吉甫	
太平寰宇記	宋・樂史	
元豐九域志	宋・王存等奉敕撰	
輿地廣記	宋・歐陽忞	
方輿勝覽	宋・祝穆	
明一統志	明・李賢等奉敕撰	
大清一統志	奉敕撰	
吳郡圖經續記	宋・朱長文	
乾道臨安志	宋・周淙	

淳熙三山志	宋・梁克家	
吳郡志	宋・范成大	
新安志	宋・羅願	
剡錄	宋・高似孫	
嘉泰會稽志；寶慶續志	宋・施宿等撰；宋・張淏撰	
嘉定赤城志	宋・陳耆卿	
寶慶四明志；開慶續志	宋・羅濬	
澉水志	宋・常棠	
景定健康志	宋・周應合	
景定嚴州續志	宋・鄭瑤、方仁榮	
咸淳臨安志	元・潛說友	
至元嘉禾志	元・徐碩	
大德昌國州圖志	元・馮復京、郭薦	
延祐四明志	元・袁伯長	
齊乘	元・于欽	

至大金陵新志	元・張鉉	
無錫縣志	不著撰人名氏	
姑蘇志	明・王鏊	
武功縣志	明・康海	
朝邑縣志	明・韓邦靖	
嶺海輿圖	明・姚虞	
滇略	明・謝肇淛	
吳興備志	董斯張	
欽定日下舊聞考	奉敕撰	
欽定熱河志	奉敕撰	
欽定滿洲源流考	奉敕撰	
欽定皇輿西域圖志	奉敕撰	
欽定盛京通志	奉敕撰	
畿輔通志	清・李衛等監修	
江南通志	清・趙宏恩等監修	

江西通志	清・謝旻等監修	
浙江通志	清・嵇曾筠等監修	
福建通志	清・郝玉麟等監修	
湖廣通志	清・邁柱等監修	
河南通志	清・王士俊等監修	
山東通志	清・岳濬等監修	
山西通志	清・羅石麟等監修	
陝西通志	清・劉於義等監修	
甘肅通志	清・許容等監修	
四川通志	清・黃廷桂等監修	
廣東通志	清・郝玉麟等監修	
廣西通志	清・金鉷等監修	
雲南通志	清・鄂爾泰等監修	
貴州通志	清・鄂爾泰等監修	
歷代帝王宅京記	清・顧炎武	

二、《四庫全書總目》卷六十九・史部二十五・地理類二

水經注	後魏・酈道元	
水經注集釋訂偽	清・沈炳	
水經注釋、刊誤	清・趙一清	
吳中水利書	宋・單鍔	
四明它山水利備覽	宋・魏峴	
河防通議	元・沙克什	
治河圖略	元・王喜	
浙西水利書	明・姚文灝	
河防一覽	明・潘季馴	
三吳水利錄	明・歸有光	
北河紀、紀餘	明・謝肇淛	
敬止集	明・陳應芳	
三吳水考	明・張內蘊、周大韶	

吳中水利書	明・張國維	
欽定河源紀略	奉敕撰	
崑崙河源考	清・萬斯同	
兩河清彙	清・薛鳳祚	
居濟一得	清・張伯行	
治河奏績書、附：河防述言	清・靳輔	
直隸河渠志	清・陳儀	
行水金鑑	清・傅澤洪	
水道提綱	清・齊召南	
海塘錄	清・翟均廉	
籌海圖編	明・胡宗憲	
鄭開陽雜著	明・鄭若曾	

三、《四庫全書總目》卷七十・史部二十六・地理類三

南嶽小錄	唐・李沖昭	
廬山紀、廬山紀略	宋・陳舜俞	
赤松山志	宋・倪守約	
西湖遊覽志、志餘	明・田汝成	
桂勝、附：桂故	明・張鳴鳳	
欽定盤山志	清・蔣溥等敕撰	
西湖志纂	清・梁詩正、沈德潛	
洛陽伽藍記	後魏・楊衒之	
吳地書、附：後集	唐・陸廣微	
長安志	宋・宋敏求	
洛陽名園記	宋・李格非	
雍錄	宋・程大昌	
洞霄圖志	宋・鄧牧	

長安志圖	元・李好文	
汴京遺跡志	明・李濂	
武林梵志	明・吳之鯨	
江城名跡	清・陳宏緒	
營平二州地名記	清・顧炎武	
金鼇退食筆記	清・高士奇	
石柱記箋釋	清・鄭元慶	
關中勝跡圖誌	清・史畢沅	
南方草木狀	晉・嵇含	
荊楚歲時記	晉・宗懍	
北戶錄	唐・段公路	
桂林風土記	唐・莫休符	
嶺表錄異	唐・劉恂	
益部方物略記	宋・宋祁	
岳陽風土記	宋・范致明	

東京夢華錄	宋・孟元老	
六朝事跡類編	宋・張敦頤	
會稽三賦	宋・王十朋	
中吳紀聞	宋・龔明之	
桂海虞衡志	宋・范成大	
嶺外代答	宋・周去非	
都城紀勝	不著撰人名氏	
夢粱錄	宋・吳自牧	
武林舊事	宋・周密	
歲華紀麗譜、附：牋紙譜，蜀錦譜	元・費著	
吳中舊事	元・陸友仁	
平江紀事	元・高德基	
江漢叢談	不著撰人名氏	
閩中海錯疏	明・屠本畯	
益部談資	明・何宇度	

蜀中廣記	明・曹學佺	
顏山雜記	清・孫廷銓	
嶺南風物記	清・吳綺	
臺海使槎錄	清・黃叔璥	
龍沙紀略	清・方式濟	
東城雜記	清・厲鶚	

四、《四庫全書總目》卷七十一・史部二十七・地理類四

遊城南記	宋・張禮	
河朔訪古記	不著撰人名氏	
徐霞客遊記	明・徐宏祖	
佛國記	宋・釋法顯	
大唐西域記	唐・釋元奘譯、辯機撰	
宣和奉使高麗圖經	宋・徐兢	
諸蕃志	宋・趙汝适	

書名	作者	
溪蠻叢笑	宋・朱輔	
真臘風土記	元・周達觀	
島夷志略	元・汪大淵	
朝鮮賦	明・董越	
海語	明・黃衷	
東西洋考	明・張燮	
職方外紀	明・艾儒略	
赤雅	明・鄺露	
朝鮮志	不著撰人名氏	
皇清職貢圖	奉敕撰	
坤輿圖說	清・南懷仁	
異域錄	清・圖理琛	

國家圖書館出版品預行編目

看風景——旅行文學讀本 / 羅秀美編. -- 一版.
-- 臺北市 : 秀威資訊科技, 2009. 01
面 ; 公分. -- (語言文學類 ; AG0078)
ISBN 978-986-6732-32-4(平裝)

1. 旅遊文學 2. 讀本

815 96020772

語言文學類 AG0078

看風景——旅行文學讀本

編　　者 / 羅秀美
校　　對 / 羅秀美　林佳怡　鄭翰琳
發 行 人 / 宋政坤
執行編輯 / 賴敬暉
圖文排版 / 張慧雯
封面設計 / 蔣緒慧
數位轉譯 / 徐真玉　沈裕閔
圖書銷售 / 林怡君
法律顧問 / 毛國樑　律師
出版發行 / 秀威資訊科技股份有限公司
台北市內湖區瑞光路583巷25號1樓
電話：02-2657-9211　傳真：02-2657-9106
E-mail：service@showwe.com.tw

2009 年 1 月　BOD 一版
定價：390 元

讀者回函卡

感謝您購買本書，為提升服務品質，請填妥以下資料，將讀者回函卡直接寄回或傳真本公司，收到您的寶貴意見後，我們會收藏記錄及檢討，謝謝！

如您需要了解本公司最新出版書目、購書優惠或企劃活動，歡迎您上網查詢或下載相關資料：http:// www.showwe.com.tw

您購買的書名：________________________________

出生日期：________年________月________日

學歷：□高中（含）以下　□大專　□研究所（含）以上

職業：□製造業　□金融業　□資訊業　□軍警　□傳播業　□自由業

□服務業　□公務員　□教職　□學生　□家管　□其它_____

購書地點：□網路書店　□實體書店　□書展　□郵購　□贈閱　□其他

您從何得知本書的消息？

□網路書店　□實體書店　□網路搜尋　□電子報　□書訊　□雜誌

□傳播媒體　□親友推薦　□網站推薦　□部落格　□其他__________

您對本書的評價：（請填代號　1.非常滿意　2.滿意　3.尚可　4.再改進）

封面設計____　版面編排____　內容____　文／譯筆____　價格____

讀完書後您覺得：

□很有收穫　□有收穫　□收穫不多　□沒收穫

對我們的建議：________________________________

____

____

____

請貼
郵票

11466
台北市內湖區瑞光路 76 巷 65 號 1 樓
秀威資訊科技股份有限公司 收
BOD 數位出版事業部

(請沿線對折寄回，謝謝！)

姓　　名：＿＿＿＿＿＿＿＿＿　年齡：＿＿＿＿　性別：□女　□男

郵遞區號：□□□□□

地　　址：＿＿＿＿＿＿＿＿＿＿＿＿＿＿＿＿＿＿＿＿

聯絡電話：(日)＿＿＿＿＿＿＿＿＿＿(夜)＿＿＿＿＿＿＿＿＿＿

E-mail：＿＿＿＿＿＿＿＿＿＿＿＿＿＿＿＿＿＿＿＿